講談社文庫

ミステリー傑作選・特別編5

自選ショート・ミステリー

日本推理作家協会 編

講談社

目次

自選ショート・ミステリー

会話

赤川次郎

一九四八年、福岡県生まれ。桐朋高校卒。「幽霊列車」で第15回オール讀物推理小説新人賞を受賞。『悪妻に捧げるレクイエム』で第7回角川小説賞を受賞。著書は『マリオネットの罠』『三毛猫ホームズの推理』など。

「お久しぶりでございます」

顔なじみのウエイターの言葉は、もちろん当り前の挨拶でしかなかったのだろうが、由美にはいくらか別の気持ちがこめられているように聞こえた。

「前は、もっとちょくちょく来てくれたのに……」

という恨みごと。

考え過ぎかもしれないが、レストランが数年前には考えられなかったほど空いてしまっているのも事実だ。

「ここんとこ、経費がうるさくてね」

と、由美は言った。

「奥のテーブルの方が落ちつかれるでしょう」

「そうね」

店内が空《す》いているのに、どういうわけか奥の方のいくつかのテーブルだけは客が入っていた。

——今は、どこも高級フレンチのレストランなど、四苦八苦である。好景気のとき、都心の一等地に次々と支店を出して、今になって客が入らず、苦労しているという話をあちこちで聞く。

同情はするが、広告会社に勤めて、三十代半ばまで独りでやって来た由美にしても、不景気で会社が苦しいのは同じ。どこも必死で生き残るための工夫をしているのである。

メニューを見て、オーダーをすませ、グラスで取った白ワインをゆっくり飲んでいると、新しい客が入って来た。

男女——といっても、どう見ても親子でも恋人でもない。

男は五十がらみの見るからに横柄《おうへい》なタイプ。連れは、まだ二十歳にならないだろうと思える、これはなかなか端正な顔の少女。

「俺の好みは分ってるだろ！　シェフに言っとけ。先週の肉は安物だったぞ」

と、男の方はウエイターを相手に、もう酔っ払っているかと思えるような大きな声を上げる。

「恐れ入ります。——こちらのお嬢様は」

「こいつは何でもいい。魚でも適当にやってくれ」

当人の希望も聞かない。——いやな奴と近くのテーブルになってしまった、と由美は眉《まゆ》をひそめた。

だが、一人での食卓となると、つい他のテーブルでの話に耳を傾けてしまうのは当然というもの。しかも、大きな声でしゃべっていられては、いやでも耳に入ってくる。

——ものの十分とたたない内に、由美はせっかくのオードブルの味など、ほとんど分らなくなってしまった。

「まあ、運が悪かったってことだよ。でも、世の中にゃ親切な人もいる。分るかい?」

「はい……」

「君はまだ高校生だけど、働いてお金を稼ぐってのが大変なことだってのは分るだろ? 君がどんなに頑張ってバイトしても、月にせいぜい四、五万。ここで食事したら一回でなくなっちまうんだ」

「はい」

高校生! ——しかも、男の方は「高校生」に、無理にワインなど飲ませている。

「親父さんは気の毒だった。でも、泣いてたって、腹は空く。お袋さんの入院費用はかかる。そうだろ？」

「はい……」

「この前も、よく説明しただろ？　弟や妹を学校へやる。君自身も高校だけは出たいだろう」

「できることなら……」

と、少女が蚊《か》の鳴くような声を出す。

「だけどな、今、君がいくら頑張ったって、その全部の費用を稼ぐことなんかできない。お袋さんは具合が悪くなり、弟、妹はどこか親戚にでも引き取ってもらう。君は一人で働いて、やっと食べていく。——せいぜいそんなところだ」

少女は黙っていた。

料理が来て、男はナプキンをパッと広げ、

「さあ、食おう！　——食えよ。旨いだろ？」

「はい、とってもおいしいです」

押し付けがましい奴。少女が一口ずつ、かみしめるように食べているのが、由美の目には痛々しく映《うつ》った。

「——この前の話、よく考えたか？」

と、食事しながら男が言う。

「母に話そうと思ったんですけど、言い出しにくくて……」

「君が決めればいいのさ。君はもう子供じゃない」

「でも……」

「世の中、お金のある奴の勝ちなんだ。いやでも分るよ、その内」

メインの料理の後、デザートが出て、ケーキやフルーツを盛り合せた皿を前に、少女は、

「きれい……」

と、目を輝かせた。

そして、デザートをひと口食べると、

「おいしい！」

と、ため息のように言って、「弟たちに食べさせたい」

「君の気持一つで、そうできるんだ。――なあ、先方の言う通りにしてりゃ、こういう店に年中来て、食事もできるんだぜ」

――何の話？　由美はドキドキしていた。

「でも……。母に何と言えば……」

「親切な方がいて、お金を出して下さってるの、と言えば、お袋さんは何も言わない。絶対だ。ちゃんと分ってくれるよ」

「弟や妹には何て説明したらいいんでしょう？」

「まだ中学生だろ？　遠くの叔父さんでもでっち上げて、援助してくれてることにするさ。信用するよ。要は君の決心一つだ」

少女は黙々とデザートを食べ続ける。

――どう考えても、この男、少女を誰かの「愛人」にしようとして言い含めているとしか思えない。

とんでもない奴だ！

由美はカッカと頭に血が上って、気が付くと、もう食後のコーヒーを飲んでいた。

少女は、デザートの皿をきれいに食べ終えると、それがまるで迷いを消し去ったかのように、

「よろしくお願いします」

と、頭を下げたのだった。

「決心がついたか。よし！　それでいいんだ。早速先方に伝えて、条件はできるだけ良くしてもらうからな」

「はい」

「じゃあ、ちょうど一週間後のこの時間に、この店で先方と引き合わせる。いいね？」

「分りました」

うつむいている少女に、男は上機嫌で、

「君は可愛い。可愛がってくれるさ。甘えりゃ、何でも買ってくれる。な、生活のため、家族のためだと割り切って、できるだけ楽しむんだ」

と、少女の頰っぺたに手など触れて、「早速後で電話しとく。先方も喜ぶよ」

仲介をして、この男もかなり「手数料」を取るのだろう。

男は少女を促して店を出て行く。

由美は、追いかけて行って、

「だめよ、そんなことしちゃ！」

と、叱《しか》ってやりたかったが、じゃどうすればいいのかと訊かれたら困ってしまう。

由美だって、よその家を助けるような余裕などない。

「──可哀そうに」

と、つい由美は呟いた。

支払いをしてレストランを出るとき、由美は、

「来週、同じ時間にテーブル、取っといて」

と頼んでおいた。

あの少女がどうなるか、気になる。

「かしこまりました」

ウエイターは、由美を送り出して、ホッと息をついた。

他のテーブルの客からも、予約は入るだろう。

――あの二人の「熱演」に、バイト代は払わなくてはならないが、毎日別の客が一週間後の予約を入れてくれるのだから、大変な効果である。

それに――あの二人の「会話」に気を取られて、料理の味が少々落ちても、誰も気付かない。

「全く……」

と、ウエイターは呟いた。「生き残っていくのは楽じゃないよ」

テーブルで客が指を立て、ウエイターは急いで足音をたてずに近寄って行った……。


初出「三毛猫ホームズと仲間たち」№56（1999・3）

今夜も笑ってる

乃南アサ

一九六〇年、東京都生まれ。早稲田大学中退。広告代理店勤務等を経て、八八年『幸福な朝食』で日本推理サスペンス大賞優秀作受賞。九六年『凍える牙』で直木賞を受賞。著書に『風紋』『ボクの町』『鍵』『涙』など。

1

夏の虫が、じい、じい、と鳴いている。

家は小高い丘の中腹にあって、風が絶えず吹いていたから、夜は窓を開け放っていればエアコンの必要はなかった。

「やっぱり、冷房よりも天然の風の方が気持ちがいいわね」

母は遅く帰って来た父の為《ため》に、簡単なつまみを用意しながら、隣から母の手元を覗き込んでいる鈴子に微笑《ほほえ》みかけた。鈴子は胡瓜《きゅうり》の漬物の尻尾《しっぽ》を口に入れてもらいながら、こっくりと頷《うなず》いた。弟の真吾はもう寝ている。真吾が起きている間は、鈴子はお姉ちゃんでいなければならなかったけれど、この時間は鈴子は一人っ子の気分になることが出来た。

風のよく通る茶の間で、父は母にビールを注がれながら機嫌の良い笑顔を鈴子に向ける。

「プールは、どうだい」

「鈴子ね、プールの横の長さだけ泳げるようになったよ」

「ちゃんと目を開けてるか」

建設会社に勤めている父は、いつも帰りが遅くて、なかなか鈴子達と遊んでくれる暇がない。けれど、こうして時々一人っ子に戻った気分で父を独り占《じ》め出来るから、鈴子は淋《さび》しいと思わなかった。

「あ、すぅちゃん、それはパパのよ」

鈴子は、父の脇《わき》からそっと手を伸ばしては、母が用意した料理をちょこちょことつまんだ。母が微《かす》かに眉《まゆ》をひそめても、父はにこにこしていてくれたし、母も本気で叱ったりしない。不思議で素敵な大人の時間だった。

「あら、ねえねえ」

突然、母が話を中断して窓の方を見た。

「まただわ」

父も鈴子も、母に合わせて窓の方を見た。網戸を通して、よその家の明かりが所々に見える。一際《ひときわ》オレンジ色に見える四角い窓は、鈴子の幼なじみの歩美《あゆみ》ちゃんの家のトイレの窓だと知っている。

その時、どこからかけたたましい笑い声が聞こえてきた。闇《やみ》の中に響く、人間の声とも思えないくらいに気持ちの悪い声。だが、よくよく耳を澄ませてみれば、それは大人の、女の人の声らしかった。優しい風の吹き抜ける丘の住宅地に、笑い声は時折中断されながらも、ずっと続いている。

「ほんとに、品がないわね」

気持ちが悪いねと言おうとすると母が先に口を開いた。

「いいじゃないか、楽しそうで」

父がビールのグラスを傾けながら答える。

「何がそんなに面白いのか知らないけど、ちょっといきすぎって感じ。こんなに離れていながら聞こえるんだもの」

「周りが静かだからだろう」

鈴子は、両親の会話を聞きながら、闇の彼方《かなた》から聞こえる笑い声に耳を澄ませていた。

「誰が笑ってるの」

母を見上げると、母は片手で頬杖《ほおづえ》をつきながら、自分も父のために用意した料理をつまんでいるところだった。

「神田さん」

鈴子は小首を傾《かし》げて母を見た。

「神田さんって？」

「坂道の途中の、白いお家《うち》」

「あのお家は、田代さんのお家だよ」

「お名前が変わったのよ」

母は、少し困った顔でちらりと父を見た。

「再婚したんだったよな」

「お葬式が済んでから、ちょうど半年でよ。たいしたもんだわ」

「鈴子、田代さんのおばちゃんなら、知ってる」

田代さんというのは、鈴子の家からそう離れていない、坂道の途中に立つ綺麗《きれい》な白い家だった。そこのおばちゃんは、昔は幼稚園の先生だったという話で、鈴子が小さい頃から、会うたびににっこりと微笑んでくれる、素敵な人だった。

「あのおばちゃんが、今は神田さんっていうお名前になったの」

母は少し面倒臭そうに言った。鈴子は、その意味がよく分からなかったが、「ふうん」と返事をした。

風に乗って、笑い声は絶え間なく聞こえてくる。鈴子は、あの優しい田代さんのおばちゃんと、今聞こえている甲高い笑い声とが頭の中で一緒にならなくて、不思議な気持ちになった。

「前のご主人の時は、仲がいいご夫婦なんだなと思ってたけど、相手が変わったって同じなんだもの。何だか裏切られた気分だわ」

「同じようにふるまえる相手だから再婚する気になったんだろうよ」

「最近見ていて思うけど、あの人には男の人を誘い込む、不思議な魔力みたいなものがあるんじゃないかしらね」

「魔力？」

「男の人には分からないのよ、あの人の蛇みたいな感じが」

テレビには、大相撲ダイジェストが映っている。早口でしゃべるアナウンサーの声と観客の声援は、しかし、外から聞こえる笑い声を完全に消しはしない。そのうち、笑い声の後に、苦しそうにはあ、はあ、と息をつく声までが聞こえてきた。

母は一層顔をしかめて鈴子を見る。

「第一、下品だわ。あんな笑い方をする女と、よく一緒にいられると思う」

鈴子には、下品というのがどういうことかは分からなかったが、闇から聞こえる声は薄気味悪かった。

「お前も負けずに大声で笑ったら」

父が言うと、母は「まさか」と答えた。

「私があんな女だったらいいと思うの？」

「そんなことはないけどさ」

「安っぽい、娼婦《しょうふ》みたいな声じゃない」

大人になると笑い声にも気をつけなければならないのかと、鈴子は母のしかめ面《つら》を見ながら考えた。鈴子達は、元気に大きなお声を出しましょうと言われるのに、大きくなると、笑う時にもひそひそと笑わなければならなくなるのだろうか。大人になるのは大変だと思いながら、鈴子は大きなあくびをした。

2

ある朝、鈴子は救急車のサイレンの音で目覚めた。まだ眠い目を擦《こす》りながらリビングに行くと、先に起きたらしい真吾がヨーグルトジュースを飲んでいる。少しの間ぼんやりとしていると、もう一度大きくピーポーの音が聞こえて、台所の窓の外を赤く点滅するものが通っていった。

外に出ていたらしい母がエプロンをしたまま戻ってきた。鈴子に気付いて「起きたの」と言ったが、目はよそを向いていた。まだ、六時を回ったばかりだった。

「神田さんのおじちゃんが、倒れたみたいよ」

その瞬間、鈴子は顎《あご》にひげを生やした大きな男の人を思い浮べた。神田さんのおじちゃんは、鈴子が幼稚園の頃に読んだ絵本に出てくる、大きなきこりのおじさんに似ていた。田代さんのおばちゃんが神田さんという名前に変わったのは、あのおじちゃんと一緒に暮らすことになったかららしい。おじちゃんは、本当は絵描きさんなのだが、どこかの学校で先生もしているという話を母から聞いたことがある。

「昨日の夜は夫婦であんなに笑ってたのに」

母はため息混じりにそう言うと、ジュースをこぼしている真吾に気付いて、せかせかとした手つきで真吾の口元を拭《ふ》いた。

それから三日ほど過ぎて、神田さんの家の前にはたくさんの花輪が並んだ。母は「暑くて嫌だわ」と言いながら、黒くて何も飾りのない服を着て、それから鈴子を見た。

「神田さんのおじちゃんが亡《な》くなったから、お手伝いに行かなきゃならないの。真ちゃんと、仲良くお留守番していてね」

鈴子は、「なくなった」という意味がよく分からなかった。

「いなくなっちゃったの？」

「死んじゃったのよ」

母はドレッサーに向かって、いつもとは違う色の口紅をつけながら答えた。

「やっぱり、魔物なのよ」

おじちゃんは、鈴子の父よりも一回り大きくて、腕にも指にも毛が生えていた。あんなに大きな、立派な人が、なぜ急にいなくなったのかが、よく分からなかった。

もう夜の笑い声は聞こえなくなった。

それ以来、学校の帰りなどに神田さんのおばちゃんに会っても、鈴子は前のようにきちんと挨拶《あいさつ》が出来なくなった。おじちゃんが死んでしまったのは可哀相《かわいそう》だけれど、このおばちゃんは魔物かもしれないのだと思うと、恐《こわ》くてまともに顔を見ることも出来なくなった。大体、このおばちゃんは夜になると違う人みたいになることを、鈴子はあの笑い声から学んだ。このおばちゃんには、色々の顔がある。だから、今鈴子に微笑《ほほえ》んでくれていたとしても、心の中では泣いているかもしれないし、怒っているかもしれない。

だから、鈴子は神田さんのおばちゃんに会っても、俯《うつむ》いてしまって気付かないふりをするようになった。急に知らん顔をするようになった鈴子を、おばちゃんは不思議に思っているかも知れない、腹をたてているかも知れないと思ったが、神田さんのおばちゃんも、俯いている鈴子に声をかけることはなかった。

3

鈴子が四年生になったある日、神田さんのおばちゃんが鈴子の家にやってきて、母としばらくおしゃべりをした後、今度は父がいる時にもやってきて、ずいぶん長い間おしゃべりをしていった。

「他に知り合いもいないし、心細かったんでしょう。これからのことを考えたら、アパートに建て替えた方がいいだろうってことになったのよ」

鈴子は、父の勤める会社が工事を請け負って、神田さんの白いお家《うち》を、新しく鉄筋のアパートに建て替えることになったのだと聞かされた。それから、神田さんのおばちゃんは毎日のように家に来るようになった。鈴子は、父が仕事をしているところを見たことがなかったから、珍しい気持ちで難しそうな書類や、やがて図面なども広げるようになってよそのおばちゃんと笑って話している父を見ていた。母は、以前は神田さんのおばちゃんを嫌っていたと思ったのに、今では昔からの友達のように親しそうに話すようになった。

「これも、何かの縁なのよ。パパの会社だって儲《もう》かるんだし、今時ご近所で助け合えるなんて、少ないことかも知れないんだもの。女の人が一人で生きていかなきゃならないのって、本当に大変なのよ」

母はそう言って、にっこりと笑った。

鈴子には、神田さんのおじちゃんが死んだのを境にして、きちんと挨拶できなくなってしまった気まずさが残っているから、神田さんのおばちゃんが家に来る度に、申し訳ないような、恥ずかしいような気分になった。けれどおばちゃんは、時々鈴子と顔があっても、穏やかな表情をしているだけで、特に何も言おうとはしなかった。

「さすがに、今度はそう簡単に結婚相手も見つからないんでしょうね。段々年もとるんだし」

ある日の夕食の時、母は、嫌がる真吾の口にニンジンを押し込みながらそう言った。真吾はもう幼稚園のくせに、いつまでたっても赤ちゃんみたいで、本当はニンジンだって食べられるくせに、わざと母が口に運ぶのを待っている。けれど、鈴子は最近ではもうそれを羨《うらや》ましいとは思わなくなっていた。何しろ、鈴子はもう四年生だったし、母も大人を相手にするみたいに話してくれる。父はやはり帰りが遅かった。

「じゃあ、もう結婚はしないのかな」

「それは分からないだろうけど。先行きを考えたら不安だったんでしょうね」

母とそんな話をする時、鈴子は自分が一人前になったように感じた。

「あ！」

その時、真吾がへたくそな持ち方で握っていた箸《はし》を宙に浮かせたままで大きな声を出した。鈴子と母が驚いて会話を止めると、闇《やみ》の中から笑い声が聞こえてきた。

「誰かが、笑ってるぅ、おっきなお声《こゑ》」

真吾が面白そうな顔でにっこりと笑った。ずいぶん長い間聞こえなかったが、それは間違いなく神田さんのおばちゃんの声だった。

鈴子は母と顔を見合わせ、顔をしかめた。母も驚いた顔になり、それから少しがっかりした顔になった。

「いいじゃない、人それぞれなんだから」

鈴子は、神田さんのおばちゃんは、もう誰とも結婚しなければ良いのにと思っていた。結婚しなければ、あんな下品な――鈴子はもう下品という意味が分かった――声を出すこともないに違いないと考えていた。

「また結婚するんじゃないの？　やっぱり、工事はしませんっていうことにならないかな」

「そんなことはないわよ。もう契約も済ませたんだし」

「誰が笑ってるの？」

真吾が無邪気な顔で鈴子と母を見比べる。母が口を開く前に、鈴子は怒った声で「神田さん」と答えた。

「うっそだぁ。オニババみたいな声じゃないか」

真吾がきょとんとした顔で言ったので、鈴子は声を出して笑ってしまった。こんな小さな真吾でさえ、そう思う笑い声なのだ。日中はおとなしそうで、髪もショート・カットにして全体にすっきりした雰囲気なのに、まさかあの神田さんがこんな声を出すなんて、誰だって想像出来ないに違いない。

「夜になると、変身するのかも知れないよね」

鈴子の言葉に、母は深々とため息をついて、黙って顎《あご》を動かしていた。

4

父が帰ってきたら、ぜひともあの声を聞かせたいと思ったのに、神田さんのおばちゃんの笑い声が響く時には、決って父は帰りが遅かった。秋にはいよいよ工事が始まることになったというが、父があの声を聞いたら、せっかく安く仕事をしてあげているのに、さぞかしがっかりするだろうと鈴子は考えた。神田さんのおばちゃんの笑い声は、二日か三日に一度ずつ、必ず聞こえてきた。母は、最近はもう何も言わなくなっていた。

「よくも、あれだけ笑うことがあるね」

鈴子が眉《まゆ》をひそめて言っても母は黙っていた。昔と変わらない笑い声だとは思うが、最近の鈴子には、それがとても淫靡《いんび》でいやらしいものに聞こえていた。普通に会話していて出てくる笑い声ではないだろうということが、何となく分かった。

「よっぽど恥知らずなのね」

「恥知らずって？」

真吾がきょとんとした顔で鈴子と母を見る。

「あんな声は、よそに聞かせる必要はないっていうことよ」

鈴子が説明しても、真吾はぽかんとしている。母が目でたしなめるのに気付いて、鈴子はそれ以上のことを言うのをやめた。

それからしばらくして、鈴子は神田さんのおばちゃんが笑えば笑うほど、母が笑わなくなったことに気付いた。せっかく仲良しになったおばちゃんに、母は裏切られた気分なのだろうと思った。笑い声が響く程、母は黙りこんで何かを考える顔になった。食事中に聞こえる時には、箸《はし》を宙に止めてしまうこともあったし、もっと夜更《よふ》けになってから聞こえる時にも、黙って何か考える顔になっていった。鈴子は、アイロンの前でぼんやりとしている母の背中を見ながら、今が冬ならば良かったのにと思った。冬で、どこも戸締りをしている季節ならば、いくら笑っても声は聞こえなかっただろう。あんな人に親切にしたことを、きっと母は後悔しているに違いないと思うと、母も、直接仕事をしてやっている父も気の毒になった。

その晩は、十時を過ぎた頃から笑い声が聞こえ始めた。やはり父は帰っていなくて、真吾はとっくに眠っていた。夏休みの間だけは少しの夜更しを許されていたけれど、それでもそろそろ眠くなって来た時に笑い声が聞こえ始めて、鈴子はテレビから目を離して母を見た。

「すぅちゃん、ちょっとお留守番、してて」

いつもよりも真っ白に見える顔の母が、ほとんど口を動かさずに呟《つぶや》いた。

「どこ行くの」と聞こうとする間もなく、母はさっとエプロンを取ると、サンダルをつっかけて出て行った。窓は開いていたはずなのに、玄関が開くと急に家の中の空気が動いて、虫の声が入ってきた。ぱたぱたとサンダルの音が遠ざかっていく。鈴子は、何故《なぜ》だか奇妙にどきどきしながら、母のサンダルの音を聞いていた。

母は、神田さんに文句を言いに行ったのだ。あの、人を苛々《いらいら》させる笑い声を何とかしろと、文句を言いに行ったのに違いなかった。もしかしたら、母が怒っている声が聞こえるかも知れないと思って、鈴子はテレビのボリュームを落として耳を澄ませていた。

三分たち、五分が過ぎた。今夜は風がほとんど入って来ないのに、時折二階に釣り下げたガラスの風鈴はちん、ちん、と鳴っている。じっと息をひそめていると、額や首筋が汗ばんで来る。耳の奥で心臓がとっとっと動いている音がする。

母は、あのおばちゃんと喧嘩《けんか》をしているのだろうか。もしも、父が帰ってきたら、すぐに止めに行ってもらおう。大体、こんな時間に一人でいたことなど鈴子は初めての経験だった。

誰かの話し声がしたような気がして、必死で耳を澄ますと、次にガチャン、と何かの割れる音がして、鈴子の心臓はとん、と跳ね上がった。首筋を汗が伝って落ちた。いてもたってもいられない気分で窓辺に寄ると、やがて再び笑い声が聞こえてきた。

それは、神田さんのおばちゃんのものとは、明らかに違う声だった。いったい誰が笑っているのだろう、あの、何かが割れたような音は何だったのだろうと思っていると、男の人の怒鳴る声が聞こえた。ああ、父はまだ帰らない。母は、何をしているのだろう。笑っている、あれは誰なのだろう。神田さんのおばちゃん以上に、ひきつれたような、悲鳴に近い笑い声。あんなにひどい笑い声は聞いたことがない。母は、どうしてしまったのだろう。

「早く、帰ってきてよ……」

思わず口に出して言いながら、鈴子は網戸に手をかけていた。耳を澄ませていると、ひきつれた笑い声は、徐々に泣き声に変わっていった。何故だか背筋をぞくぞくするものが這《は》い上がってきて、涙が出そうになる。

「早く帰って来て……」

遠くからサイレンの音が聞こえてきた。いつまでたっても、父も母も帰って来なかった。

初出「小説新潮」（1991・10）・再録『花盗人』新潮文庫

怪盗道化師《ピエロ》　第三話　影を盗む男

はやみねかおる

一九六四年、三重県生まれ。三重大学卒。小学校教師となり、九一年講談社児童文学新人賞佳作『怪盗道化師』でデビュー。児童ミステリー〈夢水清志郎〉シリーズの他、『少年名探偵虹北恭助の冒険』などがある。


窓につってあった風鈴を片づけ、網戸をはずしはじめた西沢書店に、

「影を盗んでほしいの」

小学校三年生くらいの女の子がやってきて言いました。

「はぁ……?」

おじさんは、思わず訊《き》きかえしました。

「あのね、わたし、道化師《ピエロ》に影を盗んでほしいの」

真剣な目で、女の子が言いました。

「影ねぇ……」

数分後、西沢のおじさん──いや、黒マントをつけた怪盗道化師《ピエロ》は、近所の空き地で女の子から話を聞いていました。

「今度、わたしの家の裏に、十階建ての大きなビルが建つの」

女の子は、一生懸命説明します。

「そのビルが建つと、わたしの家に陽が射さなくなっちゃうの。だから、道化師《ピエロ》のおじさんに、ビルの影を盗んでほしいんだ」

「でも、それは仕方ないんじゃないのかな……」

道化師《ピエロ》は、気弱なことを言います。

だって、どう考えたって、ビルの影を盗むなんてことはできませんから。

「だけど、庭に陽が射さないと菊が育たなくなって、おばあちゃんが……」

「おばあさんが、どうかしたの？」

聞いてみると、女の子のおばあさんは病気で寝ていて、庭に咲く菊を夏になる前から、ずっと楽しみにしていたとのことです。

「おばあちゃん、きれいに咲いた菊を見たら、絶対元気になると思うの。だからお願い！道化師《ピエロ》さん、ビルの影を盗んで！」

（そんなこと言ったって、無理なものは無理なんだよ！　あまえるんじゃない）と道化師《ピエロ》は

言おうとしましたが、女の子の真剣な目を見てしまうと、

「わかったよ。道化師《ピエロ》が影を盗んであげる」

という言葉が口から出ました。

「本当！」

女の子のうれしそうな声を聞いて、道化師《ピエロ》は、ひきうけてよかったなと思いました。

「本当さ。道化師《ピエロ》に不可能は無いんだよ。ビルの影だって何だって盗むことができるんだから」

と言う道化師《ピエロ》の心の中は、〝どうしよう……？　えらいこと、ひきうけちゃった……〟というものでした。

教訓・自分にできないことを、気軽にひきうけるべからず。

「ゴロ、今度はビルの影を盗むことになってしまったよ」

西沢のおじさんが、飼い犬のゴロに話しかけます。

「それにしても、影なんて、どうやって盗めばいいんだろうねぇ……？」

おじさんは、考えこみます。そして、ゴロに頼ります。

「何か良い考えは、ないかい？」

ゴロは、「アファ〜ア」と大きなあくびをしました。

人間の言葉にすると、『自分がひきうけたんだろ、だったら自分で考えろ』というような意味でしょうか。

考えていても方法が浮かばないので、とにかく怪盗道化師《ピエロ》は、行動を起こすことにしました。

とりあえず、女の子の家に行ってみます。

西沢書店を出て、徳川山の方へ。

古い街並みが終わり、山を削ってどんどん開発されていく住宅地の側に、女の子の家は昔のにおいを残しています。

木造の平屋建てで、広い庭にはたくさん菊が生えています。

菊という花は、太陽の光をいっぱい浴びないと、きれいに咲きません。庭いっぱいの菊の花が満開になったらきれいだろうなと、道化師《ピエロ》は思いました。

すると、縁側のガラス戸が、ガラガラと開きました。

女の子が立っています。

「おばあちゃん、今日はいい天気だよ」

「そうかい……。菊の花は、まだ咲かないのかい……？」

中からする声は、女の子のおばあさんの声でしょう。

「まだ早いわよ。あと一ヶ月くらいは、お陽様の光を浴びないと」

「でもねぇ、今年はビルが建つから……。菊はきれいに咲かないんじゃないかねぇ……」

「大丈夫よ、おばあちゃん！」

女の子が、元気な声で言います。

「ビルが建っても大丈夫。道化師《ピエロ》っていう、すっごくえらい怪盗さんに、影を盗んでくれるよう頼んでおいたから」

その言葉を聞いて、道化師《ピエロ》はコソコソと逃げだしました。

女の子の家の裏は、広い空き地で、鉄骨などのビルを建てる材料が所々につまれています。

コンクリートミキサーや大型トラックの間を、作業員の人たちが忙しそうに動きまわっています。

「このビルが建ったら……」

工事の様子を見て、道化師《ピエロ》が呟きます。

「完璧に、女の子の家は日陰になるなぁ……」

そして、ワハハハと、笑いました。

その空《むな》しい笑い声は、鉄骨を打ち込む音に消されて、誰にも聞こえませんでした。

次に道化師《ピエロ》は、ビルの持ち主である社長の家に行ってみました。

こうなったら、ビルを建てないように、直接お願いしようと思ったからです。

社長の家は、駅前の方にあるとても大きい家でした。

お手伝いさんが、黒マントにシルクハットの怪盗道化師《ピエロ》を、豪華な応接室へ案内します。

すると、コーヒーとストロベリーケーキが、すっと出てきます。

道化師《ピエロ》は、その豪華な雰囲気に、すっかり圧倒されてしまいました。

「いやあ、あなたが道化師《ピエロ》さんですか。一度、お目にかかりたいと思っていました」

そう言って、社長が入ってきました。

歳は、西沢のおじさんと同じくらい。でも、とても迫力のある人です。

「で、わざわざ、このわたしに用事とは何ですか？」

社長が葉巻をくわえます。

「実は――」

そして、道化師《ピエロ》は、ビルが建つと女の子の家が日陰になること、すると菊が育たなくなり、おばあさんががっかりすること、だから、ビルを建てるのを中止してもらえないかということを、話しました。

「お話は、よくわかりました」

葉巻を灰皿に押し付けて、社長は、

「でも、それはできません」

そうはっきり言いました。

「どうしてです？」

「道化師《ピエロ》さん、あなたは確か世の中にとって値打ちのないものを盗む怪盗でしたね」

「そうですが……」

「あのビルは、街の発展には、欠かせないものです。ビル工事を中止するようにと言うのは、あなたの主義に反するんじゃありませんか？」

そう言われて、道化師《ピエロ》は気付きました。

ビルそのものを建てないようにするというのは、してはいけないことだったのです。

「それに――」

社長が続けます。

「あのビルを建てるというのは、わたしの仕事です。わたしはプロですから、何としてもあのビルを建ててみせます」

そう言う社長の口ぶりは、とても自信にあふれたものでした。

「だから、道化師《ピエロ》さん。あなたもプロの怪盗なら、見事、ビルの影を盗んでごらんなさい」

道化師《ピエロ》には、何も言えませんでした。

教訓・プロは、自分の仕事を他の人に頼ってはいけない。

また、プロの仕事を邪魔してはいけない。

プロの仕事というものは、それほどきびしいものなのだから――。

道化師《ピエロ》は、二日間、御飯を食べるのも忘れて、ビルの影を盗む方法を考えました。

そして三日目、道化師《ピエロ》は建設現場から、ビルの設計図を盗み出しました。

一晩かかって何かを書きくわえた道化師《ピエロ》は、建設現場に設計図を戻すと、ゴロと一緒に丸々二日間、眠り続けました。

その寝顔は、プロが仕事を終えた時だけ見せる、とても満足したものでした。

女の子は、最近とても不安な日々を送っています。

まだビルが骨組みだけの頃は、庭にもよく陽が当たり、菊のつぼみもふくらみかけていたのですが、この一週間は大きなビニールシートがビルの周りに張りめぐらされ、まったく陽が射さなかったのです。

「まだ、菊は咲かないのかい……?」

おばあさんが、寝床の中から女の子に言います。

(あと一日でいい)女の子は思いました。(あと一日でいいから、庭に陽が射してほしい。そうすれば、菊の花は、きっと満開になるから!)

この時、女の子の頭の中には、頼りにならない道化師《ピエロ》のことなど、まったくありませんでした。


ビルの完成する日がやってきました。今日、ビルの周りに張りめぐらされたビニールシートが、取り除かれます。

菊は、まだつぼみのままです。

女の子は庭に出て、家の裏にそびえている十階建てのビルを、うらめしそうに見上げました。

太陽は、ビルの後ろに隠れて、まったく見えません。

「あんなビル、無ければいいのに……」

女の子が、半分泣きべそをかいて呟きます。

それと同時に、何もしてくれなかった道化師《ピエロ》にも、はらがたってきました。

「何が、道化師《ピエロ》に不可能は無い!よ。結局、ビルの影を盗めなかったじゃない!」

いよいよ、作業員の人たちによって、ビニールシートが取り除かれます。

そして、シートが除かれた時、女の子は、

「あっ！」

と、驚きの声を上げました。

まるで、ビルなど無いかのように、太陽の光が庭に射し込んでいるのです。

「どうして……？」


みなさんは、光ファイバーというものを知っていますか？

これは、細いガラスの管で、一方の端に光を当てると、もう一方の端から光が出てくるという、不思議な性質を持っています。

道化師《ピエロ》は、ビルの中を通して、光ファイバーが壁から壁まで光を運ぶように設計図を書き直したのです。

それによって、十階建てのビルは、影ができなくなったのです。

道化師《ピエロ》は、女の子に言った通り、ビルの影を盗みました。


庭の菊が、いっせいに花開き始めます。

「おばあちゃん、見える？——きれいに咲いたわ！」

おばあさんも、うれしそうに庭の方を眺めています。

そして、女の子は、ビルの屋上に立っている人影に気付きました。

「道化師《ピエロ》さん！」

道化師《ピエロ》は、一度女の子に向かって手を上げると、黒マントをなびかせ、次の瞬間には消えていました。

「やってくれたな……」

十階にある社長室から、陽の光が当たっている女の子の庭を見おろして、社長がうれしそうに言います。

社長の目には、咲き誇っている菊がしっかり見えます。

「見事、影を盗みおった……」

その時、ノックをして一人の青年が社長室に入ってきました。

「失礼します。――社長、実は予算の事なんですが」

そう言って、細かい数字がいっぱい書かれている紙を見せます。

「初めの予定より、一億円ほど予算が高くなっているのです」

社長は興味なさそうに、チラリと数字を見ます。

「どうやら、何者かが、光ファイバーを極秘に注文したようなんですが――」

「もう、いい」

社長が、青年の言葉をさえぎります。

「きみは、いくつだね？」

「二十六です」

青年が答えます。

「そうか。――もし、これからデッカイ仕事をしようと思うのなら、一億や二億の金でゴタゴタ言わないことだ。プロの仕事をしようと思うのならな！」

そして、社長は愉快そうに笑いました。

青年は、わけがわからず、部屋を出ようとします。

「ああ、ちょっと待ちたまえ」

青年を呼び止めて、

「この菊を――そうだな、西沢書店に届けてくれないかね。もう、わたしには不用のものだ」

社長の指さす先には、女の子の家に送ろうと買っておいた菊の花束が、何千本もつんでありました。

次の日、西沢書店は菊の花に埋められました。

添えられていたカードには、

おめでとう、道化師《ピエロ》さん！

社長より

と、書いてありました。

初出『怪盗道化師《ピエロ》』講談社（1990・4）

不幸せをどうぞ

近藤史恵

一九六九年、大阪府生まれ。大阪芸術大学卒。九三年『凍える島』で鮎川哲也賞を受賞してデビュー。著書に、歌舞伎ミステリー『ねむりねずみ』『散りしかたみに』のほか、『カナリヤは眠れない』などがある。

「不幸せをあなたに」

そんな突拍子もない看板を、電車の窓から見かけた。

わたしは、首を傾《かし》げてしばらく考えた。これが、幸せなら話はわかる。でも、不幸せとはどういうことだろう。新興宗教の勧誘か、新手の心理療法か。どちらにせよ、こんなネガティブなキャッチフレーズでは、くる客もこなくなるだろう。

もともと好奇心は強いほうだ。次の駅で降りて、看板のあった場所を目指して歩く。

家々の隙間を、看板を見上げながら歩いた。件《くだん》の看板は、今にも朽《く》ち果てそうなビルの三階にかかっていた。砂や枯れ葉がたまった階段を、とんとん、と上る。

「不幸せ斡旋所《あっせん》」

三階のドアには、こんな表札がかかっていた。いよいよ怪しい。わたしは、ドアの磨《す》りガラスから、向こうを窺《うかが》ってみる。人影は見えなかった。

「お嬢さん、うちにご用ですか」

いきなり、声をかけられて飛び退《の》いた。背の低い、頭のはげかかった貧相な男が、コンビニの袋をぶらさげて立っている。

「あ、あの、不幸せ斡旋所って、たとえば自分の嫌いな人を不幸せにする方法を教えてくれるんですか?」

「違います。わたしたちがご紹介するのは、あなたの不幸せです」

「さようなら」

わたしは、あわてて階段を下りようとした。不幸せになりたいわけではない。だが、男はゲーム画面の敵キャラのように、うまくわたしの前にまわりこんだ。

「わたくしどもも、商品にならないものを売るわけではございません。常連の方もたくさんいらっしゃいますし、みなさん、不幸せを斡旋してもらってよかった、とおっしゃっています。一度、話だけでも聞いてみていただけませんか。ご相談とお見積もりは無料になっています。また、ただいまお試し期間中で、不幸せをひとつ、無料で斡旋します」

立て板に水、といった調子で話す。胡散《うさん》臭いことに変わりはないが、好奇心には勝てなかった。わたしは狭い部屋の中に通された。

「不幸せ、と言ってもわたくしどもは、結局のところお客様に幸福を紹介するビジネスでございます。幸せ、ということばを使いますと、ほとんどのお客様が抽象的、かつ都合のよすぎる願望をあげられます。大金が欲しい、とか女性にもてるようになりたい、とか。そういうことではなく、わたくしどもが斡旋いたしますのは、幸せのバネになるようなほんの少しの不幸せなのです」

わかったような、わからないような。

「どうですか。一度試してみませんか。もちろん、お客様のお気に召さない場合、きちんとアフターケアはさせていただきます」

そんなことを言われても、不幸せ、ということばには腰が引ける。わたしはもごもご断わろうとした。

「お客様、さきほど『だれかを不幸せにする方法』とおっしゃいましたね。仕事先かなにかに、仲のよくない人間がいるのではないですか」

ぎくり、とする。

「そういう場合にうってつけの不幸せがございます」

職場にて。頬杖《ほおづえ》をついて考える。いったい、昨日の妙な商売はなんだったのだろう。ついつい、のせられてお試しコースを頼んでしまったが、どうも狐につままれたような感じである。なんとなく仕事も手につかず、もたもたしていると、後藤《ごとう》先輩が声をかけてきた。

「ちょっといいかな」

見れば、後ろに同期の一美《かずみ》がひどく暗い顔をして、控えている。悪い予感がした。

「実は、昨日君が休んでいる間に、一美くんが君のパソコンを借りて仕事をしたんだ。ところが、急にパソコンの調子が悪くなったらしくて、いろいろいじっているうちに、急に電源を落としてしまって」

「どうしたんですか」

一美が蚊の鳴くような声で答えた。

「ハードディスクがクラッシュしちゃったみたい……」

めまいがした。ハードディスクの中には、やりかけの仕事がそのまま入っている。それがすべて台無しだ。元通りにするには一週間はかかるだろう。

文句を言おうと、口を開きかけたとき、気がついた。信じられないが、昨日の「不幸せ斡旋所」のせいではないだろうか。わたしは、あの小男の説明を思い出していた。

「くれぐれも言っておきますが、わたしたちが斡旋するのは小さな不幸せです。ですが、それはあなたの努力によって、幸せに変えることができるたぐいのものです。不幸せを、不幸せのまま終わらせるのも、あなた次第です」

正直な話、一美とは仲がよくない。職場でもことごとく対立している。これを機会に日頃の鬱憤《うっぷん》を晴らすこともできるのだが。

わたしは一度深呼吸して口を開いた。

「パソコンなんて、不安定な機械だからそういうこともありますよ。バックアップをとっていなかったわたしも悪いんですから」

先輩の顔から、緊張が抜ける。どうやら、わたしが怒り狂うものだと思っていたらしい。

「じゃあ、ふたりでなるべく早く、元通りにしてもらえるかな」

「はい、わかりました」

見れば、一美は信じられないという顔をしている。目が合うと、我に返ってぺこん、と頭を下げた。

「ほんとーに、ごめんなさいっ」

「いいって、いいって、わたしが逆の立場だったかもしれないし」

一美のほっとしたような表情を見ながら思った。人を許すのは本当に気持ちがいい。

「ご契約いただけますか！」

小男は、額《ひたい》の汗を拭《ぬぐ》いながら、声を張り上げた。

この前の一件以来、先輩や同僚の間で、わたしの株は大きく上がった。一美もなにかにつけて、わたしをたててくれるようになった。もちろん、単なる偶然という可能性もまだ残っているが、わたしは「不幸せ斡旋所」を信用する気になっていた。なにより、まったくの他力本願ではないところが気に入った。

「それでは、どのような不幸せをご紹介いたしましょう」

頼むことは、もう決まっていた。

「実は、三年ほどつきあっている彼がいるの。彼のほうはわたしと結婚したいみたいなんだけど、どうも気乗りしなくて。悪い人じゃないし、責め立てるほどの欠点もないんだけど、なんとなくいやになってしまった。ただ、社内恋愛だからわたしと彼のことはみんな知っているし、悪い子にならずに、別れられるような不幸せがあれば、と思って」

小男はにんまりと笑った。

「そういった場合、どういう不幸せが最適か、おわかりになりますか」

わたしは顎《あご》の下に手をやって、少し考えた。

「そうね。彼が暴力を振るうようになる、とか。でも、痛いのはいやだから、彼に別の女ができて、っていうのはどうかしら」

「さすが。もう要領がわかっていらっしゃいますね」

小男は契約書を出してきた。規約にはどこかで聞いたことのあるような文章がつらつらと並べてあった。

わたしは、契約書にサインした。

「不幸せ斡旋所」に例のお願いをしてから、彼の様子が変わり始めた。やたらにいらだちを見せるようになったかと思うと、急に気持ちが悪いほど優しくなる。「女ができたな」と明らかにわかるふるまいだ。

少し不安になる。彼が選んだのはどんな女性だろうか。あまり美女でもこちらが惨《みじ》めになるし、かといってあまりみっともない女にとられるのも外聞が悪い。まあ、それを望んだのはわたしなのだから、あまり贅沢《ぜいたく》は言えないだろうけど。

実はわたしには、もうひとつ計画があった。今の彼のことを相談する、という口実で以前からあこがれていた後藤先輩に近づき、ゲットする、という一石二鳥の計画だ。なにも、ひとつの不幸せにつき、ひとつの幸福しか望んではいけない、というわけでもないだろう。

一ヵ月ほどたったころ、わたしの耳にも噂が入ってきた。彼は総務の新人とつきあっているらしい。確かに可愛いが、気の弱そうなつまらない女の子だった。そろそろチャンスだろう。わたしは、「相談がある」と言って後藤先輩を食事に誘った。

噂は後藤先輩の耳にも届いていた。

「まったく、あんなやつだと思わなかったよ」

先輩は義憤に駆られているようだった。わたしは下を向いて小さくつぶやいた。

「たぶん、わたしにも悪いところがあったんです」

「そんな。自分を責めることなんかないよ。あいつの本性がわかってよかった、と思ってさっさと忘れてしまうことだ」

わたしは手をぎゅっと握りしめると、涙をこぼした。なにも嘘泣きなんかじゃない。自分を悲劇の主人公だと思えば、涙なんていくらでも出る。

後藤先輩は少し迷って、わたしの肩に手を伸ばした。

そのあとも、不幸せ斡旋所には何度も通った。他人のミスの責任をとらされて、会社をやめたことが、先輩との結婚のきっかけだったし、結婚に反対する先輩の両親を納得させるためには、交通事故にあった先輩の看病に通った。一生懸命看病するわたしの姿を見て、頑《かたく》なだった先輩の両親も、心を変えた。

なるほど、幸福と不幸が背中合わせだ、というあの小男のことばは本当だ。甘いものの隠し味にわずかに塩を入れるように、望む幸福を手に入れるためには、ほんの少しの不幸がよく効く。

結婚して一年もたたないうちに、わたしは妊娠した。特に子供が欲しいと思っていたわけではないけれど、産むなら若いうちがいい。わたしは素直に喜んだ。

「おふくろが、子供が生まれたら一緒に住みたい、って言ってきたんだ」

夫がそう言い出したのは、五ヵ月を過ぎた頃だった。わたしは、一瞬顔をこわばらせた。正直な話、姑《しゅうとめ》は苦手だ。いつかは一緒に住まなければならないとしても、今はもう少し自由を楽しみたかった。夫は、わたしの表情に気づいたのか、弁解するようにことばを継いだ。

「おれも、遠回しにできればもっと先の話にしたい、と言ったんだ。でも、おやじもおふくろもすっかりその気だし、今、ここでおやじたちの機嫌を損《そこ》ねると、家を建てるのに援助をしてもらえなくなるし」

わたしは、心の内を隠してにっこりと笑った。

「気にしないで。一緒に暮らしたらお母さんとも、もっと仲良くなれると思うし」

だが、これはひさしぶりに不幸せ斡旋所の出番だ。そんなに子供が欲しいわけじゃないし、流産させてもらえば姑たちと暮らさなくてすむ。

次の日、わたしはさっそく不幸せ斡旋所に向かった。それなりに繁盛しているのか、あのぼろぼろのビルは見違えるようにきれいになっていた。入ろうとしたとき、中から出てくる人影に気づいて、あわてて身を隠す。

出てきたのは夫だった。わたしは首を傾げた。夫がここを利用していたとは知らなかった。もちろん、わたしだって話してはいないけど。だが、夫はどんな不幸せを願いに行ったのだろう。

もしかすると夫も、わたしと同じことを頼みに行ったのかもしれない。彼は、わたしが姑と気が合わないことに気づいている。一緒に暮らしてその仲介をするのはいやだろう。とりあえず、今日は帰って様子を見てみることにする。

夕方、わたしは買い物に行くため、マンションを出た。そろそろ、夫も帰ってくる時間だ。うまくいけば、帰りに一緒になるかもしれない。

ついていないことに、エレベーターは故障中だった。さすがに、少し身体が重くなってきたので、階段はつらいがここは仕方ない。わたしは、非常階段へと向かった。ゆっくりと慎重に降りていく。

二階の半ばまできたとき、わたしは急に足を滑《すべ》らせた。身体がバウンドして落ちていく。

妙に覚めた意識がささやいた。

（ああ、このせいでわたしは流産するんだわ）

やはり、彼が願ったのはこのことだった。

ぐるぐると回転しながら、一階の踊り場まで落ちる。ごぶっとお腹がいやな音を立てた。

血の匂い。薄れていく意識の中で、わたしの頭に黄信号がともった。

（おかしい）

首が動かない。あまりに痛すぎる。目がかすんでいく。

彼が願ったのは、本当に流産だったのか。わたしは、曖昧になっていく意識の中で考えた。

（彼が本当に願ったのは、もしかして）

男は、妻の葬儀を終えてひとりになると、首の筋をのばしながらつぶやいた。

「なんとなく、あいつにはだまされたような気がするんだよな」

初出「小説ＮＯＮ」（１９９７・12）

若いオバアチャマ

佐野　洋

一九二八年、東京都生まれ。東京大学卒。読売新聞記者を経て、五八年『銅婚式』が「宝石」「週刊朝日」共同の懸賞に入選。『華麗なる醜聞』で日本推理作家協会賞を受賞。著書に『轢き逃げ』『推理日記』など。

私鉄のその駅で降りたのは、五人だけだった。この駅に来るのは、隔週の土曜日だったが、降りる客はいつも十人に満たない。

都心から急行に乗っても一時間強。しかも急行が停まらない駅で、通勤に適しているとは言えないだろう。まして、土曜の昼過ぎなのだから、利用客が少ないのも当然だった。

まだ、自動改札にもなっていない。

駅員に切符を渡して改札口を出ると、道路を挟んで斜め前の洋菓子店に入った。

この店には、隅の方に喫茶コーナーがあって、そこでコーヒーを飲みながら、昼食代わりにケーキを食べるというのが、ここに来る度の習慣だった。そして、土産用にケーキを包んでもらう……。

三十代後半と思われる女主人とも顔なじみになっている。

「いつものを下さい」

と言うだけで、チョコレートケーキとコーヒーを運んで来てくれた。

そのとき、店のドアが開いて、男の客が一人入ってきた。しゃれたブルゾンをひっかけた、ちょっといい男だ。

「コーヒーをお願いします」

と、女主人に声をかけながら、隣のテーブルについた。

「こんにちは……」

と、いかにも親しげに声をかけて来た。

「ああ、どうも……」

軽く頭を下げた。挨拶された以上、無視するわけにもいかない……。

「土曜日だし、きょうあたり見えるかな、と思っていたんだ」

「あのう、どこかで会いました？」

会ったことがある気もしたが、覚えていない。

「うん、いつも、あそこで切符を受け取っている」

男は、指で駅の方角を示した。

「ああ、駅にお勤めなんですか?」

「うん、きょうは非番で休みだけれどね」

笑顔のきれいな男だった。ことに白い歯がいい。「お宅がこの駅で降りるの、一週間置きの土曜日ですよね? 近くに恋人でも住んでいるの?」

「そんなんじゃないわよ。孫のところに行くの」

「まご? どうして?」

「どうしてってことないでしょう? ちょっと離れていると、顔を見たくなるものなの」

「そういう意味じゃなく……。まごというのが……」

「孫というのは、日本語では、こどものこどものこと」

「そんなこと知っているよ。そうか、ジョークなんだ。どんな人間だって、だれかの孫だものね。そういうことじゃない?」

「ううん、あたしの孫よ。名前は冬子」

からかっているのではない。十五年前に、冬子は孫になったという。

「だけどさあ……」

男は、食い下がった。「お宅、どう見ても二十代だよね。こどもはともかく、孫がいるはずないじゃないか」

「でもいるんだもの。嘘だと思うなら、ついてくれば……」

男が、何度もうなずいた。「わかったよ。お宅、年上の男と結婚したんだ。たぶん、四十五から五十ぐらいの男。そうじゃない？」

「へえ、あたしが？」

と、指で鼻を叩いた。

「うん、その男は再婚で、前の奥さんとの間にこどもがいた。それはたぶん娘で、いまはだれかと結婚して、こどもを産んだ。この場合、その子は、お宅の孫になるわけだ」

「え？　ああそうか……。たしかに、あたしが結婚していて、夫に孫がいれば、それはあたしにとっても孫に当たるわけね。でも、そうじゃないんだな。あたしは独身です」

「それ見ろ、おかしいじゃないか」

男は、得意そうに突っかかってきた。「結婚していないということは、こどももいないんだろう。それなら、孫がいるはずはない」

「そんなことないわよ。未婚の母という場合もあるし……」

「それはそうだけれど、お宅のこどもなら、まだ小さいわけだし、その子がこどもを産むはずはない」

「でも、孫がいるのは本当。ここのケーキが大好きだから、お土産に持って行くの」

「うん、この店に寄るのは知っていたよ。だから、きょうも、来ているかなと思って覗《のぞ》いてみたんだ」

「ふうん……」

ふと、この男を冬子に会わせてみようかという気になった。「ねえ、孫の顔を見てくれる?」

「いいよ。おれ、坂上稔って言うんだ」

男が手を差し出した。

「あたしは、布施由利……」

握手をしながら言った。

坂上稔が、布施由利に目をつけたのは、二か月ほど前であった。まだ暑いころで、彼女はノースリーブのシャツに、短いジーパンという夏向きの服装だった。シャツの胸が高く盛り上がっていた。

やがて、彼女がこの駅に降りるのが、隔週の土曜日の昼過ぎだということや、決まって駅前の洋菓子店に寄ることなどがわかった。

それで、彼女が現れるはずの日を非番にしてもらい、時間を見計らって店に顔を出してみたのだった。

一番気になっていたのは、彼女に恋人がいて、その恋人に会いに来ているのではないかということだった。

さっきの返事で判断すると、恋人に会いに来たのではないらしい。それはいいのだが、『孫に会いに来た』とは、どういうことなのか。

稔は、由利と肩を並べて歩きながら、そのことを考え続けていた。

「あら、かわいい」

いきなり、由利が声を上げた。中年の女性が、小さな犬を散歩させながら、道路の反対側を歩いている。

「あ、わかったぞ」

と、稔は言った。「孫というのは、ペットの名前なんだろう」

「違うわよ。名前は冬子だと言ったじゃないの?」

「そうか……。しかし、ペットに関係あるだろう?」

「ペットは関係なし」

由利が、怒ったように言った。

そのとき、車がそばに寄って来た。

「オバアチャマ」

と、運転席から声がかかった。運転しているのは、四十ぐらいの女性だった。

「あら、井上さん、どうしたの？　冬子ちゃんに何かあったの？」

「いいえ、オバアチャマが見えるのが遅いから、迎えに行って来いと……」

「あら、またそんなわがままを……。しょうがない冬子ちゃんね」

言いながら、由利は後ろのドアを開けた。

「せっかくのお迎えだから、坂上さんも乗って……」

言われるままに、車に乗り込んだが、稔の頭に、途方もない考えが浮かんだ。この由利という女性は、本当は、年寄りなのかもしれない。不老不死の薬かなにかで……。

「井上さんはねえ」

と、由利がささやいた。「いつも冬子ちゃんの面倒を見て下さっているの」

後部座席に、由利と並んで座った坂上稔は、そのまま黙りこんでしまった。井上さんの出現、しかも彼女までが由利を『オバアチャマ』と呼んだことで、彼は混乱しているようだ。

由利は、そんな稔をからかいたくなり、

「ねえ、井上さん」

と、話しかけた。「冬子ちゃんは、ずっと元気だったんでしょう？」

「ええ、きょうなんか、オバアチャマに会えるのが楽しみで、朝早くから起きて……」

「あのう、ちょっと質問していいですか？」

稔が、おずおずとした口調で尋ねた。

「いいわよ。なあに？」

「布施さんの年なんですが、本当のところ幾つなんです？」

「さあ、いまにわかるわよ」

由利は、稔の膝を叩いた。

――十五年前、由利は五歳だった。『孫』という言葉を覚えたばかりのころだという。

『ねえ、冬子ちゃんは、由利の孫よね』

冬子は、当時四十八歳、『おばあちゃん』と呼ばれるのを嫌い、初孫の由利に『冬子ちゃん』と言わせていた。

『ううん、そうじゃなくて、由利ちゃんが冬子ちゃんの孫なの』

『そんなの嫌、冬子ちゃんが由利の孫よ』

『いいわよ。じゃあ、冬子ちゃんはこれから、由利ちゃんを「オバアチャマ」と呼ぶことにするわ。それでいいのね？』

『うん、あたしが冬子ちゃんのオバアチャマ』

由利は、そんなことは忘れてしまっていたが、二年前に大学に入ったときに、祖母から聞かされたのである。

『面白い。お祖母さんが、あたしの孫だなんて。ねえ、これから昔の呼び方をしない？』

『そうね、やってみようか。じゃあオバアチャマ』

冬子が、楽しそうに呼びかけた。

以来、冬子は由利の孫になっている——。

「あ、ちょっと停めて下さい」

突然、坂上稔が叫んだ。

「え？　どうしたの？」

「おれ、用を思い出したんだ。降りるよ」

井上さんが車を停めると、稔はあわてたようにドアを開け、車を出て行った。

「どうしたんでしょう？」

と、井上さんが聞いた。

「きっと、あたしを宇宙人とでも思って気味が悪くなったのよ」

「そうねえ、そんな若いオバアチャマは地球上にはいないから……」

いや、坂上稔は別の想像をしたのである。これから会うことになっているのが、実はぼけている老人で、自分を由利の孫だと考えているのではないか……と。

そんな人に会わされたのではかなわない。
そう考えて、彼は逃げる気になった……。

初出「小説新潮」(1996・1)

ロマンチスト

井上雅彦

一九六〇年、東京都生まれ。明治大学卒。怪奇短篇、ショート・ショートを主に執筆。著書は『異形博覧会』『恐怖館主人』『綺霊』など。〈異形コレクション〉監修の功績により、第19回日本ＳＦ大賞特別賞を受賞。


探偵社からの封筒を持って、洋《ひろし》は喫茶店に飛び込んだ。けだるいジャズ。薄暗い照明。洋は興奮していた。はじめてのボーナス明細を見にトイレに駆け込んだ時以来だった。妻が、あの由紀が、別の男に恋をしているなんて。疑惑の波が、引いては満ちる。

「ふん。女性は元来、男性よりも現実的にできているはずだ。たとえ初恋の相手だとしたって、相手はただの不良芸術家。俺は将来を約束された一流銀行の幹部候補じゃないか」

そう考えれば、心が落ち着いてくる。

「そうさ。そんな俺を見限るような真似は、馬鹿なロマンチストでなきゃできやしない。女に馬鹿なロマンチストはいないはずだし、由紀は女だ。だから奴を選ぶはずがない」

しかし、その不良芸術家に、由紀は手紙を書いていたのだ。

『……愛《いと》しい磨理邑雅人《まりむらまさと》様。毎夜、貴方《あなた》の夢を見るこのごろです……』

ライターを探していて、由紀の箪笥《たんす》の中から書きかけの手紙を見つけた時の衝撃。

しかしその時は、磨理邑雅人というのが誰なのかわからなかった。名前からいって芸名だろう。俳優かなにかへのファンレターだろうか。その程度にしか考えなかった。

その後、週刊誌の広告などで磨理邑雅人の名を見るようになる。異色の彫刻家。おまけに詩人。日本のコクトーというふれこみだった。自ら万能芸術家だと名乗っていた。

自ら超能力者だとも名乗っていた。自分の念力で無から有を作りだすことができるのだと豪語《ごうご》していた。頭の中の空想の世界から生き物を作りだすことさえ可能だなどと言っていた。麻薬の容疑で追いまわされてもいた。それでも女子供のファンは絶えなかった。

「ひどい話だ」と洋は思った。

「こんな奴に、由紀までが熱を上げるとは」

しかし、彼女の化粧台の奥から、差出人磨理邑雅人の、由紀宛の手紙の封筒を見た時、洋は、ただならぬ予感を感じたのである。

「今話題の磨理邑雅人の個展を見てくるわ」

急にドレスアップした由紀が行き先を告げた時、洋は宣戦布告をされたように感じた。

自分はゴルフがあるから行けないなどと言って、こっそり由紀の後をつけてみた。

会場の入口で由紀を見失ってしまったものの、展示場の中のある彫刻を見て、洋は心臓が止るかと思った。

『由紀』と題するその彫刻は、まさしく由紀そっくりのヌード像だったのだ。製作年度は、洋が由紀と知りあうより前だった。

「由紀はあいつの昔の恋人だったのでは？」

由紀のあの手紙と照らしあわせると、ありえぬことではないような気がしてきたのだ。

結婚した時から、みよりのなかった由紀。

由紀の過去について、自分はどれだけのことを知っていたというのだろう……。

それ以来、洋は磨理邑雅人の詩集まで読みあさり、由紀という女性のことを探した。

すると気になるバラードが見付かった。芽が出るかどうかわからない芸術家が、わざと愛する女性と別れ、堅実な男と結婚させる。だが女は自分への思いに未《いま》だ身を焦《こ》がす思いでいる、というストーリーなのだった。

「うぬぼれ屋のペテン師め！」

詩集を読みながら洋はうなった。だが由紀のことを書かれているという証拠もないのに腹を立てるのも損な話だった。

洋が探偵社に頼んだのも、そんな疑惑を解明したいからだった。

あの『由紀』という彫刻の女性は、本当に自分の妻の由紀なのだろうか……。妻の由紀はたまたま自分そっくりの彫刻を見て、それで磨理邑雅人のファンになってしまったのかもしれない。それとも……。

二人の情事が今も続いているのだろうか。

探偵社からの封筒を切る手が震える。

調査書はごく短いものだった。

『磨理邑雅人ノ彫刻ノ由紀トイウ女性ハ、既ニ死亡セリ。磨理邑ノ恋人ダッタガ、例ノ彫刻製作ノ翌年、裕福ナ画商ト結婚。ソノ数ヵ月後、病死シタルトノ記録アリ……』

そうか。洋は、ほっとした。彫刻の由紀と愛妻の由紀は別人だったのだ。だが、待てよ……死んだ元恋人と同じ名前のそっくりの女性が現われたら、彼はどうするだろうか。

『……ナオ磨理邑雅人ト奥様トガ接触シタトイウ形跡ハ一切見ラレズ。タンナルふぁんれたーノ域ヲ脱シテイナイ模様……』

やったね。浮気の心配もなかった。つまりうちの有閑《ゆうかん》夫人様も人並みのミーハーだったというだけなのだ……。

洋は、疑惑の念で過ごしたここ二、三週間の緊張が一気にほぐれる思いだった。万歳三唱の気分だった。そのため調査書の残りの部分を、読み飛ばしてしまったのだった。

『……ナオ、念ノタメ磨理邑トモドモ奥様ノ郷里ヲ調ベル予定ダッタガ、奥様ノ経歴ハナゼカ曖昧模糊《あいまいもこ》トシテ調査不能……』

「あなたったら、やな人ね。探偵までやとったりして……」

由紀は、妙にうるんだ眼を輝かせて、洋の背中ごしに遠くを見ながら、言った。

「まあ。最初っから、そんなはずはないと思っていたんだけどね。磨理邑雅人のバラードに書かれたような女性なんていないってね」

「あら、どうして、そう思うの」

「そりゃなにしろ、女性は元来、男性よりも現実的にできているはずだからね。いくら時の人だって、いつ麻薬であげられるかわからない不良芸術家と、一流銀行の幹部候補ではとっくに勝負がついてるよ」

「……ずいぶん自信たっぷりなのね……」

「初恋のロマンに生きる女性なんて現実に存在するわけないさ。そんなのはロマンチックな男の頭の中の空想の世界から作られた女性だけなんだろうよ」

「確かにその通りだわ」

由紀は洋に向き直った。そして、意味ありげな、謎めいた笑みを浮かべて、言った。

「よくおわかりになりましたこと」


初出「小説現代」（1988・3）・再録『異形博覧会』角川ホラー文庫

紙の妖精と百円の願いごと

水城嶺子

一九六〇年、大阪府生まれ。同志社大学卒。出版社勤務、フリー編集者を経て、八九年『世紀末ロンドン・ラプソディ』で第10回横溝正史賞優秀賞を受賞してデビュー。著書に『銀笛の夜』などがある。

そりゃあ、夏場は、すっきりしているのがいいとは思うさ。僕もそれには賛成だ。髪形とか、料理とか、女の子の水着なんかはね。

だけど、ものには限度ってのがある。いくら夏だからって、今の僕の部屋は——明らかにすっきりし過ぎと言うものだ。

テレビもない。ステレオもない。ベッドもない。あるものと言えば、古いお守りと、ジーンズのポケットに百円玉がひとつだけ。なんとこれが、今の僕の全財産なんだ。

と言っても、別に怠けていてそうなったわけじゃない。十八で天涯孤独になってから丸五年、両親から引き継いだ古本屋稼業は結構まじめにやってきたんだ。実際、あの仕事は性《しょう》に合ってたし、楽しかったからね。

でも……それじゃ、なんでって言われると困るんだけど、僕としては不運が重なっちまったからとしか言いようがない。どうしようもないことが、それも一遍にふりかかって来て……結局、闘いの末、店は閉店、僕の手には百円とお守りだけが残ったってわけでさ。

「あーあ、役立たずのお守りめ！」

僕は畳に寝そべって、石でできたお守りを天井に投げ上げた。これは、昔々の大昔からあの小さな古本屋にあったって聞いてたから、今まで捨てないで持ってきたものだけど、

「フリーマーケットででも売れないかなあ」

僕がつぶやいた、その時だ。

「この罰当たり！」

天井から小さな雷のような声がした。

「えっ！」

あわてて跳び起きると、目の前に何か小さなものが落ちてきた。大きさはちょうど手の平ぐらい。でも、頭があって、手があって…。

「よ、よ、妖怪！」

「無礼者！　わしは妖精じゃ！」

「……妖精？」

目の前の小さいのが、うなずいた。きらきら光る真っ白い服を着て、真っ白い髭《ひげ》をはやしているので、ちょっと見ると「威厳のある毛玉」と言ったところだが、その態度のでかさは、確かにただものではない。

驚いて口もきけないでいる僕に、毛玉……いや、妖精じいさんは、いらいらと手を挙げた。

「そう、正真正銘、わしは妖精。紙のな」

「かみ……？」

「紙……ペーパーの妖精じゃ。あの店をかれこれ百年も守ってきた。それをおまえは……おっといかんいかん、わしは説教しにではなくて、お前を助けるために出てきたんじゃった」

「僕を助けるため？」

「そうじゃ。あの店の守護妖精として、おまえの願い事をひとつ、叶《かな》えてやるためにな」

僕は思わず目を見開いた。これは夢だ！

「なに目をむいとる。願い事をするのか？」

「し、します！　します！」

「よおし。ただし、願い事は紙に関するものに限る。それも、わしは神様ではないから、新しい本だの書類だのを作り出すことはできんから、そのつもりでな」

「……ってことは、あの、知識だけ？」

一瞬がっかりしかけたが、

「そうだ！」

すぐにひらめいた。

「完璧なにせ一万円札の作り方！」

「馬鹿者！　それでは犯罪ではないか。まったく、そんな風だからおまえは……」

「だって……いえ、わかりました、反省しました。じゃあ……あの……そうだ、すごい貴重本をそうとは知らずに安く売ってる店、どっか教えてもらえれば……」

「それはいいが、買う金はあるのか？」

がっくり。

僕が買うのか。いくら古本と言っても、百円じゃせいぜい文庫本しか買えない。

「どうした？　わしは、この世には三十分しかおられんのじゃ。後少ししかないぞ」

時計を見ようと柱を見上げた僕は、そこにもう何もないのを思い出してため息をついた。

「……もう、いいですよ。考えつきません……せっかく出てきてくれたのに、悪いけど」

不覚にも、涙がこぼれそうになった。

じいさんは、じっと僕を見た。

「さてさて……どうするかのう」

そう言うと、首を振り振り、ふっ、とどこかに消えてしまった。やっぱり夢か、と思うぐらい、鮮やかに。だけど……。

やっぱりあれは夢じゃなかった。それがわかったのは、その翌朝。目が覚めた僕の横に一冊の文庫本があるのを見付けた時だった。

それはどこの古本屋でも一冊百円で売ってるような古びた本だったが、違うのは中に紙が一枚挟まっていたことだった。それには墨の香りも格調高く、達筆でこうあったのだ。

「少々、甘やかすようじゃが、仕方ない。本の代金はおまえのポケットから貰ったから、領収書を置いておく」

そしてその下には、ただひとこと……。

「領収書・金百円。ただし、明日時効の宝くじ三千万円当たり券入り文庫本一冊」

というわけで、僕は今、店を探している。あのお守りが似合うような素敵な古本屋をね。

初出「ＤＯＯＲ」208号（１９９６・11）

ハードロック・ラバーズ・オンリー

有栖川有栖

一九五九年、大阪府生まれ。同志社大学卒。『月光ゲーム』でデビューし、本格ミステリーを発表し続けている。著書は『孤島パズル』『双頭の悪魔』『ロシア紅茶の謎』『幻想運河』、エッセイ集『有栖の乱読』など。

降り始めた雨の中、交差点を渡りかけたその人の赤い傘は、とても鮮やかに映った。思いがけないところで知った顔を発見した僕は、慌ててその後を追おうとしたのだが、人の波に行く手を阻まれる。土曜日の河原町《かわらまち》は、いつもどおりの賑《にぎ》わいだったから。呼び止めようとして、その人の名前を聞いたことがないことに思い至り、困ったな、と思う。

「すみません。ちょっと、そこの赤い傘の方！」

思い切って大きな声を出してみた。まだ傘を広げた人はごくわずかだったし、赤い色の傘を手にした人は周辺にいなかったので、振り返ってくれるものと確信した。なのに、その人は何の反応も見せず、かえって歩調を早めてしまう。信号が黄色に変わったからだろう。

「あの、ちょっと、待ってください！」

もう一度叫ぶと、いくつもの顔がこちらを向いたが、肝心のその人だけはやはり僕の呼びかけを無視した。赤信号が点灯し、車の流れが進路を断つ。僕は照れ隠しに小さく肩をすくめた。

「どうかしたんか？」

後ろから長髪を肩に垂らした江神《えがみ》さんが尋ねてきた。学年は三つ違い。しかし、年齢は七つも上という先輩は、僕の視線の先をたどり、交差点の向こうを見やっている。赤い傘はもうどこにもなく、後を追うことはあきらめるしかなさそうだった。

「すみません、一人でさっさか歩いて」とまず詫《わ》びる。

「それはええけど——もしかして、今のは十年ぶりに見つけた初恋の人か？」

そんなロマンチックなものではない。ただ、彼女があるところに忘れたものを持っていたので、それを渡したかっただけなのだ、ということを伝えると、先輩は「ふぅん」とだけ言う。

「信じへんのですか？」

「いいや」と笑って「けど、あれだけはっきり無視されるのはわけがありそうやな」

「僕の声を聞いた彼女が、『あ、嫌な男に見つかった。はよ逃げよう』って駈け出したみたいでしたもんね。ところが、生憎《あいにく》とその推理は的はずれですよ。相手は僕の声を聞いたことがないんですから」

「知り合いやないのか？」

「三、四回会っただけです。お互いに声も知りません。しゃべったことはあるんですけどね」

江神先輩はわずかに眉間《みけん》に皺《しわ》を作った。わざとわけが判らないようにしゃべるな、と言いたいのだ。推理小説研究会などというサークルの先輩後輩なもので、ふだんから謎掛けめいた話し方をしてしまう。

「歩きながら話しましょうか」

その店の存在を知ったのは、大学生活にも慣れてきた五月の中頃。昼食を一緒にする相手をつかまえそこねた僕は、一人で学生食堂のランチを掻き込んでから、余った時間をつぶすために校門を出た。新緑が萌える向かいの京都御所の木陰でぼけっとしようか、それとも新しい喫茶店でも開拓しようか決めかねつつ、今出川通りを東にふらふら歩いていたのだ。その雑居ビルの一階のよく繁盛しているパン屋はふだんから目に留めていたが、三階の窓ガラスに coffee & music とあるのには初めて気づいた。

『マシン・ヘッド』

音楽喫茶のたぐいらしい。とすると、店名はディープ・パープルの名盤のタイトルから採ったものだろう。モーツァルトの弦楽四重奏曲やマイルス・デイビスのトランペットよりヘヴィーなロックが好きな僕は、試しに入ってみるか、という気になった。薄汚れた店でまずいコーヒーを飲ませられるだけかもしれないけれど、あらかじめ覚悟していれば腹も立たない。

狭くて急な階段を昇り、分厚そうなドアの前に立つと、中から聞き覚えのあるエアロスミスのナンバーが漏れ聞こえていた。ドアには、窓ガラスにあったのと同じ文字の他に、フェルトペンらしきものでこう書かれている。

ハードロック・ラバーズ・オンリー

ハードロック好き以外はお断わりだぜ、というそのメッセージが店側からのものなのか、常連客の落書なのか判らない。いずれにしても、自分は客になる資格を満たしているようなので、躊躇《ためら》わずにドアを開けた。

大音響がたちまち襲いかかってきた。まさかそこまで、というレベルだったので、思わず足が止まる。そんな僕に向かって、カウンターの中の店員が〈いらっしゃいませ〉と声をかけてきた。もちろん、その声が聞こえたのではなく、正確に言うと、彼の唇がそのように動くのが見えただけなのだが。

あまり齢が違わないであろうアルバイト風の店員が〈どうぞ〉と掌で示すので、僕はスピーカーから一番遠い奥の窓際の席に向かった。

と相手が言ったのかどうか唇を読み取れなかったが、テーブルに水を置きながら訊《き》くことといったら他にないだろう。どなっても無意味そうだったので、ごく普通の声で「コーヒー」とオーダーした。いくら唇の動きが似ているからといって、このケースで相手が「雑《ぞう》煮《に》」と聞き違えるはずもない。一分ほどで、ちゃんと希望のものがきた。

まずまずの味だな、と満足してから、僕はおもむろに店内を見渡した。二人掛けのテーブルばかりが七つ。客は僕以外に三人で、てんでバラバラに掛けている。腕組みをしながら足の爪先でリズムをとっている男。ギターがチョーキングするたびに自分の頸《くび》を絞められたように顔をしかめる男。テーブルを一つ隔てた席には、楚々《そそ》としたしぐさでコーヒーを飲んでいる女性。いずれも大学生風だった。ここは立地からして、うちの大学ご用達《ようたし》の店なのだろう。

僕は、童女のように前髪を切り揃えた彼女の方にちらりちらりと視線を投げた。他人の目に無防備な様子の女の子を盗み見るのが趣味だという男もいるだろうが、僕は違う。つい視線がそちらに向いたのは、すさまじい音量の中で、彼女がいかにも涼しげな表情をしていることに興味を惹《ひ》かれたからだ。心ここにあらずで考えごとでもしているのだろうと思っていると、お気に入りのフレーズに反応したか、時々、音に合わせて頷《うなず》くように軽く頭を上下させる。どこか玄人っぽい聴き方に見えた。バンドをやっているのかもしれない。ブラウスに薄いニットのベスト。ピアスや指輪のたぐいはまるでつけていない彼女の雰囲気はいかにもおとなしく、髪を振り乱してギターをかき鳴らすタイプには見えないけれど。

その彼女の顎《あご》がふと上がり、目が合った。

僕は慌てて目をそらし、カウンターを向く。コーヒーを運んできた店員はびっしりとCD、LPが詰まった棚の前で立ったまま音楽雑誌をぺらぺらとめくっていたが、僕がそちらを見ているのに気づくと何やら口をぱくぱくさせ、壁の貼り紙を指差す。そこには「リクエストをお申しつけください」とあった。エアロスミスなんてポピュラーなものが鳴っているぐらいだから通ぶる必要もないのだろうけれど、的をはずしたものを頼んで一座の顰蹙《ひんしゅく》を買うのをおそれ、僕は首を振った。次にかけるアルバムが決まっていないのか、店員は紅一点の客にも同じ身振りで希望を訊くが、彼女も黙って首を振る。

また目が合う。僕たちは微かな笑みを交換した。リクエストをいちいち訊かれるのも落ち着かないね、とお互いの目が語った——のだと思う。

どのお客からもリクエストがなかったので店員は無造作に一枚選んでプレーヤーにのせ、ジャケットが見えるようにカウンターに立てかけた。バンド名が読めないが、脳天にドリルを打ち込むようなデス・メタル系の曲だ。窓ガラスがびりびりと顫《ふる》え、カップの中に漣《さざなみ》ができようかという演奏が始まるなり僕は思わず耳をふさぎたくなったのに、やはり彼女は平然としたまま、こっくり頷いたりする。見かけによらず、筋金入りのハードロック・ラバーなのかもしれない。

しばらく音の奔流に身をひたしていた。仮性の難聴になったのか、どんな音が鳴ろうが驚かなくなった頃、彼女が不意に僕のテーブルに寄ってきた。腕時計を嵌《は》めていない自分の左手首を指して、何か言う。察するに、〈何時ですか?〉と尋ねているのだろう。腕時計を突き出して見せると、彼女の唇が〈ありがとう〉と動く。そして、ショルダーバッグを肩に掛けて立ち上がった。初めて会った日は、ただそれだけだった。

講義の空き時間にちょくちょく『マシン・ヘッド』に行くようになったのは、何もその彼女にひと目惚れしたわけではなく、ロック嫌いなら一分間とそこにいるのが耐えられないようなその店が、妙に居心地よく感じられたからだ。体全体でロックを体感できることが愉快だったし、ドアにあった言葉が象徴するその場所の閉鎖性も楽しんでいたのだろう。

彼女を見かけたことは、確か四回。二度目は離れた席から目顔で〈こんにちは〉を交わしただけだったが、隣りあった席に掛けた三度目は、僕の方から話しかけた。〈バンドをやっているんですか?〉と。大きな声で尋ねたのだが通じなかったので、リクエスト用に卓上に用意されているメモ用紙に質問を書いたのだ。彼女は僕のペンを取り、同じようにメモ用紙に書く。

〈いいえ。どうしてそう思ったんですか? 楽器も持っていないのに〉僕は少しバツ悪く感じながら、〈何となく〉と答える。出《で》鱈目《たらめ》なことを問いかけてナンパするつもりもなかったのだが、ロックの海の底で筆談をするのが面白くなって、僕たちは他愛もない質問をいくつか交換した。彼女はやはり大学生だったが、意外なことに百万遍《ひゃくまんべん》にある国立大学に通っているとのことだった。〈わざわざここまで遠征してくるんですか?〉と問うと、〈ここが好きだから〉というしごく当然の回答が返ってくる。僕が頷いていると、彼女はいったん置いたペンをまた取り、こう付け足した。

〈ハードロック・ラバーだから〉

〈筋金入りの?〉と書いてみせると、彼女は微笑みながら何か言った。〈多分〉と言ったのだろう。

四度目はつい十日ほど前。ただし、僕が店に入った時、彼女はレジで精算をしているところだったので、〈こんにちは〉と二人とも口をぱくぱくさせただけだった。店内はいつになく賑わっていたので、今しがたまで彼女が座っていたテーブルしか空いていなかった。だから、彼女が砂糖入れの陰に遺《のこ》した忘れ物に気づくことができたのだ。

「もしかして、そのハンカチを持ち歩いてるのか?」

江神さんが訊くので、僕はバッグからそれを出して見せた。

「で、これを渡そうとして慌てたんか。大袈裟《おおげさ》な奴やな。今度、その店で顔を合わせた時でええやないか」

まあ、そう言われればそうなのだけれど。

「とにかく、そんなわけやから、彼女と僕はお互いに相手の声も知らないんです」

「さっき『そこの赤い傘の方』てな呼び方をしてたな。名前も聞いてなかったわけや」

「下心がなかった、ということですよ。ハンカチを持って歩いてるのは、純然たる親切心からですしね」

実は、有栖《ありす》川《がわ》有栖《ありす》などという個性的すぎる名前を説明するのが面倒だったせいもある。

「純然たる親切心ねぇ」

「ええ。つれなく裏切られましたけれど」

すねたように言うと、まぁまぁと先輩はなだめてくれる。雑踏の中だったし、急いでいたから、呼ばれたことに気がつかなかっただけだろう、と。そうかもしれない。だが——

「せやけど、耳には届いたはずや。街角のミステリーです」

「納得してないな。双子の妹やったとでも思うか？」

あまり冴えた回答ではない。

「違うでしょう。着ていたものも髪型も僕が知っているままやったから。もしかして」

推理小説ファンの悪い癖が出てきた。

「彼女はこのハンカチを僕から返されると不都合なことが……」

「まさか」

江神さんは一笑に付した。

「いや、判りませんよ。このハンカチにまつわる深い深い事情があるのかも」

「もしも、それが呪《のろ》われた王家のハンカチやったとしてもおかしい。聞き覚えのない声で『赤い傘の方』と呼びかけられただけでは、そのことやと判らんかったはずやないか」

「……そらそうですね」

理屈だ。ということは、やはり注意がよそにいっていて、耳に入らなかっただけだと考えるしかないか。

「またあの店で会《お》うた時に渡します」

そう言ってハンカチをしまいかけた僕に、先輩はぼそりと呟《つぶや》いた。

「他にありそうなことは——彼女、耳が聞こえへんのかもしれんな」

今度は僕が「まさか」を言う番だった。耳が不自由な女の子がわざわざ遠方の音楽喫茶を選んでコーヒーを飲みにきたりはしないだろう、と思いかけて——考え直す。

〈ここが好きだから〉

〈ハードロック・ラバーだから〉

もしも聴覚が失われていたとしても、彼女は音楽を満喫できたのではないか？　あの店でなら全身でロックを味わうことは可能だった。軽く頷くように首を振る彼女は、音を体で受け止めていたのかもしれない。その細かなしぐさの一つ一つが、これまで考えてもみなかった色を帯びていく。カップを持つ手、ペンを僕から受け取る手、そうではないと小さく振る手の指が、とても豊かな表情を持っていたことにもようやく気づき、すとんと腑《ふ》に落ちた。証拠も、それを確認するつもりもないけれど。

音楽は、いや、どんなものでも、僕が考えているよりもずっと広く、愛されることに向かって開けているのかもしれない。

先輩は、不意に黙り込んだ僕の様子を訝《いぶか》ることもなく生欠伸《なまあくび》を噛《か》み殺《ころ》しており、雨の町には、傘の花が数を増しつつあった。梅雨入りを告げる柔らかなその雨音は届かずとも、傘から手に伝わる六月の鼓動は、ハードロック・ラバーの彼女にもきっと聞こえていることだろう。

初出「小説新潮」（1996・7）

ラッキーな記憶喪失

森　奈津子

一九六六年、東京都生まれ。立教大学卒。九一年『お嬢さまとお呼び！』でデビュー。性愛をテーマにホラー、幻想小説など幅広いジャンルで活躍。著書に『西城秀樹のおかげです』『あんただけ死なない』など。

気がついたら、病院のベッドの上だった。しかも、おれはそれ以前の記憶をすっかりなくしていた。記憶喪失というやつだ。

頭を打った上、左足骨折までしている。痛み止めのせいか、全身がだるくて仕方がない。

ベッドの横には、若い男がいた。見るからにお調子者といった雰囲気の奴だ。

彼は田代と名乗った。おれとこいつは、学生時代からの親友だという。しかし、おれはこんな軽薄そうな男を親友にした覚えなどない。

田代の話によると、おれは自分のアパートの階段から転げ落ち、病院に運ばれたのだとか。その場にいた田代が救急車を呼んでくれたのだそうだ。

それはありがたいとは思うが、どうもこの田代という男は怪しい。おれが記憶喪失になったとわかるなり、彼は手をたたき、うれしそうに言ったのだ。

「そうか。なるほど、記憶喪失か。おれはてっきり、おまえが死んじまうもんだと思ってたよ。いやぁ、よかった、よかった」

おかしなことを言う男だ。しかも、目に涙までためて喜んでいやがる。

おれはますます不信感をつのらせ、この不幸な出来事のなにがそんなにうれしいのかと、田代に訊いてみた。

すると、彼はニヤリと笑うなり、反対に言ったのである。

「なぜだか、当ててごらん」

ふざけた野郎だ。

しかし、おれは怒りをおさえ、おだやかに言った。

「ヒントをくれ」

「おまえは記憶喪失になったおかげで死なずに済んだ。それがヒントだ」

なんだ、それは?

おれはイラつきながらもその理由を考え、こたえた。

「たぶん、おれはあんたの弱みを握ってたせいで、あんたに命をねらわれ、階段から突き落とされたんだろうな。けど、おれは記憶を失ってしまったので、あんたはおれを消す必要がなくなった。そうだろ？」

「おい。親友に向かってそれはないだろ？　しかも、何年も前から心配させておきながら！」

田代は憤慨して言った。これは、ますますわからんぞ。

ほとほと疲れはててしまい、おれは田代に言った。

「おこるぐらいなら、素直に教えたらどうだ」

田代はちょっと迷っていたが、やがて、重大な秘密を打ち明けるような調子で言った。

「仕方ない。おまえがそんなに言うのなら、教えてやろう。実はおまえには予知能力があったんだ。しかも、自分自身の未来しか見ることができないという能力だった」

なんだそりゃ？　そんなことは記憶にないぞ（それでこそ記憶喪失だが）。

「そんなおまえは、二十五歳から先の未来を見ることは決してできなかった。だから、おまえは二十五で死んじまうんだろうとおれは見た。けど、実際にはおまえは死なずに記憶喪失になっただけだった。どういうことだと思う？　実は、おまえが二十五歳以降の自分を見ることができなかったのは、死ぬわけじゃなくて、その時を境に記憶を失って、今までの自分ではなくなってしまうことを意味してたんだよ。記憶喪失という不幸は予知できなかったけど、死なずに済んでラッキーってわけだ」

なるほど。そうだったのか。それは実にラッキーだったな。

いや、待てよ。

「じゃあ、おれは死ぬまで記憶を取り戻せないってわけか？」

おれが訊くと、田代は気の毒そうに言った。

「だろうね。万が一、記憶を取り戻して元の自分に戻ったりしたら、おそらくはその時こそおまえはこの世からおさらばなんだと思うぜ。おまえの予知は外れたことがなかったからな」

おい……どこがラッキーだ、馬鹿野郎。

初出「産経新聞・関西版夕刊」（１９９７・10・17）

恐ろしい窓

阿刀田　高

一九三五年、東京都生まれ。早稲田大学卒。『冷蔵庫より愛をこめて』でデビュー。「来訪者」で第32回日本推理作家協会賞、『ナポレオン狂』で第81回直木賞、『新トロイア物語』で第29回吉川英治文学賞をそれぞれ受賞。

書類を届けるだけの仕事だった。銀座二丁目のSQビル。住所を見て所在地の見当をつけた。

渋谷で地下鉄に乗り、降りるのは銀座駅より京橋駅のほうが近いだろう。

電車が走り出して、すぐに背後の声を聞いた。

「このごろ、結構いい映画があるじゃない」

「最高だよ。やっぱし映画館へ行かなきゃ」

「テレビと全然ちがうもんね」

「映画は映画館で見るもんだよ」

若い男女の声だ。

特別に注意して耳を傾けていたわけではない。小耳に挟んだ、という表現が適切だろう。

——映画の話をしている——

とは気づいたが、それさえも聞きちがいと言われれば自信がないくらいだった。会話の中身が、日ごろ私が考えていることと一致している。だから、ほんの少し記憶に残ったのだろう。

——よく通る声だ——

とも思った。

男も女もかなり大きな声で話している。聞こえよがし、と言ってもよいほどに。むしろ話の中身より、声の大きさが背後の二人を記憶した理由だったかもしれない。

が、すぐに忘れた。

私は新聞を細く折り、

——今年のタイガースはひどいなあ——

スポーツ欄に心を奪われていた。

＊

新橋駅を過ぎたところで、

——次の次だな——

と思ったとたん、

「銀座とか、狭い土地にビルがぎっしり立っていると、よくあるのよね」

「ああ」

まさに電車は銀座の地下を走っている。ふり向いて乗客の肩越しにかいま見ると、最前の会話の主は二十代の男女。肩を並べてすわっている。今度は顔を見た。学生かもしれない。

「高いビルの窓から隣のビルの窓を見ると、すぐ近くに人の顔が見えたりして」

「うん」

「それが自分とそっくりだったら」

「こわいよねえー」

「いいとこ、つかんでいるよ。あの映画。〝恐怖の窓〟」

「まじ恐怖の窓よね」

「明日からだろ、封切りは」

「そう。絶対にお薦めよ」

＊

明日封切りということは、二人で試写を見たのだろうか。会話を聞くうちに、

――わかった――

私の頬がゆるんだ。

——古い手を使っている——

確信は持てないが、きっとそうだろう。いや、まちがいない。

ずいぶんと昔のことだけれど、知人に映画の宣伝マンがいて、

「封切り前に学生アルバイトを雇ってさあ、地下鉄とか山手線とかで、どんなにおもしろい映画か、大きい声で話をさせるんだ。まわりの乗客は結構聞いているからな。口コミもばかにならない。アルバイト料なんか、ほかの宣伝費に比べれば安いもんだよ」

と、肩を揺すっていた。

目の前の二人は、そんな仕事にふさわしい。さっきからやけに声高に話している。映画のタイトルをしきりに口に出す。学生風で、とても映画評論家や新聞記者ではあるまいに、ちゃんと試写を見ているところが、くさい。

「こわいよな、〝恐怖の窓〟は」

「女優もきれいだし」

「夏向きだな、ゾーッとして」

「窓からヒョイと見て、本当に自分とそっくりの人がいたら……」

「あわてて隣のビルへ捜しに行っても、もういない」

「そうなのよね」

「しかし、だれもがそれを見るわけじゃない」

「うん」

「見たやつは、その瞬間から悪霊にとりつかれて……」

映画のストーリーが見えてくる。

つまり、高層ビルの窓から隣のビルの窓を見ると、そこに自分とそっくりの男が立っている。大急ぎで隣のビルまで確かめに行っても見つからない。不思議だなあ、と思っているうちに、それを見た男の身辺に恐ろしいことが起こり始める。当たらずとも遠からず。

＊

「結局、死んじゃうんでしょ、見た人は」

「狂い死にだな」

待ってくれ。そこまでストーリーを明かしてよいものか。宣伝にしては行き過ぎだ。

余計なことを考えているうちに電車は京橋駅へ滑りこむ。私は網棚の荷物を取ってドアへ向かった。もう一度ふり返ると、二人は私のほうを見つめている。

「ビルの窓にご用心！」

「見ては駄目よ」

と……私に言っているのだろうか。二人の顔が、どす黒く、周辺が影を帯びて見える。私は思わず身震いをした。

――本当に宣伝のアルバイトなのだろうか――

だが、外に出ればすべてを忘れてしまう。

ＳＱビルを捜して書類を届け、廊下の窓からヒョイと外を見ると……一メートルほど離れた隣のビルの窓で私が笑っている。銀座にはこんなことが時おりあるらしい。

初出「朝日新聞」（１９９８・８・29）・再録『街物語』朝日新聞社

眼

北村　薫

一九四九年、埼玉県生まれ。早稲田大学卒。『空飛ぶ馬』でデビュー。『夜の蝉』で第44回日本推理作家協会賞を受賞。著書は『冬のオペラ』『スキップ』『盤上の敵』など。エッセイスト、アンソロジストとしても活躍。

S＊＊＊氏は、話し始める。

──グラモン街に、ええ、家を出る時には、グラモン街に行くつもりだったのです。

すると、夫人は、

──まあ、それなら、あなたは良いくじをお引きになったのよ。

そして、僕のとまどいを楽しみながら、

──お分かりにならない？

──皆目。

――まあ、勘の鈍い恋人ね！

やっと種明かしだ。なんと、あのM＊＊＊嬢が先程、夫人の家に着いたところだ、というんだ。え、恋人？

仕方がない、これは夫人に言質《げんち》を取られていたんだよ。僕が自分でいったことなのさ。恋の話が出た時にね。今でもいえるよ。一字一句、違《たが》えずにね。――僕は、M＊＊＊嬢に恋をしているんです。まず、そう囁《ささや》いた。それから、――でも、その愛しい女性《ひと》を、僕は一度たりとも見たことがないのです。

夫人は、この未だ見ぬ恋が、馬鹿にお気に召したようだった。ぴくりと細い眉を動かすと、――それで、どうして恋にお落ちになったの？

僕は答えた。――奥様、そこが恋の、秘密というものです。

気を持たせたが、この秘密、実は簡単なことだった。M＊＊＊嬢には、僕の最愛の恋人たる資格があったんだよ。彼女は右眼が不自由だったんだ。ヴェリの店で恋愛論を戦わせたことがある。僕はこう主張した。――支えられるべきところを持つ女性との恋こそ、最も永遠にして深遠なり。そうした時、男は男以上のものに、女は女以上のものになりうる。だから、僕はM＊＊＊嬢の噂を聞いた時、胸をときめかせたんだ。

僕は、二階の、夫人の教えてくれた部屋の前に立った。ドアを開く時、我にもあらず、手が震えたよ。

M＊＊嬢……。

その女性は、静かに僕を見た。美しかった。思っていたより、はるかにね。ただ、やはり、片方の眼は見開かれてはいなかった。勿論《もちろん》、女性の顔を、眼がそうであればなおさらのこと、不躾《ぶしつけ》にじろじろと眺めてはいられない。僕は、心持ち視線を落とし、自己紹介をした。

彼女も口を開いた。

――わたしは、……。

はっとした。その名前は、僕の恋人のそれではなかった。さらに続けて彼女は、M＊＊嬢はすでに辞去したと教えてくれた。

――奥様は、勘違いなさったのですわ。だって私も眼が片方……。

彼女は、にこやかに微笑《ほほえ》んだ。

――でも、わたしのは左ですのよ。

僕は頬が熱くなるのを感じた。恥ずかしくてならなかった。したたかに、突きを一本入れられたようだった。なるほど、彼女の悪いのは左眼だった。

――失礼いたしました。

――お帰りになりますの、それとも歌劇でも？

僕は口をつぐんだ。

——劇場はどこかしら？

白々しい。僕は、皮肉にいってやった。

——グラモン街です。

——あら、イタリア座ですの。

彼女は、会心の、という笑みをもらした。

ドアを閉めようとすると、

——玄関までお送りいたしますわ。

彼女は階段を降りながら、子供っぽく、はしゃいでいた。一階の召使いが顔を上げた。

——お危のうございます。


そこで、S＊＊＊氏と私の対話。


——というわけで、僕は、M＊＊＊嬢を忘れられなくなってしまった。

——ちょっと待って、その話の彼女はどうなったんだい。

——彼女！　彼女がM＊＊＊嬢さ。

——だって！

——いいかい。M＊＊＊嬢は、僕の恋のことを夫人に聞いていたのさ。それが、愛の代わりに優越を要求するようなものだと気づいて、男の身勝手さに我慢ならなかったんだ。彼女は、僕が上に来ることを立ち聞きし、Ｍ＊＊＊嬢でなく見せることで、僕の出鼻をくじき、見事なしっぺ返しを食わせたんだよ。しかしそれがまた、泣きたいほどに健気《けなげ》……といったら、いっそう彼女の怒りを買ってしまう。そうだ、毅然《きぜん》として凜々《りり》しいものじゃあないか。

――おいおい、見せかけるといったって、不自由な眼を右から左には移せないよ。

――なんだ、まだ分からないのか。彼女の右には義眼が入っていたのだよ。当然だろう。彼女は、その上で、僕と左眼をつむって話していたんだ。そこなんだよ。部屋から階段、階段から玄関へと、彼女は面目をかけて、僕の声だけを頼りに歩いてみせたんだぜ。

初出「小説新潮」（１９９６・12）

三通の短い手紙

大谷羊太郎

一九三一年、大阪府生まれ。慶応義塾大学中退。『死を奏でるギター』でデビュー後、『殺意の演奏』で第16回江戸川乱歩賞を受賞。本格ミステリーを得意とし、著書は『悪人は三度死ぬ』『殺人予告状は三度くる』など。

人の手紙を盗み見るのは、たとえ親子の間であっても、よくないことだ。それを知ってい ながら、昌枝はそっと卓司のデスクの引き出しに手をかけた。

一人息子の卓司は二十五歳で、サラリーマン。母親にとっては、卓司の結婚問題がひどく気になる。春美という恋人がいるのはわかっていた。二人の仲がうまくいっているのかどうか、無口な卓司は話してくれない。母親にしては、それがぜひ知りたくて、こうして出勤後の卓司の部屋に入り込んだわけだった。

引き出しの中には、ピンク色の封書が三通、積み重ねてあった。当然ながら、開封してある。いちばん上の一通を取り上げて、昌枝は中から便箋を取り出した。封筒と同じ色のピンクで、花の図柄があしらってあり、いかにも恋人通信の便箋にふさわしい。

便箋は一枚。つぎのように書いてあった。

「あなたって、ひどい人ね。そんな人だとは思わなかった。——春美より怒りをこめて」

へえ、なにかでもめたんだ。恋人時代って、つまらないことで、けんかしたり、仲直りしたりの連続だけど。つまりは、甘えとか愛情の変形なんだな。昌枝は自分の若いころを思い出しながら、つぎの封書に手を伸ばした。

同じ色合いの封筒からは、また同じ感じの便箋が出てきた。

「あのね、すごいビッグニュースがあるの。あなたは飛び上がってよろこぶはずよ。そのときのあなたの顔を見るのが、とても楽しみ。ふ、ふ、ふ。——春美より期待をこめて」

昌枝は思わず微苦笑した。けんかはすぐに仲直り。恋人同士なんて、こんなものね。

昌枝は、第三の封書を取り出した。

「私って、世界一幸せ。だって、あなたのようなすてきな男の人を、恋人にできたんですもの。——春美より最高の愛をこめて」

あらあら、こんな文章を読むと、こちらまで照れてしまうわ。昌枝の口元に浮いていた微笑は、大きく広がった。ときにはけんかもするけど、結局は愛の言葉で終わるんだ。

息子と夫を、それぞれの会社に送り出したあと、マンションの部屋に残った昌枝には、平凡だが穏やかな時間がつづく。三通の手紙を読みおえた昌枝は、平和と幸せをしみじみと味わっていた。

春美という娘には、電話で声は聞いているが、会ったことはない。でも声で判断する限り、気のよさそうな性格に思えた。息子の卓司をこれほど愛しているのなら、結婚してもうまくゆくだろう。これで我が家は安泰ね。

盗み見した三通の手紙を、もとのように引き出しにしまいかけた昌枝は、ふとあることに気づいた。

＊

封筒の消印に、注意が向いたのだ。三通の手紙は重ねてあった上から順に読んだ。ところがそれぞれの封筒の消印を見ると、この家に配達された順は、逆になっていた。

あわてて昌枝は、もう一度、この三通の手紙を読み返した。どれもがとても短い手紙なので、時間はかからない。昌枝の顔から笑いが消えた。

最初読んだ順では、二人の間にトラブルがあったものの、ビッグニュースで仲直りして、今の春美は幸せいっぱい、という流れになっていた。しかし、事実は反対なのだ。

春美は卓司との愛に酔っていた。そしてビッグニュースを知らせた。これがきっかけで、春美は卓司にひどく腹を立てている。

それじゃ、二人のトラブルは解決したんじゃなくて、今もつづいてるんだ。昌枝は引き出しの奥に、もう一通、同じような封筒を発見した。消印を確かめる。これは昨日あたり配達されたようだ。つまり、いちばん新しい四通目の手紙ということになる。

ここに納められていた手紙は、前の三通に比べると、いくぶん長いものだった。

「私に赤ちゃんができたというビッグニュース、あなたが聞いてどんなに喜ぶかと期待してた。そしたら、あなた、すぐにおろせだって。その上、付き合いもここまでにしようだなんて。私、あなたを見損なってた。ええ、あなたのご希望どおり、おろしましたよ。そのときお医者さんに、こちらで葬りますと嘘を言って、二人の過去の愛の結晶をいただいてきました。これ、あなたのものね。だからあなたにお返しします。宅配便でお宅に送りますから、よろしく。——春美から軽蔑をこめて」

昌枝が読み終えたとき、部屋にチャイムが鳴り、ドアの外で威勢のいい男性の声がした。

「宅配便です。生ものだそうですよ」

昌枝は軽い目まいに襲われた。

初出「武州路」（1998・1）

まえ置き

夏樹静子

一九三八年、東京都生まれ。慶応義塾大学卒。大学四年から推理ドラマのシナリオを書き、七〇年『天使が消えていく』でデビュー。E・クイーンと親交があり、英訳本も多数。著書に『第三の女』『Wの悲劇』など。

傾きかけた月の光が、家の前に佇《たたず》んでいる雲野の身体を、いっそうひょろ長く、まさしく影のうすい姿にして、路上に落としていた。

そのうすい影の頭の部分は、夜目にもつややかに光るニューモデルの中型車のボンネットに重って、折れ曲っている。

ボンネットとバンパーの端に、小さな窪みと、擦り疵になって塗料のはげた箇所が認められる。

なるほど、これでは現場にも塗料が落ちていると考えなければならないだろう。

すると、

「たのむ！　君が運転していたことにしてくれ」と、酒で赤らんだ額や頬をますます上気させ、まるで圧しかぶさるようにして頼みこんできた大川の顔が、また眼前に迫ってきた。

雲野は思わず自宅の玄関を振り返ったが、ドアはひっそりと閉ったままだ。小さな古い木造の家の中で、妻と息子は何も知らずに眠っているようだ。

パジャマにカーデガンを羽織った恰好の雲野は、急に寒さに気がついたみたいに胴震いした。もう桜の散る時候だが、午前二時をすぎればかなり冷えこんでくる。中小の住宅が並ぶ道路には、すっかり人影が途絶えている。

彼は家に入る代りに、車のドアを開け、運転席に腰かけた。

こうしている間にも、刻々と時が流れ、事件が発見される可能性が強まってくる。

どうせ〝自首〟するなら、一刻も早いほうが、それだけ立場がよくなるにちがいない。

いや、まだそうすると決心したわけではないのだが。

だが、いずれにせよ、早く肚《はら》を決めて行動に移ることだ。

本当に今度こそ、すみやかに決断しなければ。

間もなく五十年に及ぶ人生の中で、自分は優柔不断で要領が悪かったために、どれくらい損をしてきたことだろうか。その上何をやるにもグズでぐどくて、喋ればつい無用なまえ置きばかり長くなってしまうのだ。

それは自分でも改めようと努力しているのだが、いざ事に当ると、知らぬまに生来の性格が顔を出して、上役に「まえ置きが長い！」とどなられたり、女子社員には〃ノロ雲〃などと陰口を叩かれて嘲笑される始末となるのだ。

加えて、何の因縁でか学生時代からずっと大川と同じコースを進んでしまったことも、自分には大きな不運だったと、雲野はつくづく思う。

大川は、これはまた人の何倍もすばしこくて、狡賢《ずるがしこ》い男なのだ。あんな男といちいち並べて比較されたために、ますます雲野の弱点が誇張されてしまった。あいつは半分それを面白がっていたようなところさえあった。

学生時代、カンニングをやるのは大川で、カンニングペーパーを見つけられて処罰されるのは雲野のほうだった。大川はカンニングペーパーの内容を素早く答案に写しとり、教師があやしんで近づいてくるころには、いつのまにか雲野のポケットにその紙切れが押しこまれている。それで雲野は、何もそれを利用しないうちに、取りあげられ、油を絞られる羽目になるのだった。

大川と同じ会社に就職するとわかった時には、イヤな予感がしたものだ。

案の定、彼は持ち前のスタンドプレーで点をかせぎ、たちまち実力者の専務の目にとまった。その分だけ、雲野は能なしの印象を与えたようなかたちになった。

それでも彼は、若いころにはまだまだ闘志を燃やしていた。専務の一人娘に心を奪われたのは、あくまで純粋な情熱によるところで、打算まじりの大川とはちがうと、懸命に張りあった。が——折角のプロポーズのチャンスに、ついぐどとまえ置きを並べてしまったばかりに失敗した。

　大川が彼女と結婚したころから、大川と雲野の差は、埋めようのないものになった。現在では、同じ四十八歳で、大川は業務部長。間もなく取締役の噂も囁かれている。それに比べ、雲野はようやく資料部の課長になったばかりで、年下の副部長に嫌味をいわれながら働く毎日である。

　近年大川は、雲野の家からバス停一つ離れたくらいの近くに贅沢な新居を構えたが、社内の地位があまりにちがってしまうと、自然と付合いも遠のき、雲野はかえってホッとしかけていた。

　もう自分の出世はあきらめている。これからは、この春大学を卒業して同じ会社に就職した長男の将来に、夢を託すことにしよう……。

　ところが、今夜突然、大川が雲野の自宅にやってきた。

　さっき——午前一時すぎに玄関の呼鈴が鳴った時、雲野が家族より先に目をさました。チェーンをかけたままドアを開けてみると、大川が立っていた。酒臭い息が荒く、どこかただならぬ気配である。

　彼は雲野の手首を摑むようにして外へ連れ出した。

　大川が通勤に使っている中型車が駐まっていた。

その前まで雲野を引っぱってくると、大川は黙って、ボンネットとバンパーの疵を指さした。

「事故……?」

「やってしまった」と、彼は押し出すような声で呟いた。縮れ髪で額の広い、ふだんは人当りのいい顔が、別人のようにこわばっていた。

「え? ……どこで?」

「すぐそこの四つ角で、酔っぱらいがいきなりとび出してきたもんだから……はねたあとで様子を見に戻ったんだが、ピクリとも動かなかったから、もしかしたらもう……」

「それじゃあ、轢《ひ》き逃げしてきた……?」

大川はそれには答えず、もう一度雲野の腕を恐ろしい力で摑むと、車のバックシートへ押しこんだ。続いて自分も隣に乗りこむなり、今度はやにわに雲野のねまきの襟元を両手で握り、顔を近づけて押し殺した声になった。

「君にお願いがある。学生時代からの親友のよしみで聞いてくれないか」

親友なものかと、雲野は唇を歪めたが、そんな気持の伝わる状況ではなかった。

「このままではいずれ捕まるに決まっている。現場には車の塗料も落ちているにちがいないし、最近の科学捜査によれば、轢き逃げの検挙率は九割以上といわれているからね。だからぼくも、酒を飲んでいなければ、逃げたりしなかったんだが……飲酒運転の轢き逃げとなれぼ、実刑を免れないだろう。そこで君に頼みだ」

「………」

「君は今日何時ごろ家へ帰ってきた？」

「それは……会社は六時すぎに退けたんですが、実家にまわってましたのでね……」

いつごろからか、雲野は大川にていねいなことば遣いをする癖がついていた。

「何分にも八十近い両親が二人だけで辺鄙《へんぴ》な場所で暮らしているもんですから、時々様子を見にいってやらないと……それであちらを出たのが八時すぎで……家へは九時半ごろ……」

質問に答えるまでに、例によってまえ置きが続いたが、大川はかえって目を輝かせた。

「それは好都合だった。ぼくも今日六時ごろ退社したんだが、地下駐車場では誰にも会わなかったから、誰がぼくの車を運転して出たのか、はっきり証言できる者はいないはずだ」

「……？」

「君は今日、ぼくの車を借りて実家に行き、夜中に帰ってきた。ぼくはタクシーで真直ぐ帰宅し、一人でずっと家にいたことにする。今家内と娘が旅行に出かけてるのでね、無用心だから早めに帰ってきたというわけだ」

大川は次第に〝既成事実〟を喋るような口調になっていた。

「ちょっと待ってください。それじゃあ、まるでわたしが……？」

「うむ。そこがポイントなんだよ。——今月末の株主総会で、義父が社長に推されることが内定しているんだ。ぼくも取締役に選ばれることになっている。ぼくにとっては大事な時期なんだ。そんなさいに、酒酔い運転の末轢き逃げで捕まるなんて、絶対にできない。第一会社の体面にも疵《きず》がつくじゃないか。それで君に、ぼくの身代りで自首してもらいたいんだよ。君は酒も飲んでないし、自分から名乗り出たのなら、これは賠償金で片づくに決まっている。勿論その金はぼくが負担する」

「し、しかし……」

「いや、話はまだある。――ねえ、雲野君。君は息子さんが可愛いくないか。わが子にだけは、もっと陽の当る出世コースを歩いてほしいとは思わないかね」

「…………」

「もし君がこの頼みを引き受けてくれたら、ぼくは責任もって、息子さんの将来を保証しよう。どんどん抜擢《ばってき》して、四十代で役員入りさせると約束してもいい。――しかしだ」

大川はふいにまた雲野の襟にかけていた手に力をこめ、下唇をつき出して彼を見据えた。

「もし君が、窮地に陥っている親友を見すてるような男だとわかったら、ぼくも容赦はしない。義父が次期社長におさまることは決まっているのだからね。君の息子の将来はないものと、あきらめることだね」

しばらくは呆然として、判断力を失っているような雲野を車の中に残して、大川は自宅の方向へ、人気のない道を走り去っていった……。

早く冷静な判断力を取り戻さなければいけない。

そしてすみやかに決断し、潔《いさぎよ》く行動するのだ。

グズグズ、モタモタ迷っていたために、自分はどれほど多くの人生のチャンスを逸してきたことだろう。

雲野は、静まり返った道路の先に目を凝《こ》らした。

驚くほど敏捷な動作で角を曲って消えた大川の、体格のいい後姿を思い出した。押しかぶさるように迫ってきた彼の顔。強引な声……。

次には、何も知らずに家の中で眠っている妻と息子の姿を瞼《まぶた》に浮かべた。真面目で親思いの息子である。

いつか月は落ちているようだった。家並の果ての夜空に、星が一つ、浮かんでいた。青白い、優しい光が、雲野の心を吸いとるように瞬《また》いた。

「いやだ」

突然彼は声に出して呟いた。さっき大川に向かってはいえなかったことばが、理性で押さえつけていた拒絶反応の叫びが、ふいにポカッととび出したみたいだった。その瞬間、彼の奥底に長年埋めこまれていた不発弾が、炸裂《さくれつ》したようであった。

もうたくさんだ。これ以上あの男の犠牲にされ、踏みつけにされるのは、我慢できない。

とはいえ、もしこのまま放っておいて、大川が逮捕される結果になれば、やがてあの男の卑劣な〝復讐〟が、息子の上にも振りかかってくるのではないだろうか。あいつは俺ばかりか、息子の人生までメチャメチャにしようとしている。

どうすればいいのか？

雲野は灼きつくような怒りに身を揉まれながら、死物狂いで思案をめぐらせた。

今夜大川の妻子は旅行中で、彼は家に一人でいるような口ぶりだった。

さっき彼が雲野の家へ来たことは、誰も知らない……。

雲野の手は、無意識に、運転席のダッシュボードや物入れの中をまさぐっていた。

ロードマップの下に、革のサックのはまった果物ナイフが入っていた。

彼は右手でそれを握り、サックを外してみた。しっかりした刃《は》がついている。

グズグズするな。決断を急げ！——頭の中で声が聞こえた。

一生に一度くらいは、男にならねばならぬ時がある。

彼はサックに戻したナイフを、カーデガンの右のポケットへ押しこんだ。毛糸がひきつれて、ポケットが歪んだが、どうにかおさまった。

それから彼は、キイをさしたままの車のエンジンをかけた。

蔓バラをはわせた金網で囲われた大川の家は、一室にだけ灯りが点っていた。さすがに彼もまだ眠れずにいたのだろう。

前庭に車を入れ、玄関のブザーを押すと、間もなく内側で彼の声が応えた。

「雲野です」と、押し殺した声でいうと、気ぜわしくロックが外された。

雲野は大川と、蛍光灯の明るい玄関の、敷石の上で向かいあった。次の瞬間、雲野はポケットからナイフを抜きとるなり、物もいわずに相手の心臓めがけて突き立てる……はずであった。が、それより一瞬早く、

「なんだ、まだそんな恰好をしてるのか」

ガウンを羽織った大川が、パジャマにサンダルばきの雲野に視線を走らせ、咎《とが》めるようにいった。それで雲野は仕方なく、

「いえ、これから家で着替えしてから自首するつもりなんですが、それにしてももう少し、事故の有様をくわしく教わっておかないと思って……警察でも根掘り葉掘り訊かれるにちがいないですから……」

言訳けのように呟きながら、懸命に大川の視線を捉え、それで注意を逸しているつもりで、その間にポケットからナイフを取り出そうとした。ところが毛糸にひっかかって、うまく抜けない。ようやく出たものの、サックまでついてきてしまった。あわてて左手で外す。

それで、刃先を大川の胸に向けた時には、相手は息をのみ、全身で身構えていた。

雲野は異様な叫びをあげてかかっていった。

無我夢中の数秒が流れた。

ふいに二人の身体が静止し、離れた時、雲野の脇腹に、ナイフが深々と突き刺さってい

た。

彼は必死に玄関を逃れ出た。

さすがに大川も動転し、咄嗟《とっさ》に判断がつかないのか、すぐには追ってもこないようだった。

ほの白い星明りの落ちている道を、雲野はよろめきながら、かなりの早さで歩いていった。一歩でも二歩でも、大川の家から遠ざかるだけ、死の恐怖から逃れられるような気がしたのだ。

だが、急に目の前がかすんで、彼は電柱の脚元に膝をついた。両手をつき、それから俯《うつぶ》せに倒れた。

ナイフの根元から意外にゆっくりとあふれ出している血が、アスファルトの上に流れはじめるのが見えた。

あの男を告発してやらなければ。

そうだ。自分は長い年月、そのことばかりを希《ねが》い続けて生きてきたように思われる。狡賢くて要領がよく、弱い者を踏み台にしてのしあがっていく男。自分の悪事も弱者に罪を着せて、権力を握っていく男……。

今こそ告発のチャンスだ、俺を殺した犯人の名を書き残しておかなければ。そうでないと、あいつはまた巧妙に策を弄《ろう》して、いっさいの罪を免れるにちがいない。

雲野は最後の力をふり絞って、指先に血を含ませ、乾いた路面に文字を記した。
私は　殺人犯を　告発する。私を殺した犯人の　名は
やっとまえ置きを書き終えたところで、彼は力つきて目を閉じた。

初出「小説現代」（１９７７・８）・再録『ベッドの中の他人』講談社文庫

遺伝子チップ

米山公啓

一九五二年、山梨県生まれ。聖マリアンナ医科大学卒。医師の傍ら医学エッセイの執筆を始め、『ロックド・イン症候群』からミステリーの執筆も開始。医学ミステリーが得意で、著書に『ダブル・スパイラル』『幻視』など。


「そろそろチップを替えないとね」

医者が松元の電子カルテを見ながら言った。

「もうですか、この間、取り替えたばかりのような気がしますけどね」

「みんなそう思うんだな、時のたつのは早いもんだ」

医者は松元の腕時計をはずした。時計の裏側には小さなチップが埋め込んである。それをピンセットではずし、新しいチップを差し込んだ。

「これでしばらく大丈夫ですかね」

チップをセットした腕時計を、診察室の上の電話器のような器械に置く。数字が五十八歳と表示される。

「さっきまでは四十九歳になっていたんだから、九年伸びた。これでまあ一安心だ。高血圧と狭心症の最新の治療遺伝子が入っているから」

医者は腕時計を松元に渡した。

これは新しい遺伝子治療器具だった。腕時計の裏側に組み込まれた遺伝子チップから経皮吸収で、新しい遺伝子が血中に入っていく。

遺伝子診断によって、死亡推定年齢が想定されるようになった。そして新しい治療遺伝子が次つぎと開発され、死亡推定年齢に近づくと、遺伝子チップを交換することで寿命を延長できるようになった。もちろん新しい遺伝子チップの開発が間に合わなければ、そこで死を迎えることになる。


街角には生存年齢推定装置が置いてあった。指先をその器械に置くだけで、遺伝子解析をして、その人の生存推定年齢を表示してくれる。医者の診療を受けた翌週、松元は街角の生存年齢推定装置に指を置いてみた。伸びた寿命をもう一回確認したかったのだ。

「四十八歳です。危険な状態です」

合成の女性の声がした。

「先週、医者に診てもらったら、五十八歳だったんだぜ。これじゃあ、寿命があと一年しかないじゃないか。どうなっているんだ」

四十七歳の松元は顔色を変え、同僚の丘島に言った。

「そんなに驚くことじゃないぜ、いまや毎日のように新しい遺伝子異常が発見され、それがリアルタイムでデータを更新するから、数値がすぐに変わってしまうんだ」

丘島は『遺伝子新聞』を愛読している、遺伝子治療オタクだった。

「どうするかな」

「なーに一カ月もすれば、新しい遺伝子チップが発売されるから、それに交換すれば大丈夫だ。今度、自動受信機を組み込んだ腕時計型遺伝子解析装置ができるから、時間単位で更新できるし、自分の遺伝子異常を知ることができるぜ」

丘島は自信ありげに言う。

「そこまでしなきゃだめな時代なのかな」

松元が情けない声を出した。

「昔は会社の健康診断で、十年先の健康状態を問題にしていたけど、いまは明日の寿命まで予測できるようになったってことだな」

「まあ、ありがたい時代かもしれん」

二人は飲み屋に向かって歩き出した。いつも会社の帰りに寄る店だった。かなり飲んだが、松元は寿命が気になり、いつものようには酔えなかった。飲み屋から出ると、また二人は生存年齢推定装置の前に戻ってきた。

「もう一度やってみよう」

松元は指を器械に置いた。

「四十七歳、危険な状態です」

アラームが鳴った。また寿命が縮んでしまった。松元は一気に酔いが醒めた。

「そんな馬鹿な、さっきはまだ一年余裕があったじゃないか」

「また新しい病気の遺伝子が発見されたんだろう。これは医者へ行かないとまずいな」

丘島は今度は心配そうに松元にアドバイスした。丘島も確認のために器械に指を載せた。

「九十七歳」と表示された。

「やったぜ、また寿命が延びた。新しいがん抑制遺伝子が見つかり、俺はそれを持っているってことだろう」

丘島はうれしそうに笑った。

「きたねえな。どうして俺だけこんなことにならなきゃならないんだ。こりゃ、大急ぎで医者へ行くしかない」

夜の十二時を過ぎていたが、南百合ヶ丘クリニックのドアを叩いた。眠そうな顔で医者が出てくる。

「先生、生存年齢推定装置で私の寿命が非常に危険な状態らしいんです」

「そんなに焦らなくてもいいと思うがね。それにまだ治療用の遺伝子チップがないから、どうにもならん」

医者は面倒くさそうに答える。

「そんな。なんとかしてください」

このままでは心配で家に帰れない。

「しょうがない。緊急用のチップを埋め込んでおこう。これは他の患者さんのものだけれど、数カ月間は大丈夫だから、それまでには新しい遺伝子チップが入ってくるだろう」

松元の腕時計に緊急用の遺伝子チップが埋め込まれた。

数日してから、松元は胸が痛くなり緊急入院となった。寿命は少なくとも数カ月延びるはずだった。入院先の病院からかかりつけの医者に抗議の電話をした。

「先生、ひどいじゃないですか。入院になってしまいました」

「あ、そうか、すまんすまん。そのチップには、狭心症の治療遺伝子が入ってなかった。狭心症じゃあ死ぬことはないから、安心しなさい。その緊急用の遺伝子チップを付けていれば、狭心症以外の病気は起きないからね」

「そうですか。それを聞いて少し安心しました」

松元がほっとしていると、医者が続けて言った。

「そういえば、あなたの前にその遺伝子チップを付けていた人は、交通事故で亡くなったから、あなたもしばらく自動車とか飛行機に乗らないほうがいいな。これだけは遺伝子治療で予防できないからな」

医者は自分のジョークが気に入ったように高笑いした。

「入院していれば大丈夫でしょう」

「そうだな、それが一番だ」

松元は、やれやれと受話器を置いて、ベッドに横になった。次のチップが用意できるまで、用心のために入院していることにした。

松元のベッドの横に、心電図モニターが積み上げてあった。道路を大型トラックが通るたびに、いまにも落ちそうにぐらぐら揺れているのに、松元は気がついていなかった。

初出「SCOPE」（2000・2）

盗聴

浅黄　斑

一九四六年、兵庫県生まれ。関西大学卒。「雨中の客」で第14回小説推理新人賞を受賞してデビュー。著書は『能登の海　殺人回廊』『富士六湖殺人水脈』『カロンの舟歌』『蛇の目のごとく』『轟老人の遺言書』など。


午後十二時四十分。いつもより十五分近く遅れている。

田所博は、貨物用エレベーター三階入口で腕時計を確かめ、小さく足踏みをした。思わぬ時間のロスは、総務部でゲリカマキリにとっ捕まって、くどくど文句を並べられたせいだ。

「いい加減にしてちょうだいよね。ほら、きのうの便も、こんなに誤配があったわよ。ほら、これは広報部、こっちは人事部宛じゃないのよ。なんで、そんなに間違えるの。こんな簡単な仕事ができないなんて、ちょっとおかしいんじゃないの」

田所の仕事は、仕訳の終わったメイルを配達するだけだ。だから、そんなこと俺のせいじゃねえやと言い返したいところだが、田所の性格からして、ぷっと突っ立っている。

「あ、ちょっと待ちなさいよ。きょうの分だって、きっと誤配があるにちがいないんだから……」

嫁ぐことなく勤続三十数年、顔も身体も骨と皮だけでできているようなところから、ゲリカマキリのニックネームがあるおばさんが、田所が届けたばかりのメイルの束を、ひとつひとつチェックしはじめた。

「ほら、ごらん。三通も間違っているじゃないの。もっときちんとやってよね」

勝ち誇ったように言うゲリカマキリの手から、田所は誤配メイルをひったくるように受け取り、手押しキャリアに取りつけたキャンバス地の大型バッグに放り込んだ。次は二階だ。

エレベーターが二階で停まり、扉が開くのを待ち受けるように、田所は手押しキャリアを勢いよく押して、廊下に滑り出た。ほとんど小走りになる。昼休み中だから、人影はほとんどない。

いつもだと、購買部の次が営業部という順序なのだが、そのまま購買部は通り過ぎた。営業部と書かれたガラス扉の前で、田所は小さく息を整えた。

そっと扉を押す。

――よかった……。

室内に、白いブラウス姿の香川千晶が一人きりであるのを認めて、田所はほっとした。細く華奢な首を傾けて、千晶はデスクで書き物をしていた。

「あら……」

気配で振り向いた千晶は、いつものようににこっと笑いかけた。

「やあ」

営業部宛のメイルの束を、キャリアバッグからいそいそ取り出しながら、田所もはにかんだように笑いを返す。

「きょうは少し遅かったみたいね」

「そうなんだ……」

田所は、またちらりと腕時計をのぞいた。

十二時四十三分。いつも田所は、十二時半ちょうどくらいに、この部屋に入るようにしている。その時刻が、ちょうど千晶が弁当を食べ終える時刻だと知っているからだ。

「お茶、淹《い》れるわね」

千晶はいつものように、田所のために給湯室へ向かっていった。

「あ……」

きょうはあまり時間がないと言いかけたが、言いそびれてしまった。昼休みの終了まであとわずか、そろそろ昼食に出かけている部員たちが戻ってくるころだった。

できることなら、その連中と顔を合わせたくはない。だから、わざわざ昼休みを選んで、こうしてメイルを配っているのだ。

田所がメイル室勤務になって、もう十ヶ月ほどがたつ。はっきり言って、窓際族の集まる部署だ。

一部上場企業の本社だから、一日に届く郵便物は膨大な数にのぼる。その郵便物を仕訳して、各部署へ届けるのがメイル室の仕事だった。窓際族の集合部署にふさわしく、職場は地下だった。

数々の理由で落ちこぼれたメイル室員のなかで、田所は最年少だった。入社して四年目、まだ二十六歳なのだ。どうして、こんなことになったのか……。

一流大学をそこそこの成績で卒業し、ぜひとも我が社へと、懇願されるようにして入った会社なのに……。入社後は、この営業部に配属された。

入社して一ヶ月、いわゆる五月病というのに見舞われた。たぶん、営業という職種が、自分に向いていなかったのにちがいない。大きな失敗をしたわけではない。だが、見事なほど、営業成績は悪かった。

それいけ、やれいけの上司とも、そりが合わなかった。重くのしかかってくるプレッシャーで、出社拒否症に近い状態になった。そして三年を経ずして、倉庫と機械室と駐車場と同居する地下のメイル室へと追いやられた。

会社としては、田所に退職してほしかったのだろうが、誰がやめてやるものかと思った。

たとえ姥捨て山でも、一流企業だけのことはあって、けっこう給料がいいのだ。

それでも田所にだって、プライドはある。かつて机を並べていた仲間たちに、メイルを配っている姿を見られるのはいやだった。そこで、わざわざ昼休み中を狙って、メイルの配達をすることにしている。

メイル室の連中は、誰も彼もが仕事をやる気などまったくない。だから、仕訳だってなおざりで、しょっちゅうミスが続出する。

苦情は結局、メイル室でいちばん若いという理由だけで配達役を押しつけられた田所が一身に受ける羽目になる。そんな仕事のおもしろかろうはずがない。

ただ、一時間ほどかけてメイルを配達する以外、ほとんど仕事らしい仕事がないというのは気楽だった。もし時間給換算するならば、ひょっとして日本一高い時間給かもしれなかった。慰めといえば、それくらいか……。

だが、そんな田所にも、ささやかな楽しみができた。それが千晶だった。

千晶は、短大を卒業して、この四月に営業部に配属された新人である。明るく、素直で、しかも清楚な美人のうえにとても親切ときている。メイルを配達していて、田所にお茶を淹れてくれたのは、この千晶だけだった。

お茶を飲みながら、千晶とほんの数分、たわいもないおしゃべりをする。それだけが、今の田所には唯一の楽しみだった。

——何を書いていたのだろう？

給湯室に消えた千晶の後ろ姿を見送り、田所は今まで千晶が座っていたデスクを覗きこんだ。千晶のことなら、なんでも知りたい。

週刊誌が広げられ、書きかけのハガキがあった。

——エビタイコーナー？

女性週刊誌らしいページには、そんなタイトルが踊っていた。さまざまな賞品が当たるキャンペーンクイズの特集で、応募先から解答までが載っている。さしづめ、応募ハガキがエビで、当選すればタイが釣れるといったところか。

——エルボア製菓ねえ……。

ハガキのほうには、その宛名が書かれている。千晶の性格を表したように、正確できっちりした文字だ。

再び週刊誌の活字を目で追うと、千晶が応募しようとしているものがなにか、すぐに見つかった。新製品の商品名を答えるクイズで、抽選で百名にデジタルカメラが当たるとなっている。

給湯室から千晶が出てくる姿が見えて、田所はデスクを離れた。

「当たるといいね……」

さりげなく、そんなふうにことばをかけたかったが、引っ込み思案の田所には、どだい無理な話だった。

「あ、ありがとう。ええと、きょうもいい天気ですね」

「そぉお？ ちょっと曇りかけてきたみたいよ」

千晶が窓の外を確かめながら答える。

「あっ、そ、そうですよね。こりゃ、雨が降るかもしんないですよね。あっ、アッチッチッチ……」

猫舌の田所は、思わず熱い茶をごくりと飲んで、悲鳴を上げる。いつもこんな具合だった。

「よかったら、なにか、おいしいものでも食べにいかない？」

きょうこそは言おう、きょうこそは誘おうと思いながら、どうしてもことばに出せない田所なのだ。

「やあ、先輩」

舌先をやけどして、ハヒハヒ言っている田所に、松原が声をかけてきた。田所の一年あと営業部に配属になってきた青年で、どうやら昼食から戻ってきたらしい。

「よう」

続いて池本課長が入ってきて、あくの強そうな顔でにやりと笑った。

「元気そうじゃないか」

「は、はあ」

田所は、湯飲みを手押しキャリアに持ちかえると、まるで逃げるように、営業部を出た。その後ろから、池本課長と松原の笑い声が追いかけてきた。

「くそっ、くそっ！」

廊下を行きながら、田所は口を歪めた。なんとか千晶に自分の想いを告白したいけれど、千晶はこんなにみじめな自分を相手にしてくれるだろうか？

それにしても、と田所は思う。確かに自分は営業に向いてはいなかった。だからといって、まだ将来のある自分を、いきなりメイル室に追いやるとはあんまりじゃないか。池本課長の憎々しげな顔を瞼に浮かべ、田所は、さらに顔を歪めた。

千晶に対する田所の恋心は、日に日につのるばかりだった。しかし……。

二十六歳という若さで、すでに窓際族になっている自分を、千晶は相手にしてくれるだろうか。いや、それよりなにより……。

千晶は優しく、あれほど美人なのだから、ほかの男が放っておくわけがない。きっと恋人がいるはずだ。

そうだろうか？

もし、千晶に誰もつきあっている男性がいなければ……。まるで可能性がないわけでもないのではないか。宝くじと一緒にするわけではないが、買わなきゃ当たらないという理屈だってある。

せめて千晶に、恋人だとか、つきあっている男性がいないと分かれば……。そうそのときは、思いきって自分の恋心を伝えてみよう。

あれこれ思い悩んだのち、田所は、そう決心をつけた。

だが……。

どうやったら、千晶に恋人がいるか、そうでないかを知ることができるのか。これまでに幾度か、退社後の千晶のあとをつけたことはあるけれども、もうひとつはっきりしない。

――そうだ！

田所は、名案を思いついた。

ワープロ打ちした文書を点検して、

「よし！」

田所は声に出した。それを日本橋の電気街で求めてきたＡＣ電源式デジタルクロックに添えて、ていねいに梱包した。次は宅急便伝票に届け先を書く。

筆跡が分からないよう、定規を使って、角張った文字を書いた。宛先は、香川千晶。豊中の社員アパートに住んでいる。独身社員のために、会社が提供している施設だ。

送り主は、エルボア製菓。田所が先ほど打ち上げたワープロ文書は、次のような文面になっていた。

『拝啓、このたびは弊社の新製品キャンペーンクイズにご応募下さいまして、まことにありがとうございます。厳正な抽選の結果、あなた様には残念賞として、デジタルクロックをプレゼントすることになりました……』

つい先日の千晶の応募ハガキで、デジタルカメラならぬ、デジタルクロックが当たったと思わせるためのものである。実はこのデジタルクロック、内部に盗聴器が仕込まれている。というより時計のほうが偽装で、れっきとした盗聴器であった。

使用周波数は三九八・六〇五メガヘルツ、もし千晶が、このデジタルクロックのコンセントを差し込んでくれれば、その瞬間からずっと、盗聴器は千晶の室内の音を拾い続けてくれるはずである。

三日後の午後八時。やや緊張した面もちで、田所は千晶の住むアパートに近づいた。受信距離は、せいぜいで数百メートルと聞いている。

アパート裏手の人影のない公園ベンチに座り、オールバンド受信機のスイッチを入れた。果たして……？

かすかに音楽が聞こえてくる。バラードタイプの女性の歌声……。パフ・ジョンソンのアルバム、『ミラクル』らしい。千晶がつい先日、会社帰りにそのCDを買ったのを田所は知っている。田所もまた、そのCDを買ったのだ。

――やった！

田所は、思わず顔をほころばせた。

けっきょくその夜は、午後十一時過ぎまで千晶の部屋の盗聴に夢中になった。電話が二度ほどかかってきたが、相手は女友達のようだった。

その夜から、毎晩毎晩、盗聴が田所の日課になった。通行人に怪しまれないよう、音量はぎりぎりに絞って、受信機を電話のように耳元に近づけて聞く。

二日、三日、千晶は午後九時までにはアパートに戻り、午後十一時半には眠りにつくという規則正しい生活を送っている。今のところ、男性からの電話も訪問者もない。

四日目、金曜日だった。途中から雨が降りはじめたが、田所は公園を離れる決心がつかなかった。

もし千晶に恋人がいれば、週末のこの日に何らかのアクションがあるのではないか。そう考えると、どうしても引き揚げる気になれなかった。免許もなく、車も持っていないことを、この日ほど悔やんだことはない。田所はずぶぬれになった。

翌日、田所は一人暮らしのベッドの中でガタガタ震えていた。悪寒が身体中を駆けめぐる。雨に打たれて、風邪を引いてしまったらしい。

土曜日で会社は休日だったが、夕方になっても、起きあがることができない。這ってでも千晶のアパートに行きたかった。彼女に恋人がいるかどうか、どうしても確かめたかった。

翌日になっても、風邪は好転しなかった。だが、夕刻には少しましになった。まだ熱っぽい身体を、むりやり起こした。身体の節々が痛い。

千晶のアパート裏の公園に着いたのは、午後八時に近かった。受信機のスイッチを入れた。

田所は目を剝いた。

「ああ、ダメーッ！」

いきなり、若い女のせっぱ詰まったような声が飛び込んできたからだ。

目を剝いている田所の耳に、次々と男女の淫らな会話が届いてくる。それも、ひどく鮮明に……。

女の声は若く、男の声は中年のダミ声だ。

「カッ！　課長さ〜ん」

若い女の声が、甘ったるく響いた。

田所は呆然と、男女の痴声を聞いていた。あの清楚な千晶が……？　池本課長と？

はっ、はっ、と激しい息づかいが届いてくる。田所は股間が熱く火照り、もっこりテントを張っているのにも気づかず、受信機と汗を一緒に握っていた。

「うおう！　いく、チーコ、いくぞう！」

「ああ、課長さん、わたしも、わたしも……」

田所の耳の底で、千晶と池本課長の絶頂がはじけた。

公園にカップルが入ってきた。

今にもくずおれそうになる膝をぎくしゃく動かしながら、

「くそっ！　くそっ！」

田所がつぶやき、カップルが気味悪そうに、そんな田所を見送っていた。

留置場から出され、田所はきょうも取調室に連れていかれた。

あの夜から、四ヶ月ほどがたっている。傷害罪で逮捕されたのは、一昨日のことだ。

実のところ無言電話が傷害罪に問われるとは、田所はまるで知らなかった。自分をメイル室に追いやり、そのうえ愛する千晶まで毒牙にかけた池本課長が許せなくて、朝となく真夜中となく、池本の自宅に無言のいやがらせ電話をかけ続けたのは事実だ。

四ヶ月で、五千本。田所が数えたわけではないが、警察の調べでは、それだけの数かけたそうだ。おかげで池本の妻は不安抑うつ症という病気になり、それが傷害罪適用の根拠となった。

「ちょっと聞いてほしいものがあるんだがな」

田所を逮捕した刑事が、片頬に皮肉な笑いを浮かべ、カセットレコーダーのスイッチを押した。田所は、はじめのうちそっぽを向いていたが、やがてびっくりしたような顔になった。

流れ出してきた音声が、あの夜盗聴した内容と、寸分違わないからだった。

『ああ、課長さん。わたしも、わたしも……』

——どういうことなんだ?

「おまえが、聞いたというのは、これなんだろう?」

苦笑いしている刑事に、田所はうなずいた。

「ばかな話さ。おまえの勘違いだよ」

「勘違いって……?」

田所には、なんのことだか分からない。

「だから、それはアダルトビデオの音声だよ。チーコというのは、香川千晶のことではない。チエコという名のOL役の配役名で、出てくる課長というのも、池本さんのことではない」

「は?」

「つまりな。おまえが送った盗聴器を、千晶さんは数日使っていたそうだが、コードがあるのが気に入らなくて、同僚にあげたんだよ。おまえも知ってるだろう。同じ営業部の松原という青年だ。彼も、あの独身社員アパートに住んでいてね。で、松原君はあの夜、レンタルビデオを借りて、一人楽しんでいたというわけだな。つまり、おまえがあの夜盗聴していたのは、千晶さんの部屋ではなく、松原の部屋だったというわけだ。そのビデオに出てきたのが、たまたまチーコと呼ばれる役柄の女優で、おまえはすっかり勘違いしたんだろうが、ほんとうに気の毒なのは、身に覚えのない勘違いをされた、池本さんとその家族というわけさ」

喜ぶべきか、どうか、田所は複雑な表情で刑事の説明を聞いていた。

初出「みみずく」第38号（1996・8）

コルシカの愛に

藤田宜永

一九五〇年、福井県生まれ。早稲田大学中退後パリに滞在。航空会社勤務、エッセイストを経て八六年『野望のラビリンス』でデビュー。『鋼鉄の騎士』で日本推理作家協会賞を受賞。著書に『巴里からの遺言』『転々』など。

深い青をたたえた空に、雲がゆっくりと流れていく。陽にあぶられた砂粒が細胞のひとつひとつを心地よく刺激してくる。目をつぶると、陽光が瞼《まぶた》にはりつき、オレンジ色が眼前に広がった。すると、これまで聞こえなかった砂をなめる波音が、耳をくすぐり始めた。

コルシカ島に着いたのは、3日前のことだった。バカンスの真っ最中。ナポレオンの生地、アジャクシオも、ツアー客らしい人々で賑わっていた。

しかし、私はバカンスでこの島を訪れたのではない。パリで日本人相手の土産物屋を経営する男の依頼で、売上を持ち逃げした女従業員を追ってきたのである。女は簡単に見つかり、持ち逃げされた6万フランも無事に戻った。取り戻した金の3分の1は、私のものである。

すんなりと事件が解決し、気分が軽くなった私は、バカンスを楽しみたくなった。これがいけなかった。海岸に沿って建つカジノで、6万フランすべてをすってしまったのである。パリで日本人相手に探偵まがいの仕事をしている私にとって、使いこんでしまった4万フランは大金だが、パリに戻れば何とかなる。だが、地中海の風に吹かれて、上等のオマール海老とシャンペンに舌鼓《したつづみ》を打つことは、お預けになってしまった。何もかも忘れさせてくれる海がなければ、肩を落として飛行機に乗り込んでいたことだろう。

人の気配で目を開けた。砂地に照り返る白い光の中に車椅子に乗った老人がいた。車が砂にめりこんで動かないらしい。老人はタキシード姿に、サングラスをかけている。

私は車椅子を押してやった。

「どこまで行きますか」

「君の隣がいい。ありがとう」

男は、サングラスの奥からじっと私を見つめ、リカルド・オルテガと名乗った。スペイン訛りのフランス語。鼻にかかった声はフリオ・イグレシアスに似ていなくもない。

オルテガはアルゼンチンで海運業を営んでいる、と言ったが、私は、鵜呑《うの》みにはしなかった。ブエノスアイレス辺りの暗黒街を牛耳っているギャングの親分かもしれない。しかし、そんなことはどうでもよかった。太陽に頬を晒《さら》している老人は、タキシード姿にもかかわらず、真夏の海の雰囲気に妙に溶け込んでいた。

「海を見ていると別世界にいるような気がするね」

オルテガが静かな口調で言った。

「まったく同感ですね」

「コルシカ島にはバカンスで？」

「仕事できました……」

私は素性を明らかにした。

「パリで活躍している日本人探偵というわけか。面白い事件に遭遇しているんだろうね」

「取るに足らないトラブルばかりですよ」

「私が20歳そこその頃、生まれ故郷の村でちょっとした事件が起こった。その時、探偵が、事件をかぎまわっていたな」

「どんな事件でした？」

「愛の物語だよ」

オルテガは、青い空に言葉を投げるような口調でつぶやいた。

「ある男が、村一番の娘に恋をした。しかし、女の兄が、どうしても、ふたりの結婚を許さなかった。だから、ふたりは密かに村を出た。女の兄は、街から探偵を雇い、必死でふたりの行方を追った」

「で、その探偵は、ふたりを見つけたんですか？」

オルテガは首を横に振った。

「これは後で分かったんだがね、その兄妹は、関係を持っていて、子供まで作っていたんだ。そのことが村人に知れて、彼は海に身を投げて死んだ。それはもう仲むつまじい兄妹だったよ」

オルテガは、薄い雲がたなびいている地平線の辺りを見つめた。

砂を蹴る足音がした。南米人と思える男が3人、オルテガの方に駆け寄ってくる。殺気だったスペイン語が飛び交う。

オルテガはタキシードの内ポケットから、分厚い財布を取り出した。そして、寝そべっている私の腹の上に、束になった500フラン札と封筒を差し出した。

「探偵の君にお願いがある。この封筒をある人物に届けてくれないか。相手の名前と住所も封筒の中に入っている。心配はいらない。法に触れるようなものでは決してない」

オルテガを囲んだ南米人が、彼にしゃべりかけている。彼らのひとりが車椅子に手をかけた。

「頼んだよ」

「ちょっと待ってください」

オルテガが振り向いた。温厚な笑みは消えていた。

「今から私に何が起こっても、知らんぷりしていて、必ず、それを相手に届けてくれたまえ」

私は、札束と封筒を握ったまま、彼の行方を目で追った。男たちが、車椅子を担ぎあげ、階段を上ってゆく。椰子の並木道の向こうに黒いリムジンが見えた。後部のドアが開いた。車椅子からオルテガが下りようとした。その瞬間、爆竹のような音がたて続けに轟《とどろ》いた。オルテガがのけぞるようにして倒れた。

アジャクシオから80キロほど離れているポルトの街まで、レンタカーのプジョー104を飛ばした。

オルテガがくれた金はざっと5、6万フランあった。蜂の巣になって倒れたのだから、オルテガは生きてはいないだろう。思ったとおり、暗黒街で生きていた人間だったらしい。しかし、私にとってオルテガは好感の持てる老人に変わりはなかった。

封筒の中には、マリア・マシミという女の住所と〝ロッシ島〟と書かれた一枚の地図、そして、見るからに高価そうなダイヤの指輪が入っていた。リングの裏に「愛する、マリアへ」と刻まれている。

不思議なことに気づいた。リングが極端に小さい。9号から11号ぐらいが普通のサイズだとしたら、そのリングは7号あるかないかだった。

マリア・マシミの住まいはポルトからさらに南に下った海辺の街にあった。赤屋根に石造りの家のドアを叩いた。私を迎えたのは、5、6歳の少女だった。指輪はその少女のためのものかもしれない、と思った。

少女の後ろから、よく陽にやけた美しい女が現れた。漆黒の目が、窓から差し込む陽の光を吸って鈍く光っている。女は、カロリーヌ・マシミと名乗った。

マリア・マシミの名前を出すと、カロリーヌの腰にからみついていた少女が「私よ」と答えた。

私は、リカルド・オルテガの話をしながら、指輪を取り出し、少女の指にはめてみる。心持ち小さかったが、何とかおさまった。大きなダイヤが少女の指には重そうだ。

「あなたのお子さんですか?」

「兄の娘です。でも、私たち家族は、オルテガなんていう人は知らないし、アルゼンチン人とのつき合いもありません」

カロリーヌは冷たい口調で答えながら、マリアの指から指輪を抜き取り、私に返した。

急にカロリーヌの表情が変わった。

「ひょっとしたら、祖母のことかしら。祖母もマリアというんです。でも、祖母はいません。死んだはずです」

「死んだはずというのは？」

「正確に言うと行方不明なんです。家族は、もう死んだものとみなしていますけれど」

オルテガの語った昔の事件が頭をよぎった。

「祖母マリアさんの写真はありませんか」

カロリーヌは古いアルバムを持ってきた。

「祖母の写真は、2枚しかないわ。この人がマリアよ」

明るい色のドレスを着た若い女が微笑んでいた。洋梨のような形をしたイアリングをしている。

アルバムには、オルテガと結びつくような写真は一枚も貼られていなかった。

「ロッシ島という島をご存じですか？」

「ここから15キロほど沖に出たところにある無人島です」

「この地図は何を示しているのでしょうか」

「洞窟の地図ではないかと思いますが……」

「行ってみたいですね」

カロリーヌは少女を呼び、おとなしく留守番をしているように言いつけ、玄関口に置いてあった麦藁帽子とサングラスを手に取った。

近くの浜辺に停めてあったモーター・ボートに乗り込む。青くきらめく海をボートが走る。赤い花崗岩でできた切り立った崖が遠ざかる。

コルシカの日は長い。午後7時を回っても、陽射しは衰える兆しさえみせない。

やがて、小さな島に着いた。カロリーヌは懐中電灯と地図を持って、岩場を上り始めた。

まもなく、洞窟の入り口が姿を現した。地図を頼りに中に入った。

「子供の頃、途中まで入ったことがありました。でも、その奥は迷路になっていて、入ったら、出て来られないって話です」

カロリーヌの口調に緊張感が漂っている。

時間が経つのも忘れて、私たちは地図を頼りに、湿った岩場を奥へ奥へと進んだ。太陽の光は届かず、蝙蝠《コウモリ》の羽ばたきのような不気味な音が響く。

行く手をふさがれた。地図によれば、さらに奥に進めるはずなのだが。落石が道をふさいでいるらしい。私は、石を取りのぞきにかかった。人がひとり通れる穴ができると、落石の向こう側に出た。

カロリーヌが悲鳴を上げた。懐中電灯の光の中に骸骨が一体、岩を背にして座っていた。

私は、カロリーヌをその場に残し、懐中電灯を手に、骸骨に近づいた。息を呑んだ。骸骨の両肩の辺りに、洋梨の形をしたイアリングが転がっていた。肉が腐ると同時に落ちたのだろう。全身に震えが走った。もしかしたら……。

私は、指輪を取り出し、骸骨の薬指にはめてみた。何という偶然だろう。指輪は、骸骨の指にぴったりとはまったのだ。

懐中電灯の光を受けて、ダイヤがきらっと光った。

オルテガの語った事件を再び思い出した。ひょっとしたら、投身自殺した女の兄というのがオルテガだったのではないか。コルシカの断崖から飛び下りた時に、足を悪くしたと考えれば辻褄《つじつま》が合う。どうやってアルゼンチンに渡り、別人になりすますことができたのかは、知るよしもない。しかし、遠い昔に、嫉妬にかられ、自分を裏切ろうとしたマリアをオルテガが殺したのは間違いないだろう。コルシカは復讐《ヴァンデッタ》の島ではないか。しかし、兄は、片時も妹のことを忘れてはいなかったのだ。骸骨になった人間の骨の太さまで分かるはずはない。しかし、オルテガの想いがリングのサイズを選ばせた、と私は思いたかった。

質問を浴びせてくるカロリーヌの肩を抱き、私は何も言わず出口に向かった。暗い洞窟の中で、真相を語る気にはなれなかった。

洞窟を出、岩場に立った。海に溶けこもうとしている、赤く焼けた釘のような夕陽に目を奪われた。

オルテガの愛の旅路は、今、終わりを告げたばかりである。

初出「ダ・ヴィンチ」（1994・9）

ストライク

日下圭介

一九四〇年、東京都生まれ。早稲田大学卒。『蝶たちは今…』で第21回江戸川乱歩賞を受賞してデビュー。短篇「鶯を呼ぶ少年」「木に登る犬」で第35回日本推理作家協会賞を受賞。著書は『黄金機関車を狙え』など。


「母さん、キャッチボールしよう」

俊彦はバッグから、グラブとボールを出した。

「あら、持ってきたの」

「持って行ってもいいんだろ」

「持ち込ませてくれるかしらね。大丈夫よね、あなたの宝だもの」

「ねえ、キャッチボールしようよ。グラブは母さんが持って。僕は素手でいいから」

「先にバーベキュー食べましょうよ」

わたしは携帯コンロを草の上に置き、鉄板の上に肉や野菜を並べて点火した。

小鳥が囀《さえず》っていた。周りの木々の黄色や薄紅色に色づいた葉の間から、柔らかな日差しが斜めに落ちている。秋の野花が咲き競《きそ》う広々とした草原には、わたしと十七歳の息子しかいなかった。

鉄板が心地よい音を立て始め、こうばしい香りが漂った。

「さあ焼けてきたわよ。お食べなさいよ。どんどんお食べなさいよ。うんと栄養つけておかなくちゃ」

「うん、しばらくおいしいものは食べられないだろうからね」

俊彦は箸で肉を紙の皿に盛り、勢いよく若い胃袋に送り込みながら、笑顔で言った。

「母さんとよくキャッチボールしたよね」

「昔の話じゃない」

ペーパーナプキンで目頭《めがしら》を押さえた。涙が滲《にじ》んできたのは、煙のせいばかりではない。

俊彦にキャッチボールを教えたのは夫だったが、その夫はまだ若いころに病死してしまった。だからボール遊びの相手をするのは、わたしの役目になったのだった。

「もう無理よ。あなたの快速球なんか受けられやしないわよ」

彼は野球に熱中した。リトルリーグ、中学校を通じて、ずっとエース、そして四番バッターだった。内気で、人見知りをする性格も、人が変わったように明るくなった。

「甲子園、行きたかったのになあ」

肉を頬ばりながら、俊彦は目を細くして、鰯雲《いわしぐも》の浮かぶ空を見上げた。

去年高校に進むと、もちろん野球部に入った。先輩がマウンドに立った夏の大会は、予選の一回戦で敗れた。そして秋季大会からは、早くも俊彦がエースの座についた。目を見張るようなスピードボールは、相手打線をきりきり舞いさせ、スタンドの隅にいたわたしの胸を熱くしてくれたものだ。地区大会で優勝を飾り、春の甲子園出場は確実といわれた。

「もう行けないいんだろうね、甲子園」

「行けるわよ」

「ほんとに」

「夢はずっと持ち続けなくちゃ。甲子園ばかりが野球じゃないんだしさ」

彼は甲子園に出られなかった。

夢はちきれるほどに膨《ふく》らみ、冬休みの間も、まだ薄暗いうちから家を飛び出し、ランニングやバットの素振りに汗を流した。

その夢が砕《くだ》かれた。

ランニングをしていた時、物陰から飛び出してきたオートバイに、撥《は》ね飛ばされたのだ。

小さな運送会社に勤めているわたしは、すでに職場に出ていたが、救急隊から連絡を受け、病院に駆けつけた時のことは、いまも瞼《まぶた》に焼きついている。怪我《けが》は左足だけだといわれたのにはほっとした。だが、数か所にわたって骨折しており、アキレス腱《けん》も切れていると医師に告げられ、暗い気持ちに沈み込んだものだった。

俊彦は野球を諦《あきら》めねばならなかった。左足とともに、夢が砕けたのだ。

「渥田崇《たかし》が死んだって知った時、母さんどんな気がした？」

渥田崇とは、俊彦を撥ねたオートバイの若者だ。たまたま現場に居合わせた大学生のグループが取り押さえて交番に突き出した。しかしすぐに釈放されたらしい。信号を無視したのは、俊彦の方だという言い分が通ったと聞いている。

「どんなって……、さあお食べなさいよ。ああそうだ、ビール持ってきたの忘れてた」

わたしは小さなクーラーから缶ビールを出して並べた。

「飲んでいいの？　母さん、車じゃないか」

「いいのよ、もう……。さあ、あなたも飲めば。今日ばかりは大目に見たげる」

プルトップを抜いて渡した。「飲めばいやなことも忘れるわよ」

「そうだよね、母さん。酔っ払って運転して、ぶつかって二人で一緒に……」

俊彦は冷えた液体を喉に流した。

「なに言ってるのよ」

渥田崇が死体で見つかったというのは、新聞の片隅の記事で知った。川岸の堤防の下に、オートバイごと転落していたというのだ。つい一週間ほど前の、夜の訪れ始めたころだったらしい。

「いつになるか知らないけど、僕、戻ってきたら、また野球やるよ」

「そうよ、やれるわよ」

「僕から野球取ったら、何もないもんね」

野球部はむろん退部し、それどころか学校にも行かなくなっていた。

しかし彼は、辛《から》くも夢を取り戻し始めていた。入院は二か月半ほどになったが、脚の方は医師も驚くほどに回復した。普通に歩けるし、ジョギング程度なら走ることもできる。根気よくリハビリに努めれば、完全な状態にまで戻るのも、可能だと医師も言ってくれている。

再び軽いランニング、柔軟体操、バットの素振り、壁を相手のキャッチボールに時間を費やすようになっていた。

捨て鉢になり掛けていた性格も、徐々に明るさを取り戻しているように見える。

「プロ野球を目指すんだ。小さいころからずっと見てきた夢だから」

「高い契約金がもらえたら、全部母さんにあげるって、よく言ってたわね」

その言葉は何度わたしを泣かせてくれたことだろう。だが、いま込み上げるのは、それとは違う。嬉しい涙ではない。

「しっかり食べた？　満足した？……そうそれなら行きましょう」

「行くの？」

「すぐに暗くなるし、寒くなるから」

「行かなくちゃいけないの？」

「だって、約束じゃないの。あたしだってできることなら行きたくないわよ」

顔を伏せて、片づけながら言った。涙の顔を見られたくなかった。「行きましょうよ、さあ……。ルールは守らなくちゃね。スポーツマンでしょ、あなた。さあ、立ちなさい」

俊彦は重そうに腰を上げて、低い声を漏らした。「母さんに話すんじゃなかった」

――そう。わたしも聞くのではなかった。渥田崇を殺したのは俊彦だったなどと。

コンクリートの堤防を相手にボール投げをしていた時、渥田のオートバイが、堤防の上を走ってくるのが、俊彦の目に入ったのだ。硬いボールを握り締めた俊彦は、胸を反《そ》って大きくワインドアップし、渾身《こんしん》の力を込めて投げた。

ストライク。

ボールはヘルメットをつけていない渥田のこめかみに命中し……。

そんなことを聞くのではなかった。

「頼むよ、僕のボール受けてよ。こんどいつ投げられるか分からないからさ」

グラブを差し出して言った。

「分かったわ」わたしは笑顔で受け取った。

彼はわたしから離れ、ボールを握った腕を振り上げた。

「いくよ」

わたしは中腰になり、顔の前にグラブを突き出した。よくこうやってキャッチャーをしてあげた昔を思い出す。わたしには、娘時代にソフトボールの経験があった。だがそれは俊彦が小さいころの話だ。まだボールは柔らかいのしか使えなかったし、むろん球速ものんびりしたものだった。

彼が本格的に始めてからは、相手をしたことは一度もない。できるはずもなかった。グラブを顔の前に構えたのは、恐ろしかったからだ。グラブの陰になってボールは見えそうもない。それでいい。正確無比な彼のコントロールを信じていればいいのだ。ボールの方からグラブに納まってくれるはずだ。

「いくよ」

もう一度叫んで、振り上げた腕を振り下ろした。

わたしは思わず目をつぶった。

小気味いい音を立てて、ボールはグラブに吸い込まれていた。だが速い球ではなかった。

「ストライク。……でも思い切って投げなさいよ。手加減しないで」

わたしは高い声とボールを投げ返した。

「ようし、力一杯投げるからね。母さんに受けてもらえば、最高の思い出になるから」

口を一文字に結ぶと、足をたかだかと上げ、目を吊《つ》り上げて腕を振り下ろした。唸《うな》りを上げて、白球が手を離れた。

これから二人で警察に自首しに出て、それからどうなるのだろう。彼が再び出てこられるのはいつのことだろう。五年先か、十年先か、……いや、もっと……。わたしは独りぼっちで耐えられるだろうか。

ボールは唸りを上げて迫ってきている。

顔の前のグラブを離すとどうなるだろう。ボールはわたしの眉間《みけん》を砕き……。

ボールが届くまでのごく一瞬、そんな思いがわたしの脳裏《のうり》をよぎった。

――ストライク……。

初出「小説新潮」（1996・1）

牛去りしのち

霞　流一

一九五九年、岡山県生まれ。早稲田大学卒。『おなじ墓のムジナ』で第14回横溝正史賞佳作を受賞。スラップスティックな本格で独自の境地を拓く。著書は『オクトパスキラー8号』『スティームタイガーの死走』など。


「密室でステーキが焼かれていたんですよ。牛肉と人肉のね」

牧場主の剣沢《つるぎさわ》が鼻息荒くまくしたてた。

こいつの大きな鼻の穴を見て、鉄の輪をつけたくなるのはこの俺だけだろうか？　彼の説明によれば事件の経緯は次の通りらしい。

深夜1時過ぎ、ここ、牛の健康状態を診るための小屋から騒音が聞こえてきた。小屋の中に入ろうとしたが、ドアが閉まっている。内側からカンヌキがかけられていると推測された。剣沢は、厩舎長の鬼頭田《きとうだ》に命じて斧を持ってこさせ、木製の厚い扉を破壊させた。やはり、カンヌキがかけられていた。剣沢は、穿《うが》たれた穴から手を入れてカンヌキを外すと、扉を開けて中に入った。

そこで発見された、というよりは、まず鼻を刺激したのは肉を焼く美味しそうな香りであった。暖炉で備長炭が赤く青く火をはらみ、その上のバーベキュー用の金網には肉が数枚、端に焦げ目をつけながら、香ばしく焼かれているのだった。赤身の表面に肉汁が泡立っているのが実に食欲をそそったらしい。

しかし、食欲もほんの一瞬であった。すぐさま、嘔吐《おうと》感へと逆転していた。死体が転がっていたのである。

人間の死体と牛の死体。

どちらも腹部が裂かれ、肉の一部が削ぎ落とされていた。

その切り取られた肉こそ、暖炉で香ばしい匂いをたてているものであった。牛の肉はいいが、人の肉は困りものである。

そして、どういう状況から見ても密室殺人、プラス、密室殺牛であった。

出入口は壊された木の扉のみ。この小屋は煉瓦造りであり、内装は暖炉と牛の体重をはかる測量計があるだけのごくシンプルなものだった。広さ約5メートル四方の平屋建てで三角の赤い屋根からは高さ2メートルほどの煙突がそびえていた。窓はない。

だから、この小屋の中で人と牛を殺した後、犯人はかき消えてしまったとしか考えられない状況であった。

クラゲのように鼻の穴を伸縮させながら剣沢は驚愕の表情をいまだ隠しきれず、

「どう思います。紅門《くれないもん》さん、あなた、探偵でしょ。どう推理します」

そう確かに俺は私立探偵の紅門福助《くれないもんふくすけ》、四十過ぎ、分別を十分に持ち合わせた捜査のプロフェッショナルだ。しかし、依頼人に会いにきた場所が、いきなり、殺人現場では分別もクソもない。

群馬県の北端に位置する猛毛町《もうけちょう》。モウケる町と読めるが儲かっていなかったらしい。だが、音読みの「モウモウ」に引っ掛け、牛の牧畜に町全体が取り組むようになってからは景気が上昇してきた。モウモウ牛なるブランドの肉牛の売れ行きが伸びつつある。さらに、牛丼とモツ鍋を扱うチェーン店とタイアップし資金援助を受けられるようになった。その一環として、年に一度、肉牛のコンテストを開催し、優勝した牛はモウモウ王の名を授けられた後、料理され、究極の牛丼とモツ鍋になり、企業の幹部と町の役員たちにふるまわれるのだった。

そのイベントを中止せよ、という脅迫文書が町役場に届けられ、知人の伝で俺がこうして猛毛町に来ているわけだ。

密室で殺された牛は三日後に控えたモウモウコンテストの優勝候補として前評判の高かった、その名も「赤乃花」。

俺は艶やかな毛並みを鮮血に染めて横たわる赤乃花を見下ろして、

「今、死ぬのと、三日後のコンテストで死ぬのと全然、死の価値が違うわけだ。警察と料理人、死体をいじる奴も違う。しかし、警察は遅いな、ちゃんと呼んだんだろうな」

剣沢はむくれた顔で、

「当たり前ですよ。すぐに、私は事務所へ走って警察に連絡したし、その間に、鬼頭田君には厩舎に行って他の牛に異常はないか確認させたんですから。無事だったからよかったけど……ああ、でも、赤乃花は何ものにも換えがたい、おお、赤乃花よ……」

全身を震わせて、目を赤くしている。

俺はふと思い付きで、

「警察に電話した時に、牛の殺害だけでなく、『殺人』のことも言った？」

剣沢は埴輪の顔のように固まってから、

「…………言ってなかった」

闘牛の牛のごとく前のめりに走って小屋を出て、夜の闇に消えた。

ひとりっきりになった俺は暇なので現場検証を行う。

殺された人間は、厩舎の制服のグレイの作業服を着ていた。胸ポケットに名札があり、「白井」と刻まれていた。牛が赤乃花で人間が白井とはめでたい現場だ。

白井は後頭部の下あたり、延髄を何か尖ったもので刺されていた。傷の大きさから連想して、赤乃花の角に目を向けた。左の角の先に血がこびりついていた。それにしても、腹部を裂かれた白井の死体は壮絶であった。胴体を避けて、手首に触れてみる。感触からして死後三、四十分くらいだろう。俺はこれでも約二十年、死体と付き合ってきている。判断には自信があった。

しかし、牛の殺害死体は初めてである。黒い巨体を横たわらせて、腹の部分だけ赤くなっている。隣の白井の死体と違って、悲惨な印象を受けないのは、やはり、食材という意識があるからだろう。生唾を飲み込んだ。

暖炉の備長炭は埋み火ほどになっている。網の上では肉が焼けて、脂が煙をかすかに噴いていた。いい香りだ……と思うが、瞬時に首を横に振る。人の焼ける匂いも交じっているのだ。よく見ると、上だけ生の肉と、上下とも焼けている肉と二種類あった。姿形から明らかに牛と判断できる肉が両面とも焼けているものだった。何の意味があるのだろうか？　頭の隅に留めておこう。

外がドカドカとやかましくなり、警察に再度電話した剣沢と、厩舎長の鬼頭田が戻ってきた。

その後ろから、医者と僧侶が入ってきた。今度は手回しがいいじゃないか……と思ったら勘違い。坊主頭の三十歳前後の男は、グレイの作業服を着ている。ここの厩舎係だった。名札には原と記されていた。その原が手を引いて連れてきた白衣姿の老人は確かに医者だったが、扱うのは人間ではなく牛の方、獣医だった。獣医は、しおれたニンジンのように顔が赤らんでいる。アルコールの匂いをプンプンと放っていた。深夜という時間のため相当きこしめしている様子だ。こういう状態なので、原が車を運転して迎えにいってきたのだった。

千鳥足の獣医を原が、横たわった赤乃花のそばまで引っ張ってくると、

「先生、どう見ても死んでますよね、これじゃ蘇生のしようがありませんよね」

あきらめた口調で言いながら、念のため尋ねている。

獣医は床にペタンと腰を落とすと、胸元から眼鏡を取り出して鼻の上に斜めにかけると、牛の裂かれた腹部に顔を近付け、右手で喉元を揉んでしばらくすると、大きくため息をついてから、

「駄目じゃ、こりゃ。胃腸まで傷がいっておる。まったくのお陀仏じゃよ。ああ。もったいない」

そういうと感慨に耽《ふけ》っている様子で彫像のように固まってしまった。が、まもなく、ズーと鼾《いびき》をかきだす。数回、前後に揺れてから、前のめりに倒れ、牛の裂かれた腹部内に顔を突っ込んだまま眠ってしまった。

原と鬼頭田の二人がかりで獣医を引っ張り出す。顔を血まみれにしながらも気持ちよさそうに鼾をかいていた。仕方なく、牛の横に寝かせておいた。

絶望感に浸っていた剣沢は弱々しい声で、原に向かって、

「ちょいと早いが、赤乃花に経を唱えてやってくれ」

「わかりました」

そう言って、原は首にかけていた数珠を取り出すと両手に絡めて合掌した。床に正座をすると喉の奥を唸らせて経を唱え始めた。

厩舎長の鬼頭田の説明によると、牛が肉に解体される前夜に必ず原に経を唱えさせているという。実家が寺で資格を持っていた。そのために厩舎係の中で、ひとり坊主頭にされているらしい。

しかし、殺されたのは牛だけでなく人間もいるのだ。白井という男には、先程からまったく関心が向けられていなかった。人より先に牛に経を唱えている。罰当たりめ。

小屋の中には肉の焼ける匂いがまだ漂っている。俺は暖炉に目を向けた。網の上の肉が細い煙を上げている。まるで線香の代わりのようであった。

そして、その線香の匂いが俺の脳をシェイクしてくれた。合掌している男に向かって、

「経が済んだら、警察に自首しような」

原は口をつぐむと目を開き、こちらをゆっくりと振り向いた。

「探偵さん、なんで解ったんです?」

俺は原の頭を指差して、

「だって、坊主頭じゃなければ、髪は濡れたままだよ。そんなに早く乾かない。君は小屋を脱出した後、全身を洗ったはずなんだ。なんせ、牛の胃袋の中にじっと隠れていたんだから

ね」

俺の発言に、剣沢と鬼頭田は目を剥《む》いて原の方を見やった。

その原は坊主頭をこすりながら、苦笑いを浮かべ、

「手塩にかけて育てた赤乃花がくだらないイベントにかけられ、チェーン店の牛丼やらモツ鍋なんかにされると思うとやるせなくってねえ。ちゃんと刺身とステーキで食ってやりたかったんですよ。赤乃花も同じ気持ちだったはずです。だから、この小屋へ赤乃花を連れてきて食べようとしたんですが、白井さんに見つかってしまい、争っているうちに、白井さんは赤乃花の角に突き刺さって死んでしまった。その音を聞き付けたらしく、剣沢さんと鬼頭田さんがこっちへ来る気配が聞こえてきたんです。僕は慌てて身を隠す場所を探した。それが赤乃花の胃の中だった」

「スペースを作るために、周囲の肉を削ぎ落としたんだな。それが、暖炉で焼かれたステーキだった。それに、牛の腹部が裂かれている意味をカムフラージュするために、白井の腹部も裂いて、同様にステーキにしたってわけだ。ドアを破って二人が小屋に入ってきた間中、君は牛のお腹の中に身を隠していた。そして、二人が小屋を離れた隙に外へ脱出したってわけだな」

「ええ、指摘されましたように、その後、急いでシャワーを浴びたわけです」

そう言って坊主頭をペタペタと叩いた。

俺は大きく頷いてから、

「少しは食べれたか？　牛のお腹の中で？」

「ええ、おかげさまでおいしゅうございました。レバーもセンマイも刺身で。これ持ってましたし」

ポケットから醤油の小瓶を出してみせた。

俺は生唾を飲み込んでから、脳の隅に引っ掛かっていたことをきいた。

「小屋を脱出する前に、暖炉の牛のステーキを裏返したのは君だね？」

「もちろん、手塩にかけて育てた牛肉を焦がしてしまうのは辛くて」

暖炉では肉汁がしたたり落ちて、備長炭の火をジュワッと消した。

初出「ＫＡＷＡＤＥ夢ムック文藝別冊」（２０００・３）

青い軌跡

川田弥一郎

一九四八年、三重県生まれ。名古屋大学卒。『白く長い廊下』で第38回江戸川乱歩賞を受賞してデビュー。外科医としての経歴を生かした医学ミステリーを得意とする。著書は『白い狂気の島』『ローマを殺した刺客』など。

月曜日の朝、私がその薄暗い部屋に入っていくと、部屋の住民達が一斉に騒ぎ始めた。部屋の四方の壁際と中央には、三段の大きな木の棚が設置されている。それぞれの棚に置かれた金属製の四角い籠の中で暮らしている実験用鼠《ねずみ》達が、この部屋の住民であった。

私が飼育している鼠達の籠は、一番奥の窓際の棚に二つ並んでいた。

私は左腕に金属缶を抱え、その中にぎっしり詰まった円筒型の固形飼料を、右手で金属籠の餌入れの中に放り込んでいった。たちまち、鼠達が激しい勢いで寄ってきて、鋭い歯で固形飼料を齧《かじ》り始めた。

籠の中にはどう見ても太りすぎの鼠が何匹かいる。中には子猫に近い程まで大きくなってしまったものもいる。彼らは概《おお》ね動きが鈍く、私は彼らを『豚鼠』と呼んでいた。

実験に使われる鼠は、種類、性が一定でなければならないのはもちろんだが、体重も大体揃っていなければならない。私は二百グラム程度の体重の雄の鼠を業者から買って、飼育し、三百グラム前後にまで発育したところで実験に使っていたのである。

だが、この忙しい大学では、実験の予定はしばしば狂ってしまい、三、四日続けて実験できないこともまれではない。そうなると、鼠の体重はたちまち三百二十グラムを越え、場合によっては、三百五十グラムを越えてしまう。

三百五十グラムを越えた鼠はもう実験には使えない。未練がましくそのまま籠の中に置いておくと、鼠は栄養豊富な固形飼料をむさぼり食って、驚くほど巨大となってしまう。その姿はグロテスクであり、不気味であり、ユーモラスでもあった。

私が担当している肺炎の入院患者が重体になり、私はこの一週間病棟にくぎ付けになっていた。患者がどうにか持ち直したのはうれしいことだったが、研究の方は大幅に遅れてしまった。飼料を鼠達に与える仕事はアルバイト学生の森田五郎に頼むことができても、実験そのものは誰も代わりにやってはくれない。

三週間前に買い込んでしまった四十四の鼠達のうち、実験に使い終えたのはまだ半分だけで、残りの鼠達はこの一週間の間に森田が与えてくれる飼料を腹一杯食べ続けて、すでに三百五十グラムのラインに迫っていた。今週は徹夜に近い実験を続けなければ、これらの高価な鼠達は大部分が無駄死にする運命を辿ることになる。それは研究者の端くれとして心の痛むことであった。

しかし、心の痛みを感じることと、それを正直に上司に報告することは別の問題である。もし、この話を、私の上役である東都医科大学第一内科講師の江島百合子が耳にすれば、間違いなく、顔を引きつらせて、私をこう罵《ののし》ることだろう。

「あなたね、この鼠が一匹いくらすると思っているの。あなたのやったことは、みんなの研究費の完全な無駄遣い。それだけではないわ。実験用鼠は実験に使われるから、生まれてきた意味があるのよ。実験に使われないでただ殺されるなら、彼らは何の意味もなく生まれてきたことになってしまう。その辺をよく考えなさい」

江島百合子に言われるまでもなく、そんなことは私にもよくわかっている。だが、自分の入院患者のことで、あの検査をしろ、具合が悪いから今晩泊まってくれ、機嫌が悪いからよく話を聞いてやってくれ、と次々に用事を言い付けて、私から動物実験の時間を奪っているのは当の江島百合子なのだった。その一方で彼女は、今度の学会発表に使いたいから早く実験データをまとめろ、と私を急き立てているのである。

こういう矛盾を追及すると、返ってくるのは次の言葉であった。

「若い時は、五時間寝れば充分よ。残りの十九時間で患者さんを診《み》て、実験をする。なせばなる。私が若かった頃は……」

そして、三晩徹夜しても平気だったという話や、診療が済んだあと、朝まで実験をしたという話や、一週間続けて重症患者の横に泊まり込んだという話を聞かされるのであった。

なるほど、彼女も講師にまでなれたのだから、若い頃にそれなりの努力をしたことは、決して嘘ではないだろう。だが、今では、彼女は毎日私より数時間早く、自分のマンションに帰っていく。私よりは数時間は多く寝ているに違いない。また、動物実験も私にやらせるばかりで、自分では鼠に指一本も触れたことがないのである。

江島にいじめられているのは私だけではない。十日ほど前には、森田五郎も廊下で捕まって、こっぴどく叱られていた。

「あんたね、この前洗ってくれた試験管、ちっともきれいになっていなかったわ。もう二年目のくせに。あんなもので、みんなに実験をさせようっていうの？　実験室の床も血だらけのまま。もっと真面目にやって！　ここへ女の子を引っ掛けに来ているわけではないでしょう？　そんないい加減なことだから、学校の方も留年するのよ」

このいじめは先月の宴会の席で、森田が酔った江島百合子に絡まれたことに端を発している。適当に相手をしておればよかったものを、自分の気持ちに正直な森田は、江島をはね除けるようにして逃げ出して、事務のアルバイトをしている可愛い園川里美の方へ行ってしまった。江島はそれ以上深追いしなかったが、内心では女性としての怒りが渦巻いていたに違いない。それ以来、森田だけでなく、園川里美の方もねちねちといじめられているようだった。

私の方は、江島百合子の女性としての怒りなどどうでもいいが、森田五郎がこうしたいじめに堪えかねてアルバイトをやめてしまうことを恐れていた。この忙しい時に、新人のアルバイトに初めから仕事のノウハウを教え直すなど、考えただけでうんざりするような話だった。

幸い、森田はこれまでのところ、やめるとは一言も言っていない。アルバイトに未練があるのか、園川里美に未練があるのか、私の前では黙々と仕事を続けていた。

ドアが開いて、その森田五郎が鼠の部屋に入ってきた。

「この前の豚鼠、やっつけてくれたかい？」

私は一週間前、巨大になってしまった鼠を四匹ほど集めて、森田に処分を頼んでいた。

「籠を水に漬けて殺しました」

森田は無表情に答えた。

「また何匹か豚になってしまったんだ。頼まれてくれないか？」

「いいですよ。鼠を犬死にさせるようで気分はよくないですけど」

私は森田に処分を頼む豚鼠を選び出す前に、コーヒーでも飲んでこようと思った。鼠に餌をやっている森田を残して部屋を出て、エレベーターを下り、大学内の喫茶店へ向かった。

店を開けたばかりの喫茶店では、顔見知りの第二内科の医師の水谷一馬が、一人で朝食を取っていた。

「大変だな。大騒動だろ？」

水谷は前に坐った私に尋ねた。

「何のことだ？」

「知らないのか？　医局へ行っていないのか？」

「知らない。行っていない」

私は大学へ来るなり、鼠の部屋へ直行したのだった。

「呑気な奴だ。お前の中ボスが死んだというのに」

「中ボス？　江島百合子か？」

「医局のトイレで倒れていたそうだぞ。パンティを膝まで下ろした気の毒な格好で見付かったらしい。死んだのは昨日の夜だな。女史は学会発表の原稿の仕上げのために、医局に来ていたらしい。死因はクモ膜下出血という噂だ。トイレでいきんだ時に、脳の動脈瘤が破れてしまったのだろう。女史は四十歳にしては血圧が高かったらしい」

私は衝撃のあまり、頭が空白になってしまった。あの頑丈な江島百合子が、そんなに簡単に死んでしまうものなのだろうか？

一刻も早く医局へ行って詳しい話を聞きたかったが、その前に、森田に処分を頼む鼠を選ばなければならない。私は大急ぎでコーヒーを飲み、鼠の部屋へ帰った。

江島百合子の病死のことは森田も知らなかった。水谷から聞いた話を教えると、気の毒がって涙を流していた。

私は右手に防御用のスキー用手袋をはめ、飼育籠の中の豚鼠の背中を持って取出し、森田が用意してくれた処分用の小さめの籠の方に移していった。豚鼠は七百グラムは優にあるだろう。顔には丸みが出現し、皮膚は伸び切って、腹はたぽたぽ揺れている。三匹ほど放り込むと、籠は一杯になった。

ふと、私は籠の底の金網に、薄闇の中で青く光るものが付いているのに気付いた。

「これは何？」

私のその質問に、森田の顔が少し引きつったように見えた。

「知りません。どこかで実験用の蛍光薬品が付いたんでしょうか。洗っておきます」

森田は三匹の豚鼠の入った籠を持って、鼠の部屋を出ていった。

私はさっきの青く光るものがひどく気になっていた。ほかにどこかに付いていないか、この部屋のあちこちを覗いてみた。

中央の棚の飼育籠の下にも青い光が覗き見られた。私はその飼育籠を下に降ろしてみた。飼育籠の下になっていた棚の部分には青く光るものが二、三箇所付いていた。

この薬品は……夜光塗料なのだ。

私は床に坐り込んで、ある物語を空想し始めた。

私が一週間前に森田に渡した豚鼠達はその場では殺されなかったのではないか？　森田は水に漬ける代わりに、この棚の上で、豚鼠達の密集した毛と巨大な体に、せっせと夜光塗料を塗ったのではないか？

その夜光鼠を入れた籠を医局のどこかに隠しておいて、チャンスを窺っていたのではないか？

チャンスはたぶん昨日の夜訪れたのだ。江島百合子がトイレに入って用を足し始めてから、蛍光灯を消してしまう。江島が外に出られないように左手でドアを思い切り押さえ付け、スキー手袋をはめた右手で動きの鈍い豚鼠の背中を持って、トイレの上から次々と投げ込んでいく……。

閉じ込められた暗闇の中で、巨大な鼠達が、青い光の軌跡を描いて降ってくるのを目にして、江島百合子は恐怖に震え、血圧が急上昇し、動脈瘤が破裂したのではないか？

そして、森田五郎は、自分と園川里美に向けられたいじめの復讐を果したのではないだろうか？

少なくともあの四匹の豚鼠は、何の意味もなくこの地上に生まれてきたわけではなかったのだ。私はふとそう思った。

初出「問題小説」（1993・11）

迷路列車

種村直樹

一九三六年、滋賀県生まれ。京都大学卒。毎日新聞記者を経てフリーに。「レイルウェイ・ライター」として、鉄道と旅の著作を多数刊行。推理小説には『日本国有鉄道最後の事件』『JR最初の事件』などがある。

あの年の夏、九州の別府から大阪へ、三日がかりの汽車で運ばれた記憶は、今も鮮明に焼きついており、折にふれて想い出します。目を閉じれば、いくつかの暗い情景が紙芝居のようにつながって、つらかった長い汽車旅の世界へ引き込まれてゆくのです。

突然ではございますが、私の乗りました汽車が、どこを通りましたのか御判断いただきたいのです。そのとき一緒でした父は早くに亡くなり、聞くすべもございません。

別府を出ましたのは、暑い日の夕方でした。国民学校五年生の夏休みで、福井県にある、いなかの親類をたより、ばたばたと疎開することになったのです。

疎開が不安だったためでしょうか、汽車が動き出しますと間もなくお腹が痛くなり、無性に水が飲みたくなりました。父も、どうしてよいか分からぬらしく、列車が停まるたび、ホームに降りては小さな水筒に水を汲んできてくれました。

　そのうち車掌さんが車内をまわり、窓のよろい戸を全部おろすように注意してゆきました。父に聞くと、どこかの製鉄所の近くを通るので、車内にスパイが乗っているかもしれないから用心するのだとのことでした。暑さはひときわつのり、薄ぼんやりした電灯が心細く、しっかり父の腕にしがみついておりました。長いトンネルにはいったとき、窓に吹き込む風がとても気持ち良かったのを憶えております。

　そうそう、前後いたしますが、一度乗り換えがありました。夜一〇時ごろではなかったかと思います。灯火管制で待合室は真っ暗、改札口にろうそくが二本ともっていました。

「ここで寝てはいけないよ。乗り換えたら、ゆっくり眠れるからな」

　父は私の名前を何度も呼びながら肩をゆすりました。どれくらい、そこで待ったのか、私の紙芝居の画面は、トンネルの中に変わります。

　風が気持ちいいなと思ったとたん、汽車はトンネルの中で止まってしまったのです。ずっと続いていた腹痛のうえ列車の酔いもあったのでしょう。窓から思いきり吐きました。その音がトンネル内に響いて、恐ろしい感じでした。汽車は、そのまま五時間くらい止まっていたようです。

「トンネルの中だから、日本一安全な場所だ」

父は、うとうとしては目を覚ます私に、そう話してくれました。

いつか日は高く上がり、汽車は単調に走っております。ずいぶん遅れたので、大阪に着くのは夜になってしまうだろうと、そばの人たちが話し合っていました。お昼過ぎには着くから我慢するようにと言われていた私は、がっかりです。身体中がだるくて、ふらふらしました。

お昼ごろだったでしょう。汽車はどこかの駅に停まったまま、また動かなくなりました。窓から確かに首を出して駅名を見たのですが、忘れてしまいました。でも、とても変わった名前で、アイウエオの五音の中にはいるような短さだった気がします。

突然どやどやと、大勢の男の人たちが客車に乗り込んできました。皆、防空頭巾はびしょ濡れ、灰をかぶったのか泥だらけです。上半身裸の人がめだちました。背中に、まるで氷《ひょう》のうを背負ったように火ぶくれになっている人もいました。

私は思わず目を伏せ、父にしがみつきました。空襲の被災者ということはすぐ分かりましたが、それまで別府に爆撃は一度もありませんでしたから、こんなにひどい防空頭巾や傷ついた人を見たのは初めてだったのです。この疎開のきっかけは、隣町、大分の大空襲だったのですが、なぜか焼け出された方には出会っていませんでした。

どんなに痛かろうかと思うのですが、通路にすわり込んだ人たちは、皆ほとんど口をきかず、うなだれているような感じでした。痛さも気にならないほど疲れきっていたのでしょうか。

またしばらくして、空襲のため先へ行けなくなったから、引き返して大まわりし大阪へ向かうと伝えられました。

そういえば、これまでとは反対向きに動いたような気もしますが、眠ってしまったのか、はっきりしません。

ずいぶんまぶしいので目を開けると、この汽車で二度目の朝になっていました。海と朝日が左手に見えました。

「きれいな海ね」

「海ではなくて湖だよ。シンジコだ。お腹はなおったかい」

言われてみると、不思議に腹痛も吐き気もなくなっていました。急にお腹がすいたように思えました。一昨日の夜から、もどしただけで何も食べていなかったのです。

リュックサックのひもをほどき、持っていた握り飯のお弁当を取り出しました。ところが、おにぎりを割ってみると、どれもこれも糸を引いてくさっていました。父も私のお弁当には手をつけなかったとみえ、ひとつも減っていないのです。悲しくなり、悔しい思いでいっぱいです。

「私たちは、もうすぐ降りますので、よろしかったら召しあがってください」

斜め前にすわっていた上品な中年のおばさんが、竹の皮に包んだ真っ白なおにぎりを三個ださいました。

　昨日は乗っていなかった方です。そういえば、あの被災者の人たちは一人も見えず、車内は空いたようでした。空いたといっても立っている人は大勢いたのですが、かなり風の通りが良くなっていました。

　生つばがこみあげてきますが、本当に貰ってよいのかどうか、父の顔をのぞき込みました。白米のおにぎりなんて見たことがなかったのです。

「ありがたく頂戴しよう」

　父は両手で竹の皮を受け取り、私はぴょこんとおじぎをしました。おいしかったはずですが、不思議に味は覚えておりません。

　大阪へ着いたのは夕方でした。まる一日以上遅れたのです。

　大阪で北陸線に乗り換えて福井県に向かいました。

　福井の市街は焼け野原でしたが、線路だけは無事で、草深い農家に身を寄せた縁故疎開生活が始まりました。

　父は私を残して別府へ帰り、それから一週間あまりで終戦になってしまいましたが、疎開は一年近く続きました。その想い出も、いろいろあるのですが、お手紙をしたためましたのは、この時の長い汽車旅――旅といえるかどうかの経路を解き明かしていただきたかったからです。

夫に先立たれ、細々とお好み焼き屋を続けながら一人娘を育てて参りますうち、娘ももう大学生となりました。一度、娘をつれ、あのときたどった道を旅したいと思っております……。

以上は大分市の読者から寄せられた手紙の要約である。

僕が『時刻表の旅』に、時刻表と列車の歴史をまとめていたので、誰かに聞いてほしかった体験を綴ったらしい。僕よりひとつ年上と察せられ、同時代に生きた者として、感動しながら読んだ。

この方の記憶と史実、時刻表をつき合わせると、敗戦の年、一九四五年（昭二〇）八月五日夕、別府から門司港ゆきで旅立ち、門司で二一時半から二三時前発の京都ゆきに乗り継いで、すぐ関門トンネル内で立往生。翌六日昼ごろ、あの原爆が投下された直後の広島へ近づいたことになる。

〝アイウエオ五音にはいるような短さ〟の駅は、広島の手前の己斐《こい》（現西広島）ではなかろうか。原爆被災者も収容した列車は、山陽本線の復旧の見込みがたたないまま、山口県の小郡《おごおり》まで引き返し、山口線、山陰本線、福知山線経由で大阪に達したにちがいない。島根県の宍道湖《しんじこ》畔を通過する時刻も勘定が合う。

原爆で、当時の国鉄広島鉄道局舎も焼失したので、正式な運転記録は残っていない。後に運転担当者の記憶で引き直した八月六日のスジ（列車ダイヤ）によれば、午前中に岩国から広島近くまで来た上り列車は二本だけで、己斐ではなく、さらに手前の廿日市《はつかいち》で折り返しており、山口線経由で迂回運転したかどうかは、はっきりしない。

僕は少女の断片的な想い出を信じたい。国鉄は、原爆などの被害を受けながら、門司から大阪まで延々四五時間がかりで迷路をたどるような列車を走らせ、日本の足を守ったのだ。

この人と娘さんの回想旅行が実現したかどうか、その後、便りはない。

初出「歴史読本・特別増刊スペシャル21」(1988・2)・再録『快速特急記者の旅』(日本交通公社)

椰子の実

飯野文彦

一九六一年、山梨県生まれ。早稲田大学卒。ノヴェライズ『新作ゴジラ』（共著）でデビュー。ホラーやファンタジーを主に執筆。著書は『ねむってから勇者』『未完の美獣士』『邪教伝説』『アルコォルノキズ』など。

シャツから覗いた首筋が、ジリジリと日差しに焼かれている。梅雨の合間の蒸し暑い日のことであった。ふと気がつくと私は、渋谷の町を歩いていた。

全身の毛穴から、アルコールにまみれた汗がじっとりと吹き出し、めらめらと蒸気となって異臭を漂わせているのが自分でもわかる。

ハチ公の影も、また私自身の影もが、小人のごとき短さであった。なぜ、これほど陽の高い時刻に、渋谷などに足を運んだのか、自分でも定かではなかった。前夜、泥酔状態で電車を乗り間違え、たまたま渋谷にたどりついたままに、惰性で町をふらついていたのかもしれない。

過度の飲酒によって、私の神経は、木目に逆らって削られた材木のようにささくれ立った状態であった。満ち足りた思いなどとはまさに対極におり、正常な人間でも苛立つであろう狂気じみた都会の喧騒のすべてが、不快の種となっている。私の内面は、縫い針から出刃包丁、鉈《なた》や斧といった大小様々な刃物で責められているかのごとく、キリキリと傷つけられていた。

熱せられた鉄板の上に並べられたエビやイカ、牛や豚の肉片のようなものだ。ジリジリと照りつける日差しに、生命の肝を焼かれていることすら知らず、我先に町へとくりだし、我先に炙《あぶ》られてゆく。それを若さと勘違いして、肌を露出し、勘触りな奇声さえも浅はかな自己主張と取り違えた若者たちは、盛りのついた犬の群れと大差ない。

尋常ならざる暑さが、源なのだろうか。すべてが狂気へ誘われているとしか思えない。白痴のまま、その肉体だけが成熟した牡や牝たちが、私とすれ違うときにだけ、わずかに眉間にシワを寄せ、刺すような視線と共に道を譲ってゆく。

わずかに肩でも触れようものなら、大声で怒鳴りつけてやろうと思った。私の苛立ちはすでに飽和状態を越えて、煮え湯をぶちまけてやりたい衝動でジリジリしている。人込みの中で大声を出し、滅多やたらに両腕を振りまわしたい。髪を染め、鼻にピアスをつけ、肩まで捲《まく》ったシャツから上腕の刺青を覗かせる若い男たちの一団にぶつかって、殴られ、蹴られたら、と思っただけでゾクゾクッと恍惚が走った。無数の人々の前で、寄ってたかって暴行される自分の姿を想像することは、毒をもって毒を制する悦楽の匂いがする。無残な自暴自棄は、肉体に強烈な苦痛を残すことは分かっている。それでも内面に溜まった狂気を何らかの形で放出しなければ、神経が擦り切れてしまいそうであった。

内面の傷を舐めていた私の神経は、激しいクラクションに、とっさに外部へと引きずり出された。スクランブル交差点の歩行者信号は、すでに赤色を誇示している。一人車道に残った私に向けて、すぐ間際で車が私を威嚇《いかく》していた。

クラクションのけたたましさは、火種の燻《くすぶ》っていた神経に油を注ぎ、私は考えるより先に、行動に出ていた。うるせえぇと絶叫し、荷物をもっていない左の拳で車のボンネットを叩きつけ、ウインドウ越しに運転手を睨みつけていたのであった。

クラクションは消え、ごった返す渋谷の駅前の一角が、ピンと糸を張ったような静寂に包まれた。シャツの襟首から氷水を注ぎ込まれた気分だった。膀胱が一瞬のうちにパンパンになって、軽く爪楊枝の先で突かれただけで破裂しそうだ。

まだ若い男の運転手だった。助手席には連れの女が乗っている。女の顔には脅えが張りついていた。私を見ておびえているのである。それが私の神経をいっそうゾクゾクッと震えさせた。自然と浮かんだ口許の薄ら笑いのまま、運転席の男を見る。男の顔に浮かんでいた戸惑いが、私と視線がぴたりと合ったとたん、おびえに変化するのが手に取るようにわかった。

車内の男女は、射すくめられた小鼠となって、弱々しく身体を寄せ合っている。私のなかでこみ上げていた緊迫は、わずかな間に甘露な汁に浸され、勝利の味わいにとってかわっていた。もう一度、ボンネットを叩いた。運転席の男の身体がピクッと硬直するのを確認してから、ゆっくりと車道を渡った。心地よい刺激は、とうに感触を失ったままの股間のイチモツにさえも、かすかにではあったが砂糖水に浸っているような快感を与えてくれていた。

歩道に出ても、成り行きを見ていた人々は、私から距離をとって、道を開けた。これまで押しやられ、蔑《さげす》まれ、無視されつづけた私に、人々が無言でおびえている。頬が火照り、心臓が高鳴っていた。どぶに落ちた自分自身が、思わず注目を浴びる悦楽は、歪んだ私の神経には、かさぶたを剝ぐような心地よさであった。

だが、それさえも一時のオアシスにすらなりえなかった。すでに暑さに水分を搾り取られ、アルコールの滓《かす》が私のなかで干からびた湖底のようになって、神経だけでなく意識すらも混沌とさせるのである。フラフラと歩くと、エアコンの排気が灼熱の熱波となって、巨大な悪魔の舌のごとく、私の頬をドロリッと舐めあげる。車との一件は、消える蠟燭の最期のまたたきであったのか。すでに神経も意識も、磨耗しつくしてしまったかのようだ。視界がかすみ、わずかな道端の日陰にすわりこもうとしたときであった。

「井川、さん……。井川弘司さん、じゃないですか」

と、声をかけられた気がした。暑さのあまり、白日夢をみているのだろうか。すでに身も心も熱湯に茹であげられ、プカプカと得体も知れずに浮かびあがっているような状態であった。

「福田さん、ですね」

私は言った。長身の見覚えのある男だった。たしかに福田といって、元編集者だった男だ。まだバブルが弾ける前の時分、私は彼の担当で、何冊かの少年向け小説を書いていた。売れ行きはすべて初版止まりであったが、その頃は出版社としても、とにかく本を出すことに狂騒的になっており、私のような者の稚拙な読み物でも、本棚の棚取りとして出版までこぎつけられたのである。

だがバブルはとうの昔に去り、福田も数年前にその出版社を辞め、以来、音信不通になっていたはずである。

「あなたにさしあげましょう」

メラメラと立ち込める都会の陽炎の中で、福田がつぶやいた、かと思うと、私は右手にずっしりとした重みを実感した。

「何です、これは？」

自分の口から発した言葉を聞いて、私は苦笑していた。アルコールに骨の髄まで犯され、わずか数分前には、狂気の振る舞いを公衆の面前でさらした自分が、昔の知り合いに会っただけで、理性的な応答をしていたからであった。

「椰子の実です。南国に行った土産で、友人に渡す約束だったのですが、ドタキャンされましてね。このまま持って帰るのも、面倒ですから」

「でも、私は」

「遠慮なさらず、あなたにはご迷惑のかけっぱなしでしたから、せめてもの……」

せめてもの、何だというのだ？

そのあと、ふた言三言話したのか、それともそれきりだったのか。いや、果して私は本当に、福田と出会ったのだろうか。

気がつくと私は、依然として日差しが照りつける渋谷の街角にひとり立ち尽くしていた。相変わらずエアコンの排気が、ゴンゴンと私の頬に吹きかかり、オドロオドロした汗を、首筋にからみつけてくる。ただずっしりとした重み――椰子の実の入った袋を、私は右手に持っていた。

ジーンズのポケットに丸まっていた千円札で缶ビールを二本買って、息をもつかず飲み干した。アルコールだけが神経のささくれをつなぎあわせ、潤してくれる唯一の存在となっていた。酔いだけが気分を和らげ、わずかに残っている理性を取り戻させてくれる。少なくとも私にはそう思える。

五反田にあるアパートに戻ったのは、夕方近い時刻だった。じっとりと熱せられた地表と空気は、都会の汚れた空気をからめ捕りながら、肌にまとわりつき、脳髄さえもコールタールのように溶かされてしまっている。

妻は留守であった。福田から受け取った包みを部屋の隅に置き、テレビを点けると、ウイスキーのボトルを手にした。畳に横たわり、ラッパ飲みする。窓を開けるのも、冷房をつけるのも億劫であったが、サウナのなかにいるような感覚に酔いが加わり、喉や気管、皮膚さえもが熱蠟のごとくとろけてゆく。私は不快の中に潜む自虐的な快楽を見つけて、ひとり悦に入っていたのかもしれない。

テレビでは臨時ニュースを伝えていた。渋谷のラブホテルで、女の首なし死体が見つかったらしい。私はすぐにテレビを消した。渋谷のラブホテルと聞いただけで、苦い思いが脳裏に蘇ったからだ。

以前、部屋で原稿を書く私を残し、頻繁に出掛ける妻に不信を感じて、後をつけたことがある。妻の行き先は渋谷であった。109近くの喫茶店で男と会い、そこから二人は道玄坂のラブホテルに姿を消していったのであった。妻が寄りそっているのは、見覚えのある長身の男。あの男は……。

「福田か?」

口から勝手に言葉が出ていた。だからといって、単なる思いつきなどではない。妻は私と結婚する前、福田とつきあっていたのであった。だが二人のあいだに別れ話が持ち上がり、彼女が傷ついていたときに相談に乗った私と結ばれ、そうして結婚したという過去がある。イヤな過去であった。だからといって、今から決して修正できはしない。私の妻は福田という男に抱かれて、薄紙を震わせるような、アノ歓喜の声をあげたのだろうか。それとも、更なる高鳴りの元に理性を投げ捨て、淫らな牝となって爪を立て、肢体をわななかせたのか。

それらは本当に過去の出来事だと、言い切れるのであろうか――。

あのとき、妻が渋谷のラブホテルに姿を消した相手が、福田だったのなら、まだ妻は福田と切れていなかったことになる。現在という今もなお、福田に抱かれ、冷房の効いたホテルの一室で、よこしまな快感に啜り泣き、肉の乗った臀部や太股を痙攣させているのかもしれない。その福田が、なぜ私に土産を……。

部屋に籠もった熱気のせいだろうか。苦々しい出来事のためなのか。過敏なほど攪拌《かくはん》をくりかえした後の溶き卵のごとく、脳の神経が混沌となってきた。妻を渋谷まで尾行したのは、果たしていつのことだったのだろう？　数カ月前いや数年前のことのようでもあったし、つい最近のことのようにも思える。いや――、本当に私は、渋谷の路上で福田と会い、南国土産として椰子の実をもらったのだろうか？

椰子の実をもらったのはまちがいない。なぜなら、部屋の片隅に袋がある。それならば、なぜ……。

締め切った室内の柱や壁さえもが、どんよりと、とろけだしたかのようであった。いつの間にか蒸された空気に、腐臭が混じっていることに気づいた。椰子の実の匂いだ、と私は思った。南国の果実は、強烈な匂いがその特徴であると、かつて雑誌で読んだことを思い出したからであった。だが硬い殻に覆われているはずの椰子の実が、果して腐臭を漂わせるものか、定かでない。

福田は私にお古《ふる》をよこしたにちがいない。私が受け取った時点において、すでに椰子の実はずいぶん古びていたのであろう。腐敗した果肉が殻を浸食し、果汁と共にどろりと流れだして、腐臭を発している。袋の底から赤黒い粘液がにじみ出して、じんわりと、畳に染みをつくりはじめている。

噎《む》せ返るような腐臭と蒸し暑さに包まれながら、私は袋に包まれた椰子の実を見つめ、ウイスキーを飲みつづけた。

初出『トロピカル　異形コレクション11』廣済堂文庫（1999・7）

黄昏の歩廊にて

篠田真由美

一九五三年、東京生まれ。早稲田大学卒。八七年『北イタリア幻想旅行』を刊行。九二年鮎川哲也賞の最終候補作であった『琥珀の城の殺人』で推理作家としてデビュー。著書に〈建築探偵桜井京介〉シリーズなど。

街はいつも黄昏、そして季節は晩秋だ。

といって視野の中にこれ見よがしに西陽が射しているのでも、例えば街路樹が色づいた葉を散らしているのでもない。この街に街路樹はない。どんな種類の植物も眼にした覚えはない。ただ光の色、肌に覚える大気の冷ややかさが、私に移ろおうとする時、移ろおうとする季節を教える。

目に入るのは雲ひとかけらない、やや灰みを帯びた青い空と、その下に広がる石の街。街路は波紋に似た文様を描く細かな敷石に覆われ、その上に高さ等しい、五階建て程度の建築物が並び、道に面した一階部分はすべて壁のない歩廊になっている。天井は見上げるほどに高い、角柱に支えられた通廊だ。足下には、元は白かったのだろう大理石の板が張られているが、長い歳月のためか傷つき黒ずんで、外の敷石と変わらぬほど汚れている。

空を見上げても太陽は見えない。しかし確かに陽は射している。その光が小暗い歩廊に横ざまに射し入り、柱の影を落とす。横縞文様の影と光。一足ごとに暗み、また明るむ視野。

暗・明・暗・明・暗――

――そろそろだ。

私は思う。きっとまた聞こえてくる。

からから・からから・からから……

静まり返った歩廊の大理石を鳴り響かせる、乾いた、軽やかな、規則的な音。同じリズムで足を運び続けながら、私は待つ。そして現れるのだ、あの輪廻しの少女が。影と光の縞文様をよぎって、どこまでも続く通廊の消失点から、短い髪をなびかせ、スカートの裾をひらめかせて走ってくる。

少女が廻すのは直径一メートルほどの、おそらくはなにか軽い金属で作られた輪だ。それを立てて、右手で持った一本の棒、先端が小さな二股に分かれた棒のみで支え、体の前に回転させる。ことばで説明すれば、少女のやっているのはつまりそういうことだ。わずかでも棒を持った手の位置がぶれるか、あるいは回転する輪と走る足の速度のどちらかがずれてしまえば、たちまち輪は少女の元から逃れてころがり去るか、横に倒れて止まってしまうだろう。

　しかし一度としてそんなことは起こらない。少女は私に一瞥も与えることなく、ましてや正面から私に衝突してころぶこともなく、棒でもって巧みに輪の回転を操りながら、足を止めて見送る私のそばをすり抜けてまたたちまち消えていってしまう。——ような気がする。なぜなら回廊を遠ざかっていくその後ろ姿は、私の記憶にはいつもないからだ。

　私はおそらく夢を見ているのだ。いまこのときは思い出すこともできないが、いずこかの現実ではありふれた仕事を持ち、家族を持ち、世の人となんら変わらぬ生活を営んでいるのだろう。そして重く疲労した夜毎の夢で、なぜか繰り返しこの名も知らぬ街を訪れ、人影乏しい街路を歩き、最後に必ずこの長い長いどこに果てがあるとも知れぬ歩廊を歩いていく。するとどこからか、からからと乾いた音を響かせて、現れるのだ、あの輪廻しの少女が。それを最後に私は夢から覚める。——たぶん。

　なぜならいまこの瞬間、私は現実の自分を少しも思い出すことができないからだ。わかるのはこの街のことばかり。いや、わかるといってしまってはいい過ぎか。私が知っているのは飽くまで自分の足が歩き、自分の目が触れたものだけなのだから。

　時は、現代なのだろうと思う。人の気配がないわけではなく、車が走っていないのでもない。ただその数は決して多くはなく、しかも音をたてない。

　そうだ、この街には音がない。敷石を踏んでいる私自身の足音さえ聞こえない。あの少女が廻す輪の音を除いては。

街の外れには高い塔が建っている。方形のようにも、円柱形のようにも、あるいはその両方が別々の場所にそれぞれあるのかもしれない。人気のない空虚な広場の中央に屹立し、日時計のように長々と影を落とす塔。その頂には幾本もの旗竿が立ち、どんな紋章が描かれているとも知れぬ旗がなびいている。確かに横ざまになびいてはいるのだが、それは私の目の中で凍りついたように不動だ。

また別の街外れには鉄道の駅がある。がらんとした駅舎の正面には大時計がかかり、しかしそこに表示されている時刻にはなんの意味もない。

なぜならこの街は常に黄昏、生活と生産の昼は去り、間もなく来るだろう夜を待って立ち尽くす曖昧な時間の中に、宙吊りされているのだから。なにものも訪れず、なにものも出発し得ない駅に誰がやってこよう。無人のプラットホームに白煙を吐きながらすべりこむ蒸気機関車は、へたくそなペンキの壁画よりまだ現実感に乏しい。

私は歩く。ただひたすら闇雲に歩く。なにかを、たぶんあの輪廻しの少女以外の、そして自分の他の人の姿を求めて。だが石の都市の街路に見えるのは、晩秋の薄日に滲む淡い影のようなものばかり。遠目には確かに人がましく見えようと、私がそのそばまでたどりついたときそれは、読めない文字のポスターで満たされた広告塔であったり、鈍い風に吹き寄せられた紙屑のひとひらであったりする。彼方の道路を音もなくゆっくりと走りすぎていくと見えた車の影は、決まって追いついた私の視野から逃れ去り、二度と見つけることができない。

直角に交差する空虚な大通り。身悶えるような仕草をする男女の彫刻で、壁面を埋め尽くされた奇妙な宮殿。干上がった噴水。階段の上に円柱を並べ、壮麗なドームを頂いた劇場。広場の一角では巨大な騎馬像が、通る者を脅かすように前片脚をもたげたまま凍りついている。それら、もはやあまりにも見慣れてしまった眺めの中を通り抜けて、私はふたたびこのどこまでも続く歩廊へとやってきた。

一歩、一歩、列柱の落とす暗と明を踏みながら、そして少女が伸ばした棒の先で巧みに廻す輪の音の聞こえてくるのを待ちながら、私はいま改めて思う。

——あの少女は誰なのだろう。

少女はいつも歩む私の、真正面からやってくる。避けるそぶりもなく、まっすぐに。すばらしい速度で見る見る近くなる。だから私は彼女の顔を、見ていて不思議はない。しかし幾度となく少女を間近にした記憶は確かにあるのに、その顔立ちは浮かんでこない。ただしなやかな手足、風になびく髪、そしてはためくスカートの裾。そんなシルエットめいた影像が思い出されるばかりだ。

そのように顔もさだかでない少女が、繰り返し夢に現れるということは——

唐突に私は、ひとつのことを思いつく。私はあの少女を殺したのではないだろうか。いつの日か、顔も名前も知らない行きずりの少女を、こんな晩秋の黄昏時、人影乏しい異国の街で、なんの理由もなく。

私はでは、狂人であったのか。わけもなく衝動だけで人を殺せる異常者だったのか。そんなはずはないと感情を否定しようとし、しかし私はにわかに自分のふたつの手のひらを意識する。より正確にいうならその手の中に摑んだ体温、すべらかな皮膚の下から撥条《ばね》のように指を押し返す筋肉と軟骨。息づきと鼓動。それをなおも力をこめて押しつぶし、握りつぶす、その感触。それはほんの一瞬ではあるが、私を包み取り囲む街のすべてを忘却の彼方に追いやるほど、強く生々しい。

では殺人者の罪の意識が、私にこんな夢を見せているのか。もしかしたら私はこの夢の中に囚われているのか。思い出せぬ現実での生活などどこにもなく、抜け出せぬ夢の虜囚として、狂った殺人者に科せられた刑罰として。

しかしそれならせめて、自分の犯した罪を罪として知りたいと私は思う。こんなぼんやりとした、中有に漂う曖昧な状態でいたくはない。あるいはなにかの間違いであるかもしれない。私は知らぬまま罠にはめられ、無辜《むこ》の罪を負わされてゆえない罰を科せられているのかもしれない。

ああ、聞こえてきた。大理石の敷石を回転する乾いた輪廻しの音。私は決意する。なんとしてもあの少女を引き止めなければならない。この夢が私を封じ込めた檻ならば、鍵は少女だ。それを突き崩すことができたなら、囚われの獄は開くはずだ。

しかし気づかれてはならない。私の罪が事実であれ、あるいはゆえなきものであれ、私をここに閉じこめたものがあるのなら、それは間違いなく私の動静を見張っていることだろう。そのものに万一でも気づかれることないように、これまで何十回何百回繰り返されてきたのと少しも変わっていないよう、私は平静な歩調を刻まなくてはならない。影と光の横縞文様を一歩、一歩、踏んで進みながら、接近してくる輪廻しの、からからという音を聞きながら。

暗・明・暗・明・暗――

うつむいていた視線をそっと上げると、すぐ左前に少女の足先が見える。私はすばやく体を起こし、腕を伸ばしてその体を摑み止めた、――はずだった。

しかし私の手は空を切った。少女はそれこそ亡霊のように実体がなかった。見えはするが触れることはできないのだ。

夢ではないのかもしれない。私はまたふいに思う。この街は私が住む現実の街に過ぎず、ただ少女のみがまぼろしの存在なのか。そして彼女は繰り返し、私の前に現れる。なにかを告げようとして、あるいは彼女を殺した私を懲らすために。

しかしそれならばなぜ、いつもいつもなにひとつ語ることをせず、私を見ようともせず、かたわらを過ぎていくだけなのだ。なぜ。

だが気づくといま少女は、足を止めていた。輪をころがしていくすんなりと伸びた手足はそのまま、つまり時間の止まったような不自然な姿勢で、顔だけがこちらを向いていた。依然影色に沈んだ面から、きつく吊り上がった双の眼が私を見ていた。怒りも憎しみも怨念もなく、ただそこにあるのは微かな、だが他のなによりも残酷な、そうだ、嫌悪。

「――かわいそうだけど私には、なにもしてあげられないの」

少女の口が動いている。声が聞こえる。

「あなたはそうやって何度も何度も私の前に現れて、なにかいおうとしているらしいけど、私にはあなたの声は聞こえないし、触れることもできない。あなたの顔も知らない。どういう人だったかも知らない。仕方がないのよ。だってあなたはきっと、とっくの昔に死んだ人なんだもの」

私は彼女の声を聞いた。しかしその意味するところを理解できなかった。それはまるで異国のことばだった。

「さようなら、幽霊さん」

少女は突き放すようにいい捨てて、ふたたび輪を廻しながら走っていく。からから、からから……その音がたちまち遠くなっていく。

振り返ればあるいは少女の後ろ姿が、影と光の通廊を小さくなっていくのが見えたかもしれない。しかし私は動かなかった。もはや動くということが、なんなのかすらわからなくなっていた。

街は永遠の黄昏の中に、音もなくたたずんでいる。

初出『チャイルド　異形コレクション7』廣済堂文庫（1998・11）・再録『夢魔の旅人』廣済堂出版

砂嵐

皆川博子

一九二九年、京城生まれ。東京女子大学中退。七三年『アルカディアの夏』で小説現代新人賞を受賞して以来、『壁』で日本推理作家協会賞、『恋紅』で直木賞、『死の泉』で吉川英治文学賞を受賞するなど受賞歴多数。


窓の外をおおった褐色の毛布のような砂は、猛然と渦巻き、よじれ、のびあがり、歯ぎしりする音をたて、ガラスに嚙みつく。

退き、盛り上がり、たわみ、のしかかり、千の拳となってうち叩く。

どこから吹いてくるのだろう。彼はあきらめの吐息とともに言う。そして、たぶん西からだ、と自分を納得させるように言い、砂嵐のなかを白の騎士は進む、と右の人指し指を立てる。

白の騎士は左の人指し指よ、と指摘しようとして、わたしはやめた。彼は、記憶の衰えや意識の混乱をわたしに気づかれまいとしている。

右の人指し指は、青の騎士なのだ。そう言ったのは彼だ。白。青。単なる記号にすぎない。A。B。そう言ってもかまわないのだ。騎士A。騎士B。しかし、青と白は、AとBより、それぞれの騎士の属性まで象徴する。青は憂いの色である。白は清廉であると同時に、他を許さない狷介《けんかい》さも持つ。砂嵐にもまれ、行き悩む騎士が、白か青か。はじめ、青と彼は言い、突然白にしてしまった。

物語はわたしの中で混乱しはじめる。

わたしは青い騎士を愛する。

わたしは彼の指の動きに眼を投げている。耳は、窓ガラスのきしむ音を聴く。右の小指は佝僂《くる》の侍女であり、左の小指は姫である。彼の右の小指は、前に曲がったまま、まっすぐのびない。

白い騎士……わたしは青い騎士だと思う……は、砂嵐のなかで立ちすくんでいる。嵐を止めればいいのよ。わたしは思う。砂嵐を吹かせて騎士を困難な状況に追いやったのはあなたなのだから。十本の指は、あなたのしもべなのだし、彼らにどのような状況をあたえるのも、あなたなのだから。

彼が持つのは、二本の腕と、その先端の十本の指ばかりだ。いや、まだあった。聴覚と、言語を発する能力、食物を咀嚼《そしやく》する能力も保たれている。食べたものを排出するまでの、消化器官も機能している。

顔は、ないにひとしい。見苦しいからと、白い袋をかぶっている。口の部分だけ穴をあけた袋だ。眼のための穴はいらない。くりぬいても、その下の瞼は縫い閉じられた一筋の糸だ。体は車椅子に固定されている。下半身は、消化器官の末端のほかは、無機物にほぼひとしい。

わたしは、彼より何を多く持っているか。眼。＋1。わたしは見える。言葉。わたしは発声できない。－1。聴覚はある。彼と同じだ。等値。消化器官。動いている。等値。両脚。わたしにはない。彼は持っているけれど機能していない。等値といえるか。厳密にいえば、彼のほうが0・5ぐらい＋か。

顔。わたしは持っている。布でかくさねばならないほど、鏡を見るのが辛いほど、ひどく損傷されてはいない。

騎士は身をかがめ嵐をやりすごそうとする。彼の馬の脚はつけ根まで砂に埋もれ、もはや一足も進めない。馬をおりれば、騎士もまた砂の餌食になる。

どうしようと、彼は途方にくれた声を出す。

彼がどうして下肢の自由を失い、顔を失ったのか、わたしは知らない。彼の年も知らない。家族がいるのかどうか。いつからここにいるのか。訊ねたこともない。

わたしが知っているのは、砂嵐がどこから吹いてくるのかということだけだ。

砂は、わたしが産み落とした。わたしが、産んだ。

あの子は、ほかの赤ん坊ほど醜くはなかった。生まれたての赤ん坊は、この世でもっとも醜いものの一つだ。血と体脂にまみれ、ふくれた瞼がもりあがった眼球をかくし、臍《へそ》からのびたあおじろい蔓《つる》は、母体の中にまだつながり、命の根であったものをいっしょにひきずりだそうとする。

あの子は、猫のように、くちびるの真ん中が割れて鼻までつながり、歯がないために老婆じみてみえるけれど色だけは珊瑚《さんご》色の歯茎をのぞかせ、瞼はふくれてはいなかった。

看護婦から抱き取ったとき、薄い皮膚の下に、針の先端のように小さく尖ったものが無数に動く手触りをおぼえた。腕に歯をたて、少し傷をつけてみた。傷口から砂がこぼれた。半透明の薄い皮膚をむくと、肉と血のかわりに、砂がつまっていた。かろうじて嬰児の外形をたもつ皮膚の中にあるのは、砂ばかりだった。

わたしの家系に、砂の子を産んだものはいない。わたしの母も、両親の姉妹も、わたしの姉たちも、皮膚の中は肉と骨の子供を産んだ。肉であれば、いざというときの救荒《きゅうこう》食糧になるけれど、砂では何の役にも立たないとわたしは思った。

砂の子が遺伝性のものであるとすれば、わたしを孕《はら》ませた相手に問題はある。

わたしの両脚は、倒壊した家の材木のあいだにつぶされていた。相手にとっては恵まれた豊穣な空間に、腹部だけがあらわれていた。だれとも知らぬ相手は、刃物でわたしの服を裂き、下着を裂いて肌をむきだしにした。灰塵のまじった風が、千の鉄の杭をからだの中に打ち込み、わたしは泣いたのだが、喉からでたのは歌声だった。周囲の泣く声わめく声も、歌になった。

相手は最後にわたしの声をつぶして去った。材木に押しつぶされた部分の肉が壊死《えし》したのは、相手のせいではないけれど、砂の子を孕んだのは、相手の遺伝質によるものだと思う。くりかえすけれど、わたしの家系にはない。胎盤は、砂じゃなかった。わたしの血と肉と細胞でできていた。

念のために、赤ん坊の皮膚をわたしは全部剝ぎとった。砂は形をたもてず、ベッドによこたわるわたしのかたわらに、小さく盛り上がった。

看護婦は銀盆に砂をうつし、出ていった。海辺の砂浜に撒いてやってほしいとわたしは思ったが、看護婦たちが手が足りなくてしじゅういそがしがっているのを知っていたから、頼めなかった。頼むてだてもなかった。

八人部屋にわたしはひとりだ。彼は個室にひとりだ。

廊下に面した窓から部屋のなかをのぞくことはできるけれど、視覚を持たないのに、彼はわたしがひとりでいるとわかって入ってきた。

車椅子をわたしのベッドのわきにつけ、〈お話〉をした。

いつからだったか。一月前からか。一年も話しつづけてきたか。

指は十本あるから、登場人物には十分足りた。

前にかがむことと、直立すること、わずかに左右に振れること。指の動きはそのくらいなのに、やさしい男、愛らしい娘、たのもしい太った女、ずるがしこい男、いくじなしの若者、嫉妬ぶかい娘、それらが、いくつもの話をわたしに見せた。

気立てのいい若者と愛らしい娘がくちびるを寄せあうとき、かならず邪魔が入った。彼は若いようには見えなかった。手の甲には青筋がうきだしていた。しかし、指は、丹念に手入れされたもののようにしなやかで、艶とかがやきをもっていた。

右の人指し指はことに、絹のように綺麗で、彼もそれを承知しているのか、祝福された恋人にふさわしい若者の役をいつもつとめさせた。右の人指し指が、左の小指にくちづけるとき、わたしはみぞおちに痛みをおぼえた。鎮痛剤をしじゅう投与され、痛みがどういうものか忘れてしまっていたのに、みぞおちの重く鈍い痛みは、くちづけのたびに、わたしを襲う。

せめて、醜い右の小指を恋人にしてくれたらと、わたしは思う。しかし、右の人指し指は三本おいてならんだ小指と、むきあってキスすることはできない。右の小指は、左の小指を突きのけて、くちづけの邪魔をするだけだ。

ガラスに罅《ひび》が走る。一筋の罅は、たちまち、稲妻のようにひろがる。

割れ砕け、砂の波がなだれこんだ。

床につもり、ベッドの脚をひたし、彼の車椅子の隅々を埋めた。

白い騎士……わたしは青い騎士だと思う……をのせた馬は脚のつけ根まで砂の中だ。わたしには、砂嵐をとめることはできない。わたしが産み捨てたものだから。あなたならできる。砂嵐は、あなたの物語が産んだものなのだから。彼にそう伝えたいが、わたしは伝えるすべを持たない。

みるみる積もる砂は、ベッドの縁まで盛り上がり、馬は埋もれた。車椅子も埋もれた。わたしは青い騎士にくちづけした。わたしの歯は、彼の指を嚙み、傷をつけた。わたしは彼の血を飲んだ。

集中治療室に入れる前にかってに死んだ患者を見て、医師は、眉をしかめた。

死者が横たわるベッドのかたわらに、もうひとり、車椅子に乗った患者がいる。死んだ下肢を持った老いた患者は、眠っていた。

医師は看護婦に命じ、車椅子を個室に戻させた。老人の眠りからこぼれ、床に淡く散った砂を、車輪は踏んだ。

死者の上掛けを医師ははいだ。丸められ皺だらけの袋が、腹の上にあった。薄い皮膚だけのそれは、からっぽの紙袋と似ていた。医師は、屑籠に捨てた。

初出『ラブ・フリーク　異形コレクション1』廣済堂文庫（1998・1）

二塁手同盟

高原弘吉

一九一六年、福岡県生まれ。鞍手中学卒。石炭関係の仕事のかたわら小説を投稿し、六二年『あるスカウトの死』でオール讀物推理小説新人賞を受賞。野球ミステリーが得意で、著書に『まぼろしの腕』『消えた超人』など。

1

ろくすっぽ働きもせず、ぶらぶらとよく遊びよく飲み、釣りにいったり旅行をしたり、太平楽な私の日常に、奇異の眼を向けている人たちもすくなくないようだ。

いったいこの不景気の世の中に、なにをやって稼いでいるのか、私の仕事ぶり、それからのほほんとした暮しを知っている連中は、誰しも首をかしげずにはおられないだろう。

それからもすこし私を知っている連中は、あやつはとんでもないやろうだ、見かけによらん色事師だと、悪評しきりである。そしてカゲ口を叩きながらも内心うらやましくてしようがないようすだ。

さもあろう、多摩子はまず滅多にお目にかかれないくらいの美人である。かの女は一流クラブ〝ウインザー〟の売れっこホステスで、女優でいうならばF・Yの典雅、J・Iの色気、K・Kのスタイルを兼ねそなえている。したがって多摩子目あての定連はわんさといる。

金にモノをいわせ、社会的地位や人気や男振りを武器に、多摩子を陥落させようと秘術の限りをつくす狼どもは、私の知る限りでも一ダースは下らない。

ところが多摩子ときたら、私が気の毒に思うくらいに、かれらにそっけないのだ。顔をほころばすことを知らないのではないかと思えるくらいだ。かれらは手に手を触れることすらたやすく許されず、やっとねがいかなってダンスとなっても、顔と顔の間隔十センチ以上はオフ・リミットを宣言される。

「男の人の体臭って、あたしきらいなの。だからなるべく顔を近づけないでね」

かくして白磁の澄まし顔と、修道女のとざされたハートに一歩も踏みこみえず、かれらは高い金を払って帰っていく。それでも性懲りもなく躍気になって〝ウインザー〟通いをやめない。

その多摩子がひとたび私に接するや、どうだろう、まるで別人のようにありったけの笑みを浮かべ、下にもおかないもてなしである。恍惚として身も心も魅了された女の顔になるのだ。うっとりと私の頬に頬をすり寄せ、とろけんばかりに密着して踊るさまに、定連どもは青白い炎をスパークさせ、額から角がとび出さんばかりに、私をにらみつける。

それでも諦めずに多摩子に群がるのは、私を軽視しているからだ。あやつのどこがいいのか、すくなくとも俺の方が一枚も二枚も上だという自尊心があるからだろう。

無理もない、私は名もないし、それにお見かけ通りのしょぼくれた男だ。だから野獣に美女を、というのならまだしも、すべすべしたテリヤが野良犬に犯されるような許しがたい義憤を、かれらは勝手に胸に燃やしているにちがいない。

困ったもんだ。誤解である。私と多摩子の間はそんなものではない。なにか私がかの女の弱点につけいって、搾取しているように思っているようだが、とんでもない。私と多摩子は野球でつながれているだけにすぎない。

多摩子が私に恍惚となるのは、それは私に対する信頼と尊敬のあらわれである。かの女が私の才能を尊敬しているように、私もかの女の美貌と見事な肢体に敬意を払っている。私は思慮もなく、花園を踏みにじるような無神経な男ではない。

その例を示すと、あれは、私の画策がうまく成功して、同盟が成立して、特効薬の効用があらわれはじめたころである。

私に報いる最大のものがそれであると考えての上だったろう。多摩子は私に体を与えようとした。

その晩、多摩子はしきりに私にアルコール分をすすめた。つい飲みすぎて前後不覚に酔いしれた。

ふと気がつくと、私はふかふかしたベッドに横たわっていた。しかも私は女を抱いている。その相手が多摩子と知って、私はガバとベッドの上に起き直った。

多摩子は私に与えるべく、惜しげもなくミルク色の上半身をあらわにしている。私は乳房の発達しすぎた女は好まないが、かの女の小ぢんまりとした隆起、恥じらいげに尖りを見せるそれは申分なく眼をたのしませた。うなじから肩の線、それも貧しからず、なだらかに張って十分の弾力を想起させる。

それから私はおもむろに下半身を覆ったうすものを取除いた。多摩子は眼をつむって私の愛撫を待つかのように、ゆるやかな姿勢をとる。くびれた胴、豊かに起伏し発達した下腹部から腰の線、なめらかに充実を見せる腿部、そしてすんなりと伸びた脚の線、私はひとわたり、かの女の見事なからだを見まわした。それは手垢のつかない、処女雪に覆われたようなまぶしさだ。

世の好色やろうならば、カッとなって一も二もなく武者ぶりつくところだろうが、私はそんなにさもしくないのだ。かぶりついて味わう味覚のみが唯一のものではない。

そのつきたての餅のような肌ざわり。やがてそれがほんのりとサクラ色に火照っていく移ろい。そして陶酔の深度、それは実践の労をわずらわさずとも、私は感覚の上で十分に味わいつくすことが可能である。

「やあ、ありがとう。きみの厚意は十分にいただいたよ。私の才能と同じくらいに見事なものだね」

私は静かにうすものを掛けてやった。

私と多摩子との関係は、こうしたものだ。私が毒牙で踏みにじった上で、搾取しているなんてまったくの事実無根である。前にも言ったように、私と多摩子は、野球において、妙なことでつながっている仲なのだ。

2

私が多摩子と知合ったきっかけは、K球場の特別指定席であった。一九六×年九月末、ペナントレースも終幕近くである。当時私は空想的な野球小説を連載していたが、よく球場へ出かけた。野球選手がロード・ワークをやるのと同じである。試合を見たからといって、それが小説の中にすぐに利用できるものではないが、ナマで見る一投一打が、スタミナみたいに私の体内に蓄積される効用はある。これは大切なのだ。だからつとめて球場へ出かけていた。

その夜K球場のナイターで、私は右となりの席の女性を意識しだした。かの女が美人だからというのではない。その女に異様に緊迫した気配を感じとったからだ。たとえばこのゲームに大金を賭けているとか、そういう種類の打込み方である。

やがて私は女が打込んでいるものの正体をとらえた。それはイエローズの新井選手だ。新井がバッター・ボックスへ入ると、女は手にもったハンカチを握りしめて体をのりだした。そして新井が三振したとき、女は世にもかなしげな横顔となった。

試合はイエローズが負けた。私は雑沓にもまれながら女のあとをつけた。球場を出る。タクシー待ちの女の横に寄って、

「失礼ですが、新井選手の熱狂的ファンでいらっしゃるようですな」と声をかける。

女がけげんな顔で、私をじろじろ見まわした。

「僕はとなりにすわっていたんですよ。新井選手に一方ならぬ肩の入れようでしたな。いかがです、新井選手についてすこし分析してさし上げようと思うんですが、よろしかったらお茶でもごいっしょに――」

まるで千里眼に心のなかを見すかされたようなおどろきが女の表情にあった。同時に降って湧いたような私に対する好奇心もあるようだ。黙っているので、私は承知してくれたものとうけとった。

それから二十分後、私と女は有楽町の喫茶店のボックスで向かい合った。

「あなたと新井選手のご関係は？　まずそれをうかがっておきましょう」

　女は不安げに私を見た。警戒しているようだ。スポーツ記者かなにかと感ちがいしているようだ。

「ただのファンというんじゃ、あれだけの肩の入れ方はおかしいですよ。ハンカチを握りしめて、歯をくいしばっていましたね」

　女が水商売関係の者であることは、すでに見当をつけている。それは装身具や髪の型などで推察がついた。まず愛し合ってる仲、とそれが浮かんだが、私はこの通俗的推測を否定した。女がグラウンドの新井に祈るように注いでいたまなざし、それはどうも異質のもののようだ。

　ふと私にひらめいたものがある。新井の顔を浮かべたときだ。野球選手にしてはめずらしく整ったマスクだ。その容貌ゆえに新井は実力以上の人気がある。新井はその軽薄な人気に溺れて精進を怠っている傾向がある。その新井のマスク、それとこの女の容貌の類似点に気づいたのだ。

「あなたは新井クンの身内の方でしょう？」

　女は虚を突かれたように、眼をしばたいた。

「やっぱりそうですね。新井クンのおねえさんだな」

　女は魔術にかかったように、ただ驚嘆の面ざしを向けている。それからやっと、われにか

えったように、

「どうしておわかりになったのです？　いったいあなたはどなたです？」

「いや、単なる野球ファンにすぎません。ただものごとに好奇心をたぶんに働かせるのと、推理能力のすぐれた点が、いささか凡人とちがう点かもしれませんね」

女は新井と、腹ちがいの姉であることを打明けた。新井とは家庭の事情で幼いころわかれわかれになったとのこと。自分が新井の姉だとは誰も知らない。新井も知らないことだからないしょにして欲しいといった。

新井は貧しい農家に育った。野球で有名な私立商高からプロに入ったものだが、それも野球がうまかったから私立商高が引っ張ったのだ。新井から野球を除けばなんにもなく、いまごろは工員か店員にでもなっているだろう。

女はクラブ〝ウインザー〟のホステスで多摩子と、あらためて名のった。ホステスの姉がいることがわかると、新井のためにプラスにならないと思い、なるべく知られないようにしているのだという。

いじらしい姉だ。そんな蔭ながらの祈りをうけながら新井のふがいなさを、私は嘆かずにおられない。このままではこの姉の願望も虚しく、新井は消えていく運命にある。

さて私は多摩子相手に、本題の話にうつるわけだが、ことわっておかねばならないのは、この女が新井の姉であろうと、恋人であろうと、赤の他人であろうと、それで私のたくらみが左右されることはなかったということだ。

私にとってありがたかったのは、この女が二塁手の新井に異様な関心を示したそのことだ。その異様な関心が、私に異様な関心を連鎖的に植えつけた点を強調したい。つまり私の発想に、この女が点火剤の役目を果たしてくれたということだ。でなければ、私はわざわざこの女を誘うようなことはしなかっただろう。

「あなたにはわるいけど、新井クンはいまのままじゃ駄目ですね。イエローズは二塁手のアナを埋めるためにS大の今村を狙っていますね。今村の入団はほぼ確実だから、新井クンはよっぽどがんばらないと、来シーズンは二軍落ちということになるかもしれませんね」

「それを、あたしも心配しているんです」

多摩子が顔を曇らせる。

「心配いりませんよ。ぼくが新井クンを一流のプレーヤーに仕上げてあげますよ」

私は自信をもっていった。もちろん多摩子が信じてくれるとは思っていない。コーチはおろか、プロ野球に門外漢の私が、そんなことができるわけではない。たとえ有名コーチや評論家がいったとしても、無責任な放言としか受取られないだろう。まして私なんかにそんなことができるわけがない、と誰しも私の脳ミソを疑うにちがいない。

「二塁手で三割を打っているのは、Yリーグの外人がふたりだけしかいません。だいたい二塁手のバッティングは見劣りがするものなんです。だから二塁手で三割を打てば、まず一流プレーヤーというわけです。私が三割打てるようにしてあげます」

「はあ、でもそんなことが？」

「新井クンの打率は二割そこそこですね。これじゃいけません。なに、深刻にお考えになることはありませんよ。十本に一本よけいにヒットを打てば、それで解決する問題ですよ」

「はあ。十本に一本よけいに、そうですわね。でもそれがたいへんなのじゃないかしら」

「たしかにたいへんです。劣等生が優等生に早がわりするんですからね。監督やコーチがいくらアドバイスをやって、打撃開眼をはかっても、それぞれ天分というやつがありますからね。コーチングや練習で解決する問題じゃありませんよ。ぼくはそういうことじゃなしに、プロ野球の盲点をつくことを考えているんですよ」

「――」

「劣等生がいっぺんに優等生になるには、どんな方法があると思います？」

「さあ？」

「もともと頭がわるいんだから、いくら勉強をしたっておっつきません。方法はひとつ、つまりカンニングですな」

「野球にカンニングができるんですか？」

「できますね。きわめて安全にして確実な方法があります。まあ私にまかせておいて下さい。弟思いのあなたのためにひと肌ぬいでみましょう」

3

その年がすぎて、翌年の二月、私はキャンプめぐりをはじめた。私の訪れたのは、Xリーグの六つのキャンプ地である。ネット裏の取材記者や評論家にまじって、私の顔がちらほらしていたのを、知っている人もいるかもしれない。

私の目的は、各チームのレギュラー二塁手と面談することにあった。六球団とも、二塁手に目立ったスター・プレーヤーがいないのは幸いである。かれらは記者たちやファンにとりかこまれることもないので、じっくり話に耳を傾けさせることができるわけだ。

まずブラックスの黒島である。夕食の済んだころ私は宿舎の旅館を訪れた。もちろん黒島とは初対面である。私は黒島のファンといって面会を申込んだ。すでにロビーには二三の人気選手がおおぜいの記者たちにとり巻かれていた。

丹前を着た黒島がロビーに現われた。

「黒島さんですね」

黒島は内心若い女性のファンでも期待していたのだろうか、私を見てちょっと顔をしかめた。

「いい話を持ってきた」

「いい話?」

「まああっちへ。じっくりときいてもらいたい話があるんだ」

私はロビーの隅っこの椅子に黒島を引っ張っていった。いい話ときいて、黒島の気持ちがいくぶん動いたようであった。

「いい話って、なんです?」

もう盛りをすぎた選手で、辛じて二塁手の正位置を保っている黒島に、いい話なんかめったにあるもんじゃない。それだからなにかを期待する気持もよけいにあるわけだ。

「あんたを三割打者に仕立てようって話だ」

黒島がいやな顔をした。私がからかっているものと思ったのだ。誰だってそうとしかとらないだろう。

私は十本に一本よけいにヒットが打てれば、三割打者になれる話をした。

「話ってそんなことですか。そんなことぐらいいわれなくってもわかってますよ」

黒島は腹立たしげにいった。わざわざそんなことをいいにきたのかという顔つきだ。

「まあまあ黒島さん。じゃぼくの質問に答えてくれませんか。ピッチャーの投げるタマがまえもってわかっているとすればどうなんです。たとえばつぎの投球がストレートで外角にくるとか、シュートだとか、それが確実にわかれば、十本に一本、よけいにヒットが打てる自信はありませんか?」

黒島はちょっと考えたが、

「それは打てますよ。ラクに打てるでしょうね。ぼくの場合だと、ツー・ストライクをとれるまでヤマを張って打ちます。ところがヤマが当たるのはそうですね、三分の一でしょうか。たとえヤマがあたっても、それは自信をもって張ってるヤマじゃないもんで、ヒットになる率は低いのです。コースや球種がわかっておれば、それは、打率はグンと上がりますよ」

「そうでしょうな。それならばあんたは明日からでも三割打者になれるよ」

黒島はばかばかしいといったふうに首を振る。

「現実の問題として、そんなことできっこありませんよ」

「いやできないことはないよ。方法はある」

私は力強くいった。私のあまりな自信ありげな態度に、ちょっと黒島の気持が動いたようだ。

「ピッチャーでも買収するんですか？」

「Xリーグにピッチャーが何人いると思う。そんなことじゃない。もっといい方法があるんだ」

それから私はいち段と声をおとして、黒島の耳もとに口をくっつけるようにしてささやいた。黒島の眼がしだいにいきいきと、かがやきをおびてきた。

黒島の説得に成功すると、私はつぎつぎにキャンプ地を訪れては、レギュラー二塁手を攻略していった。

バイオレッツの紫村、ブルーソックスの青浜、グレイハイツの灰田、ルビーズの紅原、それにイエローズの新井である。黒島を説得したのと同じ経過で、最初私をばかにしていたかれらは、私が奥の手を耳打ちすると、しだいに眼を光らせ、そしてしまいには私を救世主に接するように、敬服し、そしてどうかよろしくおねがいします、と懇願したのである。

4

オープン・ゲームも終幕近く、Xリーグの六球団が東京に集まったときを見はからって、私は六人の二塁手を秘密の場所に招集した。

〝二塁手同盟〟の発会式なのだ。私は六人を前に一席ぶった。

「諸君は今シーズン三割打者になれるのは確実だ。もう諸君は神経をすり減らすポジション争いからも解放されるだろう。諸君の地位は安泰なのだ。人気は上昇する。球団の信頼は厚くなる。来シーズンは胸を張って大幅のベース・アップを要求できるのだ。ただしそれには条件がある。それは諸君らの結束とそれから秘密保持だ。それを忘れてはならない。私はこの二塁手同盟がいつまでも持続され、諸君がいつまでも立派なプレーヤーとして活躍されんことを祈っている――」

六人の二塁手は感動して、私に握手を求めた。

さもあろう、なによりも自分の身がかわいいのだ。チームのためなんてキレイごとはいっておられない。新陳代謝のすさまじいプロ球界のことだ。ぐずぐずしていると、どんどん先を越されてしまう。いったん奪われたレギュラーの座は、容易なことでは取返せない。そしてやがては煙のように球界から消え去っていく運命にあるのだ。

Xリーグ六球団の二塁手ときたら、これという傑出した選手は見当らず、どんぐりの背くらべである。守備はまあまあとしても、そろいもそろって打てないのだ。だから明日に対する不安も、共通したものがあるのだ。自画自讃になるけれども、私の発想にもとづく〝二塁手同盟〟はそうした六人、共通の不安心理からしても、時宜を得たもので、文句なしに受けいれられる魅力をもっていた。

〝二塁手同盟〟規約のあらましを紹介すると、だいたいつぎのようなものだ。
○本同盟はXリーグ六球団のレギュラー二塁手をもって構成する。会員は相互扶助の精神によって、好打率をあげ、もって二塁手の地位の確保を期す。
○目的達成のため、ペナント・レース中、打席にある会員に対して、守備位置よりバッテリー・サインを通報するものとす。
○本同盟の存在はあくまで外部に対して秘密である。会員は秘密を察知されるおそれのある言動は、厳に慎まねばならない。

二塁手の守備位置の利点、そのひとつをあげるならば、捕手の示すバッテリー・サインがどの野手よりもはっきり見えることであろう。それから守備態勢のときの、体の動きも頻繁である。つまりいちばんカンニングがやりやすいということだ。

相手球団の二塁手がバッター・ボックスへ立つ。捕手がバッテリー・サインを出す。すかさず守備位置の二塁手は、そのサインを申合わせのサインにかえて、バッターへ知らせるのだ。

バッターは、二塁手の動作を見て、つぎの投球がどんな種類か、どのコースか、それを確実に予知した上で、打つことができるのだ。

チームに不利をもたらすという罪の意識も、六名の選手が共犯だから、プラス・マイナスでゼロ、帳消し勘定で救われるのだ。

六人の選手は、その場でこまごまとしたサインの打合わせをやった。サインはさりげない守備動作におりこめば、誰からも疑がわれることはないのだ。

たとえ四万人の眼が注がれていても、察知することのできない安全性に恵まれている。

たとえば、ストレートならばグローブを表向きに、カーブならば裏向きに、シュートならばその中間、それからインコースならば左膝の上、アウト・コースならば膝の外がわに、ウエスト・ボールならば、拳でグローブを叩くとかいったぐあいのサインだ。こうした動作は、どの内野手も、守備態勢にあるとき、自然にくりかえす動作だから、怪しまれることはないのだ。

さて、私はこの〝二塁手同盟〟の会長に就任した。

私は画策したときからそのつもりだったが、私がいい出すまえに、選手たちの方から推してくれた。秘密組織であるだけに、いっそう責任をもって指導し、統率する人物が必要なのだ。

それから、これは私にとってもっとも肝心なことだが、私は六人の選手に、給料の六分の一の拠出を申渡した。それも異議なく承知してくれた。私の取り分である。口どめ料、指導料、というより私はアイデア料として当然の報酬と思っている。

いよいよ一九六×年のペナント・レース開幕。シーズンが進むにつれ、六人が六人ともそろって打撃好調である。ヤマカンが全部あたるのだから、打ってあたりまえだ。目下のかれらに、ポジションあらそいの心配なんか、まったくない。

ベスト・テンの顔ぶれを見るたびに私は苦笑している。上位にずらりと顔を並べているのは、かれら二塁手だからだ。もうひとつ奇異な現象として、俊足ぞろいの二塁手に、盗塁がほとんどないことだ。これはかれらが私の命令を忠実に守っているからだ。

私はケガのおそれのあるプレーはいっさい禁じている。ケガ人が出て欠けると、それだけおたがいの打撃がマイナスになるので、かれら自身も連帯責任をもってやっているのだ。

私はかくして、ぶらぶらしていて、六人の二塁手の平均月収が転がりこんでくる。たいした技倆もないのにいまのプロ野球の選手はいい給料をもらっているから、私の収入もまあかなりなものだ。かれらにしても月収の六分の一拠出するくらい安いもんだ。来シーズンのベース・アップを考えただけで、ちゃんとツリがくる勘定にある。

新井はいまや人気沸騰である。マスクがいいと得だ。レギュラー定着確実、入団当時から新人王の呼び声さえあったS大出の今村は、いまはいたずらにベンチをあたため、遊撃手転向が画策されている。

多摩子の喜びようは一方ならぬものがある。いかに私がかの女の信頼と尊敬をうけているか、想像がつくだろう。

まあ私と多摩子の関係はざっとこんなものだ。それから私のないしょの稼ぎをちょっとご披露に及んでみた。これというのもプロ野球あってのことで、私にとっては、プロ野球万々歳である。

初出「週刊サンケイ」スポーツ特集号（１９６５・10）

階段

倉阪鬼一郎

一九六〇年、三重県生まれ。早稲田大学卒。短篇集『地底の鰐、天上の蛇』でデビュー。怪奇小説を中心に執筆。著書は『百鬼譚の夜』『赤い額縁』『田舎の事件』『サイト』など。俳人・翻訳家としても活躍している。

「私の幽霊体験」というテーマを前にして、頭を抱えてしまった。世の中にはT氏のように霊媒体質の人もいるらしく、街を歩いているときに突然金縛りに遭ったり、就眠中に天井のあたりまで浮遊して死んだじいさんと話をしたり、いろいろと面白い体験をしているようだ。幸か不幸か、私はそういう体質ではない。夢も散文的でストーリー性に欠けるから、ほとんど記憶に残らない。そのかわり、現実感がいささか稀薄で、ともすると頭があやふやになる。と言っても、白昼に夢見るたぐいのロマンティックなものではない。夜も同様で、幽霊とお友だちになるような人種ではない。したがって、本稿を執筆するのは適任ではないわけだが、そんな人間でも一度だけ幽霊を見たことがあるのだからわからないものだ。もっとも、幽霊体験につきものの戦慄とは無縁で、幽霊を見るほうがあたりまえという状況だったのだが——。

中学二年、志摩半島の安乗《あのり》崎へ臨海実習に行った時の話である。臨海実習とは耳慣れない言葉だが、私の生国は四方を山に囲まれた盆地で、海に親しむことが少ない。はなはだしきに至っては、一生海を知らずに終わってしまう。井の中の蛙では具合が悪いから、貝を採ったり水に浸ったりして異文化に触れさせようという教育的配慮なのであった。

小学生の時、一度だけ海水浴に行ったことがある。たあいのない町内の親睦旅行で、場所は香良洲《からす》という妙な名の海水浴場だった。私は乗物酔いがひどかったから、いつもより多めに薬をのんでバスに乗りこんだ。おかげで酔わずにすんだが、海へ入っても頭がボーッとしている。たしかに海に浸っているのに、まるで実感がない。芝居の書割《かきわり》のように風景が動かない。そのうち急に怕《こわ》くなって逃げ出した。私はいまでも海が嫌いである。

臨海実習の話に戻ろう。日程は一泊二日、宿はI旅館という民宿に毛が生えたようなところで、十年来の常宿だった。このI旅館が問題であった。要するに、出る。そして案の定、出たのである。

風評によると、出るのは奥座敷に限られているらしい。嫋々《じょうじょう》たる啜《すす》り泣きだったり、えたいのしれない影だったり、諸説は紛々《ふんぷん》だが、とにかく毎年誰かが怪異に遭遇しているという噂だった。

部屋の割り当ては現地に着いてからだった。鳥羽で田舎鉄道に乗り換え、鵜方《うがた》から安乗行きのバスに乗った。うねうねと海沿いの道をゆられて、昼下がり、ようやく目ざす漁村に着いた。I旅館は築何十年かわからない木造だが、それでも在《ざい》では一等らしい。大広間に首を並べ、教頭の訓辞を聞いた。最後に部屋が割り当てられた。悪い予感は当たるもので、私は奥座敷の組だった。

海苔の養殖を見学したり、申しわけ程度に海に浸ったりしているうちに日が暮れた。夕食までの自由時間、二、三人を伴って旅館の周りを探索した。「幽霊出たら食うたるわ」と太平楽なことを言っている奴がいる。こういう単細胞は幽霊のほうが避ける。

I旅館はかなり奥行きのある建物で、奥座敷だけが山のほうへ飛び出た格好になっていた。そこだけ建て増したのかと思ったが、そうでもないらしい。旅館の裏へ回ると墓場だった。卒塔婆《そとば》が右に左に傾いている。われわれは思わず顔を見合わせた。なるほど、出るかもしれない。

磯の香りのする夕食がすむと、ヘボ将棋を指したりテレビを見たりしてたらたら過ごした。おあつらえ向きに「牡丹燈籠《ぼたんどうろう》」をやっている。これはもう、出ると考えたほうが間違いなさそうだ。

消灯時間になった。こわがりは早くも蒲団をかぶって寝たふりをしている。ホルモンの分泌がさかんな年頃だから、軟派はしきりに雨夜の品さだめをしていた。幽霊何するものその豪傑は、どだい神経が粗雑に出来ているものだから、もう高いびきをかいている。

Ｉ旅館の二階が見える。窓が開いている。何の部屋かわからないが、灯りがともってい
た。大きな浮世絵のカレンダーが掛かっている。美人が斜に構えている。その黒い和服の部
分が苦悶する男の顔に見える。いまにも断末魔の叫び声を上げそうな、苦しげな男の顔に見
える。だんだん頭があやふやになってきた。

「うらめしやー」

間の抜けた声が響いた。廊下の突き当たりが便所になっている。その脇が奥座敷である。

小用のついでにおどかしてやろうという魂胆の奴がいたずらをする。

「まだ出てへんか？」

「あー、出てへんで」

「そら面白《おもろ》ないなあ」

「早よ寝えさ」

「そろそろ出るんとちゃうか？」

「出えへん、出えへん。そんなん迷信やわ」

口ではそう言っているものの、内心は違う。早く寝たいのはやまやまだが、気が立ってな
かなか眠れない。

そうこうしているうちに夜も更けた。世に言う丑三つ時になった。ずっと小声で野球の話

をしていたが、さすがに強行軍の疲れが出て眠くなってきた。

うとうとしかけた矢先に、また便所を使う音が響いて目がさめた。こうなるともう眠れない。いったい誰だ、と舌打ちをした。

かなりの時間が経った。

いやに長い。長すぎる。

妙な胸さわぎがして顔を上げた。

影が見えた。

女のようだ。

あわてて顔を伏せた。動悸が聞こえた。頭のなかで十《とお》数えた。

再び薄目をあけると、何もない。影は消え失せていた。

足音が聞こえる。ゆっくりとこちらへ近づいてくる。懐中電灯の光の輪がだんだん大きくなった。

「なんや、まだ起きてんのか」

担任の教師だった。

「はい」

「早よ寝え」

「あの……」

「ん、なんや？」

「誰かとすれちがいませんでしたか？」

「あー、寝ぼけてんのか。んなん、誰もおらへんで」

してみると、あれはやはり幽霊だったのだ。それに、たしかに使う音がした便所からは、ついに誰も出てこなかった。

以上が「私の幽霊体験」である。あまり怕くなかったかもしれないが、これしかないから仕方がない。ただ、これで終わったのでは芸がない。テーマから外れるけれども、もう少し続けさせていただこう。実は、この臨海実習で味わった最大の恐怖は「私の幽霊体験」ではなかったのである。

せっかく幽霊を見たのだから、胸にしまっておく手はない。寝不足でボーッとしながらも、「出た出た」と吹聴した。しかし、出るには出たが、影だの便所の音だのというのはインパクトに欠ける。こわがったのは少数で、いささか拍子抜けがした。

今日は貝を採ることになっている。出発までの自由時間、奥座敷でくすぶっていた。押入れがあった。上下二段に分かれている。胸さわぎがしたのかどうか、いまとなっては思い出せないが、なにげなく下のほうを開けた。

べつに屍体が入っていたわけではない。何もなかった。ただ一つ、異様なものがあった。階段だった。まごうかたない階段が、三段ばかり、旅館の裏手へ、墓場のほうへ続き、中途で止まっていた。

足のない幽霊か、足だけの幽霊か、どちらが怕いだろう。私の場合、足のない幽霊はほとんど出ると決まっているようなものだった。足だけの幽霊は違う。まったくの不意打ちだった。胃がスーッとうつろになるような気がした。

四つん這いになって恐る恐る近づいた。いったいどうしてこんなものがあるのか。設計ミスか。それにしても、向こうは壁なのだ。そして、墓場なのだ。

触った。なんだかヌラヌラした感じだった。使い減りがしているような気がした。急に気味が悪くなった。あわてて出ようとして、頭をしたたか打ちつけた。

「何やっとんのや？」

幽霊を食うたると言った豪傑である。

「階段が……見いさ、階段があるやろ」

「あー、それがどないしたん」

「気色悪いと思わへんか？」

「ん、まあ怪体《けったい》やなあ」

無神経な人間というのはどこまでも無神経なものである。

後味が悪いまま臨海実習を終えた。宿題は貝の標本だったが、肉を取る作業が充分ではなかったらしく、押入れで耐えがたい腐臭を発した。私はいまでも海が嫌いである。

予定の枚数を越えたが、もう少しお許し願いたい。この話には後日談がある。時代は現在に飛ぶ。

私がいまこの原稿を書いているのは、寂れた下町の小汚いアパートの六畳間である。いや、アパートとも呼べない。大家は駄菓子屋に毛が生えたような商いをしており、ちょっと路地を入ったところに倉庫を持っている。その脇の昼でも真っ暗な階段を上ると、私の部屋である。戦前からの木造で、二部屋しかなく、隣りにはアル中の大工さんが住んでいる。ときどき酔って階段で寝ている。

近い将来、私は短篇集を自費出版したいと考えている。それには生活を切り詰めなければならない。本が入りきらないからかねがね六畳間に越したいと思っていたが、あまり家賃が張るのは困る。そこで、不動産屋に「北向きで古くていいから安いところを」という妙な条件を出した。商売熱心な不動産屋は、こちらの望みどおりの物件を探してきた。

見てくれは悪いけれども、昔の間取りで六畳でも広いし、押入れも余裕がある。面倒臭いことは嫌いなたちだから一発で決めた。

乏しい家財を運び終え、本の整理もやっと済み、ゴミの始末に移った。ダンボールなどはまだ使える。とりあえず押入れに突っ込んでおくことにした。

下のほうに叩きこもうとしたが、何かにつかえて入らない。不審に思って覗きこんだ瞬間、長い間忘れていた貝の腐臭がツーンと鼻をついたような気がした。そこには、階段があった。

四段で止まっている。I旅館のものとは違って左右に伸び、腹を見せている。柱と同じどす黒い色をしていた。

ちょっと見には長屋だが、隣家とはわずかな隔たりがある。猫が一匹通れるほどのすき間がある。この階段は、いったい何のために作られたのだろう。そして、どうしていま押入れのなかで残骸を晒しているのだろう。

いまはもう、家賃が高くてもきれいな部屋に越せばよかったと後悔している。最近どうも寝つきが悪い。天井で鼠が騒いでいるせいもあるが、その喧騒のなかに、幽かな潮騒が交じっているような気がしてならないのだ。

＊　＊　＊

榊尚武《さかきなおたけ》君が「奇怪」のために本稿を執筆したのは二年前である。編集子の無能と怠慢により、「奇怪」が遅れに遅れたことを、まずここでもおわびしなければならない。

この間、榊君の身辺にも重大な異変が起きた。結論を先に言う。榊君は現在行方不明である。

彼はあまり人づきあいが良いほうではなく、自分から電話をかけたりすることはめったになかった。半年ほど無音であるのも珍しくない。勤め先と親族から捜索願が出て、われわれは初めて榊君の失踪を知り、愕然としたのである。

榊君が失踪したのは、当時の状況から推して、本稿を執筆した三ヵ月くらい後のようだった。勤め先を数日無断欠勤し、上司がアパートを訪ねても在宅の形跡はなかった。もちろん実家にも帰っていない。われわれもしばらく会っていない。古風な言葉を用いれば、榊君の行方は杳《よう》として知れなかったのである。

本稿を読むと、いくぶん混濁している箇所はあるが、元来榊君はこういう文章を書く人である。このころには編集子も電話で話したことがある。文中に見られるとおり、鼠がうるさいとしきりにこぼしていた。しかしこれまた、榊君はもともと愚痴の多い、どちらかというとグルーミーな性格である。特に異常な調子は認められなかった。

最後に榊君に電話をしたのは戸田君である（文中ではT氏）。会合に出てこないからかけてみた由で、失踪の半月ほど前だった。この時にはかなり様子がおかしかったらしい。会話はとぎれがちで、はなはだしく不機嫌だったと聞く。もっとも榊君は、毎年梅雨どきになるとふさぎこむ傾きがある。戸田君も「また例の病気か」と思い、早々に切り上げた。ただし一言、榊君が「海へ行く」と言った言葉が妙に気にかかったという。「どこの海へ？」と問うと、また沈黙してしまったらしい。あの海嫌いの榊君が、と思うと、なんとも不吉な胸騒ぎがするのである。

文中でも触れられていた榊君の短篇集は、不幸にも彼がもう戻らないと判明したなら有志で義金を募って出版するつもりである。しかし、いまのところそういうことは考えたくない。同人誌「奇怪」はごく少部数を大書店に直販で置くだけだが、榊君、万一これを見たら至急連絡してほしい。みんな心配している。

最後に、これだけは記しておく必要があるだろう。榊君の失踪が決定的になった半月後、われわれは彼の部屋を訪れた。すでに親族などの手によって探索はされているから、書き置きのたぐいがないことはわかっていた。しかし、何か手がかりをつかもうというのが、われわれの一致した気持ちだった。

榊君の原稿は全員が目を通していた。問題の押入れがあった。私が戸を開け、みんなで覗きこんだ。そして、思わず顔を見合わせたのである。

階段など、どこにもなかった。

初出『怪奇十三夜』幻想文学出版局（１９９２・４）

熟柿《じゅくし》

北方謙三

一九四七年、佐賀県生まれ。中央大学卒。『弔鐘はるかなり』でデビューし、ハードボイルドの旗手として活躍。『渇きの街』で第38回日本推理作家協会賞を受賞するなど数多くの賞を受賞。近年は歴史小説に新境地を拓く。

部屋は洋風だが、窓にはカーテンがなく、代りに障子がある。障子の紙は視界を遮断《しゃだん》するが、光まで遮断はしない。障子を通して入ってくるやわらかな光が、私は好きだった。カーテンの隙間から射しこんでくる光には、時には鋭角的な感じがあって微妙に気持のありようを刺激し、時には平板な感じしかなくて光そのものが心もとなく思えたりする。

したがって、私は障子を閉めておくのが好きなのである。障子のむこう側にはガラス窓があり、さらに雨戸も閉められるようになっているが、それを閉めることは滅多にない。この部屋で眠ることがなければ、遮光の必要はないのだった。

窓は二面ある。大きい方は庭に面していて、十日に一度ぐらいは私はそこから庭を見降ろす。十日ぐらいでは、庭に大した変化はないが、たとえば桜の季節などに、いきなり花が咲いているという驚きを感じたりもするのだった。

小さい方は閉めきりだが、秋のある日、私はそこの障子を開けた。赤く熟れた柿の実が、眼の前に見えたからである。それは隣家の柿の木で、のびすぎた枝が一本あって、私の部屋の窓のすぐそばまで届いていた。柿の実は、手をのばせば届きそうである。私のデスクはその窓に面して置いてあり、仕事の途中で顔をあげると、すぐ前に柿の実が見えるのだった。柿の実はほかの枝にもいくつかついているが、私の家の方にのびてきている枝にはそれひとつだった。すでに熟しかけている。光を照り返すような柿の色ではなく、光を吸いこんでしまいそうな色に見えるのだ。熟柿特有の、透明感も出はじめていた。

捥《も》いで食おうと思ったわけではない。ただ、なんとなく気になった。子供のころ田舎で育った私は、秋になるとよく柿を盗みに行った。家の庭のものなどは盗めはしないので、山にある柿を狙ったのである。大抵は渋柿だった。盗めばその場で食うわけだから、熟したものでなければ口に入れられない。そして熟柿は、枝の先端にあることが多かった。

柿の枝は折れやすい、とよく大人たちに言われていた。それはほんとうのことで、まだ大丈夫だろうと、枝の先端の方へ行くと、いきなり折れて地面に叩きつけられたりするのだ。実のついた枝も一緒に落ちるのだが、大抵は潰れて食えなくなっていた。

柿を眺めながら、そんなことでも思い出していたのかもしれない。二日目も三日目も、私は障子を開け放っていた。毎日見ていると、柿の変化はよくわからないが、葉が色づいてきたのに気づいた。冷えこむ夜が続いている。

色づいた柿の葉を、手料理に添えて出した女がいた。料理屋でやりそうなことで、ちょっと違和感を感じたのは憶えているが、料理そのものがなんだったのかは忘れていた。

電話が鳴ったのは、料理がなにか思い出そうとしている時だった。昼間の電話はすべて秘書を通すので、私が直接出ることはない。ただし、休日は別である。

「よかった」

恵美子の声が言った。私が直接出るかどうか、不安を抱きながら電話したのだろう。休日は、夜以外コール音を止めてあることが多い。

私は、椅子からちょっと腰をあげ、障子を閉めた。

「日曜日は、おうちにいるのね」

「そりゃな。土曜も日曜もない仕事だから」

私は煙草に火をつけた。デスクには、書きかけの原稿用紙が置いてある。ワープロなどというものは使えなくて、いまだに万年筆であり、それにはキャップがしてあった。

恵美子が、男の話をはじめた。今日、会う約束をしたのに、すっぽかしたと言った。その男の話は、このひと月聞いている。はじめは青臭い、いやなやつだった。それが、真面目だが石頭になり、一途なところがあるというふうに変り、付き合えば必ず結婚を申しこまれるという言い方になった。話はいつも具体的で、ネクタイにしみがついていたとか、顎の先に剃り残しの髭があったとかいうことまで喋る。すでに付き合っているということではないかと思ったが、恵美子にとっては肉体関係が付き合うということらしい。まだ寝ていない、と私に報告しているようなものだ。

その間に、私は二度恵美子と会い、抱いていた。

「今日は、絶対危ないような気がしたのよね、あたし」

「約束を破るというのは、よくないぞ」

「会えって言ってるわけ？」

「積極的に勧めてるわけじゃないが」

「止めもしないわけよね」

「そういう権利が、俺にはないからな」

慎重に、言葉を選んだ。恵美子とのこういう会話も、終りに達しかかっている。引いたり押したりと、微妙なやり取りだった。

恵美子から電話があるのは、ほとんど深夜で、三日おきというところだ。深夜は、秘書もいないし、コール音も出るようにしてある。昼食になにを食べたかとか、どんな映画を観たかとか、他愛ない話が数ヵ月続き、それから恵美子は不意に自分に近づいてくる男のことを喋りはじめたのだった。

恵美子と別れた方がいいかもしれない、と私が考えはじめた時期と、それは重なっていた。ただ、私にはまだ肉体への執着が残っていた。男の話を聞くたびに、その執着が微妙な棘《とげ》を心に刺した。

恵美子は二十八歳だった。結婚を望んでもおかしくない年齢に達している。

「しかし、危ないってのはなんだ?」

「もう、眼が違ってるの。二人きりで会うと、圧倒されちゃうわよ」

「危ないことはないだろう。安全日のはずだ」

「えっ」

あやうい均衡が続いた会話を打ち切るようなことを、私は言っていた。きっかけがあったというわけではない。大抵はそういうものだ。どちらかが均衡を崩し、それでどこかへ転がる。

「どういう意味よ?」

「言った通りの意味さ」

私は、二本目の煙草に火をつけた。一本目は、灰皿で灰になっている。外で、鳥の動く気配があった。私は、恵美子の次の言葉を待った。

「あたしが、ほかの男の話ばかりするんで、御機嫌が悪くなったのね」

私は、なにも言わなかった。均衡を破ったきっかけは、自分では気づいていないが、そんなところにあったのかもしれない。

「少しは、嫉《や》いてくれてるわけ？」

「どうかな」

「いいわ、あなたが会うなって言うなら、あたし、もうあの男には会わないわ」

「俺に、なにか言う権利はない、といつも言ってるだろう」

「そういう言い方で、逃げるのよね。そんなとこ、いかにも妻子持ちって感じで、あたし嫌いじゃないけど」

「はじめから、わかっていることを言うなよ。そいつを持ち出すのは、ルール違反だ」

「ルールなんて、あったの？」

「黙約というやつさ」

「都合のいい言葉がすぐ出てくるのね。またかけるわ。一日、棒に振っちゃった気分」

電話が切れた。

私は、まだ煙草を喫い続けていた。

どういうふうに転がったのだろうか、と私はぼんやり考えはじめた。女に関しては、慎重になっている。といっても、若いころの野放図さと較べてのことだ。出会いの時から、別れのタイミングを測っている自分が、時々情無くなることもあった。

煙草を消した。

恵美子との別れが、面倒なものになるのかどうか、私にはまだ予測がつかなかった。電話にのばしかけた手を、私は途中で止めた。知り合ったばかりの女に、電話してみようか、という気になったのだ。やめたのは、恵美子との別れがいつになるか、まだわからないと思ったからではなかった。いつもやることではないか、という自嘲《じちょう》に駆られたからだ。新しい女に乗り換えるかたちで別れるのが、私の常套《じょうとう》的なやり方だった。

私は煙草を消し、障子を開け放った。

気配に驚いた小鳥が、柿の木から飛び去るのが見えた。

眼の前に、熟しかけた柿がひとつぶらさがっている。最初に見た時と較べると、色の透明感が強くなっている、と思った。色づいた柿の葉を料理に添えた女の肢体を、なんとなく思い浮かべた。別れたのは、四年も前のことだ。

柿に、小さな疵《きず》があることに、私はふと気づいた。穿《うが》ったような疵で、小鳥の嘴《くちばし》のものかと思えた。障子を閉めている間に、啄《ついば》んだのだろう。

落ちる前に、破れちまったな、と私は思った。夕方の光線の中で、柿はいっそう熟した透明さを増したように見えた。

初出「小説現代」(1996・5)

白樺《しらかば》タクシーの男

土屋隆夫

一九一七年、長野県生まれ。中央大学卒。四九年「宝石」懸賞一等入選の『罪ふかき死』の構図』でデビュー。六三年『影の告発』で日本推理作家協会賞を受賞。著書に『危険な童話』『盲目の鴉』『ミレイの囚人』など。

このお話は、飛行機、船、汽車、電車、バス、タクシー、その他いかなる乗物の中でも、お読みにならないで下さい。私はいたずらに、あなたを不安な気持にさせたくない。これが作者の、心からの願いです。

しかし、どうしても読むんだ、とおっしゃるなら、もう、おとめしません。でも、一つだけ、お願いがある。この文章から目を上げて、運転手の顔をごらんなさい。そう、今すぐにです。

もし、あなたが列車内の客であったら、まず立ち上がること。それから、運転台まで歩いて行って下さい。そこでよく、運転手の顔を見る。さあ、あなたは、何かをお感じになりませんでしたか。

私は、冗談をいってるのじゃない。運転手の顔を、もう一度、思い出して下さい。そして、よく考えてみるのです。

どうぞ、作者の忠告を無視なさいませんように。私はなんだか、いやな予感がするのです。

一

「みすずかる信濃国《しなののくに》」といえば、いかにも詩的な印象を与える。しかし、ここ数年、長野県に住んでいる我々には、「みすずかる」どころの騒ぎではない。「水かぶる信濃国」とでもいいたいところだ。旅行者の目にうつる山水の美も、住民たちにとっては、自然の脅威と結びついている。山や水が、あまりにも怒りっぽくなり、腹をたてすぎるのだ。

実際、ちかごろは災害が多い。今年、六月二十七日を中心に、前後四日間にわたって、県下一帯を襲った集中豪雨は、とにかくすさまじいものだった。荒れ狂った大自然の、残忍で狂暴な爪《つめ》あとは、現在も、いたるところに残っている。

地方気象台が記録した、過去五十三年間の降雨量と比べてみると、この四日間に、年間総雨量の三分の一以上が降ったことになる。県の災害史上、最高にして最大なもの、と地方新聞が書きたてたのも無理はない。

　こういうときの雨は、「降る」などというナマやさしい表現を受けつけない。それは、天空から落下してくる、巨大な瀑布《ばくふ》を連想させる。奔流のような雨が、うなりを生じて山を叩《たた》き、谷をえぐり、人家を押し流した。鳴動する山は、不気味な音響とともに崩れ出し、亀裂した大地は、底のほうで揺れていた。この一瞬に、大自然が発狂したのではないかと思われるほどの、すさまじい荒れようであった。

「いったい、こりゃどういうことになるんだ」

　雨勢が、ようやく烈《はげ》しさを増して来た二十六日の午後である。私は、上田市にある小さな喫茶店の二階にいた。その日、数人の仲間で発行している同人雑誌の編集会議があり、Sという、同人の一人が経営しているこの喫茶店に、私たちは午前中から集まっていた。

「まったくすげえよ。雨ってやつは、これだけ降っても品不足にならねえんだから、どれだけ材料のストックがあるのか見当がつかねえ」

　同人の一人が、いかにも町工場の主人らしい感想をもらしたので、みんながちょっと笑った。

「火星にあるダムが、決潰《けっかい》したんじゃねえのか」

　科学小説ずきのKがそういって、トランジスターラジオのスイッチを入れた。午後五時のニュースが聞こえた。アナウンサーが大雨洪水警報の発令を、早口にくりかえしている。梅雨前線が北上し、今夜半には、中部と南部山岳地帯には、百ミリを越す雨量が予想されるというのだ。

「弱ったよ。これじゃ帰れそうもない」

私は立って、窓ぎわに進んだ。外は、夕暮れどきのように暗かった。ガラス戸を締めた商店は、いずれも電灯をともしている。張り出した広告灯の光へ、雨脚が太い銀線のようにつきささって行くのが見えた。

「帰るのは危険だぜ。泊まれよ、今夜は。第一、バスが出るかどうかわからねえよ」

背後から仲間の一人が声をかけた。

「うん、それもそうだが――」

私は、決心のつきかねるアイマイな返事をした。休暇をもらって出て来た、勤め先の中学校のことが、急に気になり出したのである。

学校は、蓼科山《たてしな》の北面を流れる鹿曲川《かくま》の川添いにあった。望月《もちづき》という、小さな町のはずれに建っている。この川は、下流に行って、千曲川《ちくま》と合しているのだが、その流域では、大雨のたびごとに被害を受けていた。数年前には教え子の家が二軒、あとかたもなく流失した。伊勢湾《いせわん》台風の際は、山くずれが起こり、古い寺が、墓地もろとも埋没した。私は、生徒を連れて、その後かたづけに参加したが、土砂の中から掘り出されたいくつかの白骨が、秋の陽ざしを浴びて、白々と投げ出されているのを見た。その記憶が、不意によみがえったのである。

「やっぱり帰るよ」

「帰るといったって第一、バスが……」

「とにかく、営業所に問い合わせてみる」

私は階下の電話で、一時間ごとに発車しているバスが現在もまだ運行中であること、しかし、十一時に発車する夜行バスだけは、中止にする予定であることなどをたしかめた。

「まだ、バスは運転しているそうだ。とにかく、今日は失敬する。あとは適当にみんなで相談してくれ」

それだけいって、レインコートをつかむと、私は横なぐりに吹きつけてくる雨の中へとび出して行った。

時計を見る。六時半の発車までには、四十分ちかく待たなければならない。私は、バスの発着所とは反対の側にある駅前へ向かった。そこに〝白樺《しらかば》タクシー〟の営業所がある。割増し料金を払っても、なんとか、そこの車に頼みこんでみようと思ったのだ。バスで一時間二十分、タクシーなら一時間たらずで行けると考えた。

車庫には、数台の車が並んでいた。その前に、運転手の制服をつけた若い男が、陰鬱《いんうつ》な表情で、降りしきる雨を眺めていた。私は歩みよって、声をかけた。

「すみません。お願いします。望月町までなんですが……」

男は黙って私の顔をジロリと見た。私は、媚《こ》びるように、相手の視線をとらえた。

「ひどい降りですねえ。なにしろ、急に用事ができてしまって……それでもバスは結構運転しているようですがね」

男は、なにか口の中でつぶやいた。私は聞こえないふりをして、強引に車のドアを開け、座席の中から言った。

「四十分もあれば行けるでしょうねえ。いくらか小降りになったようだ」

男は、相変わらず無言だった。それでも、車を出す決心がついたのか、黙って、運転台のドアを開けた。

「すみませんねえ無理をいって——」

男の唇がかすかに動いた。しかし、私にはその言葉が聞きとれなかった。

二

車が走り出すと、私はホッとして煙草に火をつけた。フロントガラスを雨が横なぐりに叩いて、クリーナーが神経質に、その水しぶきを左右に分けている。機械ではなく、生きて動く人間の手のようであった。

（あれ！）

私は、ビックリした。運転台のいたる所に、十数枚の護符《ごふ》が貼《は》りつけてあるのだ。運転手が、無事を祈るために、成田山《なりたさん》のお守り札を車内に貼りつけているのは、この辺ではよく見かける光景だが、これほど数多い神社の札を、車内に飾りたてているのは始めてだった。正に八百万《やおよろず》の神々が、この車の安全を守護しているのである。私は驚くと同時に、ほほえましい気持になった。

（こういう運転手なら、必ず安全運転を心がけているだろう。よかった。無事到着は間違いない）

車は、舗装した道路を、スピードをおとして進んだ。北国街道は、信越線の線路ぞいに続き、軽井沢《かるいざわ》から碓氷峠《うすい》へ抜けている。いつもは東京行きのトラックが、ひっきりなしに通るのだが、さすがに、車の数は少なかった。追い越して行くトラックが舗道に水煙りを上げ、ヘッドライトの光芒《こうぼう》が、白い飛沫《ひまつ》をうつし出した。

二十分も走ったろうか。私は、妙なことに気づいた。さっきから、ひとことも口をきかない運転手が、ムヤミに警笛をならすのだ。まるで雑踏の中を行く自動車のような、間断ないクラクションの音に、私はいらいらした。前方に、人がいるわけでもなく、車があるのでもない。それでいて、車は時々、思い出したように速度をおとし、そのたびに男は警笛を鳴らした。

「どうしたんだい、何かあるの？　クラクションを鳴らしても、水たまりが避けてくれるわけがないよ」

　皮肉な私の言葉に、男は始めて、口をひらいた。

「いいえ、影がね……」

「影が――？」

「影のやつが邪魔をするんですよ」

　私はギクッとし、前方を見た。ヘッドライトが、にじんだような光を、舗道に投げかけている。道の両側は畑地で、周囲には人家もなく、一本の樹木もない。

「いったい、なんの影が……」

　と、私が問いかけるのへ、男は、おさえつけるような口調で、

「いいんですよ。私にだけ見えるんだから」

　と、短く答えた。その言葉が、急に私の不安を誘った。私は前川友吉《まえかわともきち》と記された運転手の名札から目を上げて、バックミラーにうつる彼の顔を見た。不精髯《ぶしょうひげ》の伸びた、とがった頬《ほお》が、病人のように蒼《あお》じろく、生気がなかった。

　私は、新しい煙草に火をつけ、わざと、明るい口調でいった。

「とにかく、気をつけて行って下さいよ」

　だが、男はもう答えなかった。

　更に五分ほど走った。舗装した街道すじを離れると、車は、雨に洗われた石ころの多い悪

路にかかった。更に進むと、道は二すじに分かれている。右折すると、山道に入る。どちらも、望月町に通じているのだが、バスは、左の広い道を通っている。いくぶん、時間的には遠まわりであるが、道路の状態がよいので、私の乗った車も、当然、この道を進むものと思った。豪雨の山道が、どれほど危険であるかを、運転手が知らないはずはない。

しかし、男はハンドルを右に切って傾斜の急な山道へ車を進めた。私は驚いた。

「きみ、左のほうへ行ってくれ」

だが、男は私の言葉を無視した。エンジンが、烈《はげ》しい音をたて、車体が大きく動揺した。

「だめだよ、山道は危険だ。通れるはずがないんだ」

男は、聞こえないように、黙って前方をにらんでいる。周囲の樹木が、おおいかぶさるように、車の両側に迫って来た。

「無理をするな、引きかえしてくれ」

エンジンが、一段とすさまじい音に変わった。私は、運転台の座席へ乗り出すようにして怒鳴った。

「とめろ！　危いじゃないか」

車がとまった。私は息をはずませてもう一度怒鳴った。

「聞こえないのか。こんな道を行けば、途中で動きがとれなくなるのは判っている。きみは生命が惜しくはないのか」

男は、エンジンをとめた。ゆっくりと、私のほうに振り返った。車体をたたく雨の音が、山鳴りのように、ゴーッと聞こえてくる。重い闇《やみ》の層が、私たちをつつんでいた。

「すぐ引き返してくれ」

「だめです」

「だめだ？　そりゃ、どういうわけだ。きみは、望月町へ行くことを承知して車を出したじゃないか」

「しかし、向こうの道はだめなんです。私には通れない。影が、邪魔をするんです」

私は声をのんだ。

「おどかすのはよしてくれ」

「本当なんです。あの道で、つい最近、私は事故を起こしたんです」

「事故を？」

「ひき殺したんですよ。ヨボヨボの、婆さんでしたがね」

「それでも君は、運転手をしていられるのか」

「先方が悪かったんですよ。いきなり、とび出して来たんだから。さっきもネ、ここまで来る途中で、いくども、私はあの婆さんを見ましたよ。いや、あれは婆さんじゃない。婆さんの影なんですよ。そいつが、この間中、私の行くさきざきで邪魔をする。フラフラと、車の前へ現われて、手をふったりするんです。しつっこいやつでしてね。今頃は、向こうの道で、私の車を待ちくたびれているに違いない。ハッハ……、いい気味ですよ。まさか、こっちへ回り道をしたとは、いくら影でも、気がつきっこがねえんですから……」

男は、低く笑った。

「きみ――」

私は、自分の声がふるえているのが判った。

「きみは、本当にひき殺したのか」

「本当です。一回はねとばした体を、もう一度、前輪でふみつぶしちまった。グシャッという、いやな音がしましてね……おや、あれはなんだ」

男はそういうと不意に話をやめた。おびえたような視線を、前方に向けている。私も、誘われたように、男の視線を追った。ヘッドライトのにぶい光が、降りそそぐ雨の山道を、ボンヤリと浮び上がらせている。だが、私には何も見えなかった。

「畜生、いつの間に来やがったんだ」

男は狂暴な声で叫んだ。

「よし、こんどこそ引きつぶしてくれるぞ」

男は、アクセルを踏んだ。車がブルッと震動し、彼の手がブレーキにかかった。瞬間、私は反射的に車の外へとび出していた。始動するエンジンの音を背後に聞いて、私は、横なぐりに吹きつけてくる雨の中を走った。押し流されるように、山道を駈け下った。雨は私の全身をつつみ、それは、ゴーッという山鳴りとなって、私をおびやかした。私はまるで、音と、水の重圧をかきわけるようにして、ムチャクチャに手をふりまわしながら走った。

広い通りに出るまで、どれほどの時間がたったのか。走りこんだ農家の軒先で、上田から来るバスを待つ間も、私を乗せたタクシーは戻って来なかった。前川という若い運転手が、どこまで、老婆の影を追っていったのか判らない。

三

数日前、私は再び、上田市からタクシーで望月町へ帰ることになった。やはり、白樺タクシーを利用した。時刻は、夜の十時を過ぎていた。

車は、分かれ道まで来たとき、今度は間違いなく左の広い通りを選んだ。私はふと、若い運転手のことを思い出し、

「この前、お宅の車で帰ったんですがね。前川さんという運転手だったが、どうもひどい目に会わされたよ」

と、笑いながら、その夜のことを話した。中年の運転手は、黙々と私の話に聞き入っていたが、急に興味を覚えたらしく、

「いつです、そいつは」とたずねた。

「先月のね、たしか二十六日だった」

「へーえ、二十六日か。やっぱりねえ……」

「やっぱり？　なにかあったんですか」

「あれから一週間ばかりして、前川君は死にましたよ」

「死んだ？　事故でも起こしたんですか」

「いいえ、自殺ですよ」

「ふーむ、そうすると、やっぱり、婆さんをひき殺したのが気になって……」

「とんでもない。前川君は、まだ事故を起こしたことなどありませんよ」

「じゃ、一体どうしてあんな話を……」

「多分、ノイローゼというやつでしょうなあ。前川君は発狂して自殺したんです。そうか、そうすると、もうその頃から、やっぱりおかしかったんですねえ……」

私は、急に、体が寒くなるような気がした。

「自殺する前の日――」

と、その運転手は話し出した。

「お客を送って、上山田《かみやまだ》温泉へ行ったんですよ。ところが、いきなり、影がいる、と叫んでハンドルをギィと回した。車をモロに道ばたの松の木へぶつけちまったんですよ。まあ、その時には、お客も前川君も、たいした怪我はせずに済みましたがね。お客が変に思って、そのことを、営業所のおやじに話してくれたんです。おやじが心配しましてね。すぐ病院に入れようと、前川君の女房と相談してたんですが……」

「すると、その晩――」

「そうです。うちの車で前川君を長野市にある精神病院に運ぶことになっていたんです。ところが、フイと、やっこさんの姿が見えなくなってしまった。大勢でさがしたんです。すると、営業所の裏にある物置きの中で、前川君が首をつっているのを……」

「きみ！」

私は、急に腹がたって来た。すると、白樺タクシーは、そんな危険な運転手に仕事をさせていたのか。

「どうして、そんなになるまで、誰も気づいてやらなかったんだ。人命をあずかる商売にしちゃ、うかつな話じゃないか」

「それがね、判らなかったんですよ。ノイローゼってやつは、医者にも判りにくいものらしいですね。何かあって、始めて気がつく。まあ、お客さんは、命びろいをしたってわけですよ」

私は、ムッとしたように口をつぐんだ。しばらく、沈黙がつづいた。私は、肩はばの広い運転手の、太った首すじのあたりを見つめながら、瘦《や》せた、蒼白《あおじろ》い男の顔を思い浮べていた。

「こんな商売をしていると……」

運転手が、つぶやくようにいった。

「誰でも前川君みたいな気持になりますよ。事故を起こすのが恐ろしい。そればかり気にしていると、逆に、事故を起こしてみたいような心持に、フッとなることがある。ええっ、あの崖《がけ》っぷちへ、この車を叩きつけてやれ、なんていう、変にいらいらした気分になるんですよ」

「おいおい、大丈夫だろうね」

「ハッハ……、ま、いまのところは大丈夫ですがね。もっとも、そう思ってみると、道ばたに、ヒョイと影が現われて、手をふっているように見えることだってありますよ」

私は、自分の動悸《どうき》が、急に高まってくるのを覚えた。バックミラーにうつる運転手の顔が、ニヤッと笑ったように思え、目をつむって、クッションの中へ、冷えて来た体をうずめた。

さあ、お話はこれで終わりです。今あなたは乗り物の中にいる。あなたは無事に、これを読み終わった。しかし、次の瞬間、なにが起こるかは、あなたにも判らない。どうです。もう一度、運転手の顔を見て来ませんか。

初出「週間漫画Ｔｉｍｅｓ」（１９６１・８・17）・再録『七歳の告白』角川文庫

新・探偵物語 失われたブラック・ジャックの秘宝

小鷹信光

一九三六年、岐阜県生まれ。早稲田大学卒。ハメットやクラムリーの翻訳家として知られる他、『パパイラスの舟』などの評論を発表し、日本へのハードボイルド紹介に大きな功績を果たす。他に小説『探偵物語』など。

プロローグ

「十月の初め、ラトラーズの最後の夜、フェニックスで会わない？　ボブのプールサイドで、お酒《サキ》で乾杯ってのはどうかしら？」

「こんなときにデートの約束かい？」

「諦めないで、シュン。がんばるのよ」

ある厄介な事件でめぐりあい、生死の境に立たされるハメになったあのときの私たちにはもう一度会える保証などなかったのに、あの女の声は日暮れのコオロギの音《ね》のように涼しげだった。

あれから一週間。彼女から連絡はない。ジョージ・水谷にフェニックスでの仕事を頼まれた私は、渡りに舟と、いま豪勢なリゾート・ホテルでくつろいでいる。必要経費の請求書の額を見て、ガメつい弁護士野郎はゲジゲジ眉を吊りあげるだろうが、知ったことじゃない。このホテルを指定したのは彼の依頼人なのだ。

だがのんびりもしていられない。ラトラーズとか、ボブのプールサイドってのはいったいなんだ？　パズルの答えが見つからなければ、彼女との奇蹟の再会も蜃気楼のように砂漠の果てに消えてしまう……。

1　首に縄をつけてでも…

「……首に縄をつけてでも連れ戻しておくれ、あの老いぼれのろくでなしを！」

ドロレス・バークレイと名乗る色白のブロンド女は、長い話を八度めか十度めの悪態でしめくくると、ぬるくなったマルガリータを一気に飲み干して私の顔を睨みつけた。

「ここにですか？」

夕陽を眺めながらガーデン・テラスでお上品に飲物をすすっている客の群にちらっと顎《あご》を

しゃくって、私は静かに訊き返した。

「バカね！　画廊《ギャラリー》の新装開店が三日後に迫ってると言ったでしょ。それまでにビルを見つけて、店に連れ戻してほしいの」

「なぜですか？」

アリゾナ州の南東部、メキシコとの国境に近いビスビーにある画廊の女主人、ドロレスは、展示する絵の買付けのためにフェニックスに来たと言った。ビルというのは、彼女より二まわり年上の、放浪癖がある亭主のことだ。西部史の研究家としてかつては名の知られた男だったが、一カ月前にふらっと家を出たきり音信が絶えているという。

「役立たずの亭主でも店の看板にはなるからよ。とにかくビスビーでは名士様だから」

箔をつけるために看板にさせられるビルという男のことが少し気になってきた。目の前にいる女房のほうは、ぽっちゃりと肉がつき、丸い目をした愛嬌《あいきょう》のある年増女だが、ガラガラ声が玉にキズだ。

「なにをぼんやりしてるの、ミスター・クドー？　話をちゃんと聞いてるのかい？」

まるで西部劇にでてくる姐御のしゃべり方だ。ビスビーはワイアット・アープと〝ＯＫ牧場の決闘〟で有名なトゥームストーンの先にある往年の銅山町だ。そんな町にお似合いの女なのだろう。

女の視線と陽射しを避けて、私は外していたサングラスをかけた。それでもプールに映るオレンジ色の火の玉がまばゆい。

「それをかけると、少しはしまった顔になるわよ。あなた、ジョージと同じ日系《ニッケイ》人？」

「日本人です」

ひょんなきっかけで弁護士のジョージ・水谷にひろわれ、ロサンジェルスでパートタイムの探偵稼業をやっているうちに十年以上たってしまった。私の中の日本はもう遠い。

名前は、工藤俊作。ジョージとは古くからの知り合いだというドロレスは、ミスター・クドーと呼んだ。おれをシュンと呼んだのは、あの女だけだ。ほかには誰にも、気やすくファースト・ネイムで呼ばせたことはない。日本人であることの名残はそれっくらいかもしれない。

「やあ、ここにいたのか、ドロレス！」

いきなり声がかかった。頭頂の汗をハンカチで拭いながら、ドロレスの隣の椅子にどすんと腰をおろした小太りの脂ぎった中年男は、私の前にあった冷たい水をガブリと飲んで、べらべらとまくし立てた。私のことなど眼中にないらしい。

「けさ早く、久しぶりにビルから電話があった。それを教えようと思って飛んできたんだ。ついに大金脈を掘り当てたと興奮しまくってたぞ」

「大金脈？　またなの、ニューマン？」

「ホンモノまちがいなしのブラック・ジャックの古地図とかを……」

そこまで言いかけて、男は分厚い唇を閉じ、くぼんだ黒い目で私を見つめた。

「ああ、ニューマン、こちらはLAの調査員のミスター・クドー。ビルを見つけだすために雇ったの……こちらは、ミスター・クラントン、わたしのパトロンっていうか……」

私たちを紹介するドロレスの言葉をさえぎって、クラントンは話の先をつづけた。

「ブラック・ジャックの異名を轟《とどろ》かした列車強盗、トム・ケッチャムの伝説は知ってるだろう、ドロレス？　首を吊られる前に、奪った何十万ドルもの金の延棒をチラカワ山脈のどこかに埋めたって話が伝わっている」

「その場所を示した古い地図を、ビルが発見したっていうのね。どうせ与太話よ、信じられないわ。あのろくでなし、どこにいるの？」

「この近くだ。ビルは一万ドルで買うと約束したらしい」

「一万ドル！　それはわたしのトラの子よ！」

ドロレスの体がふーっと椅子に沈みこんだ。クラントンはあわてて立ちあがり、女の額の汗をハンカチで拭いはじめた。厚化粧が剝げかけている。

2　金《ゴールド》にとり憑《つ》かれた愚かものたち

フェニックスの東五十キロ、スーパースティション（迷信）山の鋸の歯のような稜線と気が狂いそうになるほどの青い空を背景にアカオノスリが二羽、悠然と舞っている。

かつてはアパッチ族の聖地だったこの巨大な岩山一帯はこの百年間、金《ゴールド》にとり憑かれた山師や探鉱者たちの妄執《もうしゅう》の的だった。

「金塊がゴロゴロ転がっている隠れ谷のありかを教えよう」という、〝オランダ人《ダッチマン》〟と呼ばれていたある老人の末期の言葉を信じ、一生を金鉱探しに費やした愚かな人間が数えきれないほどいたらしい。

いまもこんなお伽話《とぎばなし》を信じるものがいるのだろう。ブラック・ジャックの秘宝なんて話もそのひとつだ。ドロレスにその話を伝えたとき、ニューマン・クラントンの強欲げな目は異様に輝いていた。

だが私の目は上下の瞼がくっついたり離れたりしている。とにかく眠い。迷信山の麓にあるゴールドフィールドという観光ゴーストタウンの駐車場の隅の丸石に座って三時間。十月初旬だというのに真夏のような陽射しにあぶられ、ビーフジャーキーになったような気がする。

ビル・バークレイが必ずここに現れると教えてくれたクラントンの姿はまだ見かけないが、どうせこのあたりにいるはずだ。ドロレスは待ちくたびれ、ギャラリーの開店準備が忙しいと言って昼前にビスビーに帰ってしまった。

「いいわね。なにがなんでもあさっての朝までに連れ戻すのよ」

それが西部の姐御《あねご》の至上命令だった。

もし彼がのこのこと姿を現してくれれば、捜す手間は省けるし、その場でひっつかまえて夜までにビスビーへ送り届けられる。宝の地図など、私にはなんのかかわりもない。夢を見るのはもうこりごりだ。

三時間と両切りのキャメルを一箱、ペットボトルの水三本のあと、おんぼろのシボレーが未舗装の駐車場に近づいてきた。砂埃にまみれて色も定かでない。

車から這いでてよろよろと立ちあがったのは、頭にカウボーイ・ハット、すりきれたジーンズとブーツ、太い眉毛、白い口ひげをふぞろいにのばした七十すぎのじいさまだった。ドロレスがくれたギャラリーの開店案内のチラシのすみっこに載っていた御本尊、ビル・バークレイの登場だ。

じいさまは隣に駐まっているバカでかいフォードのステーション・ワゴンの中をのぞきこみ、周囲に鋭く目を配りながら、ゆるやかに上る大通りを歩き始めた。

ビルは酒場に向かうはずだ、とクラントンは言っていた。そこで取引が行われるらしい。

私は一足先にマンモス酒場に入った。カウンターの奥に「なにかを忘れるために飲むのなら、忘れないうちに先に代金を払え」という標語が掲げられている。

いまの私にはいくら飲んでも忘れられないものはひとつしかない。ボブのプールサイドで待っているはずのあの女だけだ。

ビルと〝ダッチマン〟の会談は、酒場の奥のテーブルで十分後に始まり、五分で終わった。〝ダッチマン〟といっても亡霊ではない。客寄せのために白い頬ひげと顎ひげをふさふさと生やし、伝説上のダッチマンに扮した醜悪な老人だ。

ビルは相手がもったいぶって差しだした古びた封筒をうけとり、あて名と一枚の便箋にじっと目を凝らした。やがて大きくうなずき、ポケットからひっぱりだしたしわくちゃの札をテーブルにまき散らす。ダッチマンはかき集めた札を数えて舌なめずり。

「たしかに五百ドル」

「では、これは頂く」ビルは尻ポケットに封筒を収めた。

「それがホンモノだという保証はない。高い買物をしたことになるかもしれないぞ」

「ホンモノとわかっていれば、おまえさんだって端《はした》ガネで手放しはしないだろう」

「まあな」

「それにしてもここは数年前よりずっと繁昌しているようだ。せいぜい町づくりに励むことだな。ぺてん師のおまえさんにぴったりだ」

それにしても妙だ。私は近くのテーブルでずっと聞き耳を立てていたが、古地図が記されている手紙の値段はたったの五百ドル。買い手も売り手も眉唾物だということを承知のうえでの取引なのだろう。黄金の夢の代価としてはこれが適正価格なのかもしれない。

日なたに出たビルは、ポケットからひっぱりだした封筒を空にかざしたり、中身を確かめたりしながらのんびりと坂を下って行く。まるでなにかが起こるのを予期しているかのように。

そのなにかは、駐車場で待っていた。ステーション・ワゴンからゆっくり降り立ったクラントンの左右を物騒な面構えと体つきをしたふたりのメキシコの山賊野郎がかためている。左の小柄な男は左手を、右の長身の男は右手を、ポンチョの下にしのばせて、もっと物騒なシロモノを握りしめている。

「ブラック・ジャックの宝の地図を首尾よく手に入れたのか、ビル？」クラントンは右手を突きだして、ビルに訊いた。

「とうとうホンモノにめぐりあった。いま、残金を払ってきたところだ」

「残金を？　ぜんぶでいくら払った？」

「一万ドル」ビルはこともなげに言った。

「ドロレスのトラの子をくすねたな。私は画廊の新装開店の資金として彼女に一万ドル用立てた。それは私に返す予定のカネだ」

「それがどうした？　宝を掘りあてたら、利息をつけて返してやる」

「その仕事は私にまかせろ、ビル。あんたにはキツすぎる。さっさと地図をよこせ」

クラントンは一歩踏みだした。手下のポンチョの下から同時にふたつの銃口がのぞく。

「おとり込みのところ申しわけないんだが、その車をちょいとずらしてくれないか？」

私はかたわらから声をかけた。フェニックス空港で借りたレンタカーのうしろに、山賊野郎たちのごつい四駆が駐めてあった。

「その必要はなさそうだ、ミスター・クドー」

クラントンは横目で私をちらっと見て、視線をレンタカーに向けた。右の後輪がパンクしてぺちゃんこにつぶれている。ふたりの山賊野郎の仕業にちがいない。

「あんたの仕事は、このじいさまを無事ビスビーに届けることじゃないのかね。死体を運んでくれとは言われてなかったろう」

クラントンが鼻の穴をふくらませて言った。ビルは太い眉毛をピクリとさせて、私を見た。ふたりの手下がにじり寄ってくる。

3　アパッチ街道、追いつ追われつ

「宝が見つかったら山分けにしてやろう。いさぎよく地図を渡せ、ビル」

「お断りだ、ニューマン。おどしにはのらん」

ビルの手は尻ポケットをおさえている。

「ほう、そこにあるのか」

クラントンが目配せすると、ノッポのほうのメキシコ人が拳銃をつきつけ、いきなり左手でビルの右手をねじりあげた。私はすっと割ってはいり、拳銃を握ったノッポの右手を逆手にとって足ばらいをくわせた。相手の体は宙に浮き、半回転して顔から先に落ちた。もうもうと砂埃が舞う。

「そこまでだ。やめろ!」

クラントンがわめいた。振り向くと、チビのほうのメキシコ人がビルの下腹に銃口を押しつけていた。

「本性をあらわしたな、ニューマン。それほどご執心ならくれてやろう。ほら、これだ」

ビルは尻ポケットから古びた封筒をひっぱりだし、クラントンの手をさっとかわして、頭上でひらひらさせた。拳銃を突きつけられていることなど意にも介していない。

「あて先はミンディ・サマーズ。一八八九年八月のフェアバンクの消印がある。最後の列車強盗をはたらいてつかまる直前にトム・ケッチャムが投函したものだ」

「ミンディってのはだれだ?」

クラントンが訝しげに訊いた。

「ケッチャムの最後の女だ。消印の日付も符合する。ニセモノとわかっていながら、一万ドルもの大金をドブに棄てるほど老いぼれてはいない」

「講釈はもういい。それをよこせ」

「さて、どうしたものかな、ミスター・クドー?」

ビルが初めて私に声をかけた。かすかにウインクをしたような気がする。

「あなたの身になにかあれば、私は仕事をなくしてしまいます」

「ではこうしよう」

ビルは頭上で器用に封筒を折り、紙ヒコーキにしてさっと後方に投げた。風に乗って封筒が飛んで行く。クラントンとチビの手下があたふたと後を追った。ビルが動いた。

私はノッポの手から落ちた拳銃をひっつかみ、ビルを追っておんぼろのシボレーに向かって走った。

「あなたはそっちだ。早くキーを……」

「キーはついてるよ、運転手くん」

ビルが助手席に尻を落ち着ける前に、私は拳銃をベルトにたくしこんで車を発進させた。

「左だ！　アパッチ街道をぬける」

舗装された山道を東に走り始めた。年代物のエンジンは唸り声だけはすさまじいが、時速百キロが精いっぱいだ。

「カーブでは気をつけてくれ、ブレーキが甘いんでね」

ビルはのほほんとかまえている。

「追ってきますよ、連中は……」

バックミラーにメキシコ野郎の四駆とクラントンのワゴンが映っている。まだ仕掛けてくる気配はない。

「当然だろう。カラッポだったんだから」

ビルはジーンズの上衣の襟をごそごそやって、薄い便箋をとりだした。地図が書かれている。大きな×印もあった。

「宝探しに行きたいかね？」

「あなたを奥さんのところに連れ帰るのが私の仕事です」

「女房は待たせられる」

「お伴の二台も招待するんですか？」

「それはきみにまかせる、ミスター・クドー。腕ききの探偵さんなんだろう」

そう言ってビルは目を閉じ、うたた寝を始めた。先になにが待っているのか承知のうえで休息をとっているのだろうか。

山間を縫って走る狭い一本道の左右には人家はまったくない。大小さまざまな形をしたサワロ・サボテンの林がかぎりなくつづいている。腕をにょっきり突きあげた人間の形をしているのもいる。

車一台しか渡れない狭い鉄橋を渡り、サワロ湖の南端を通過し、道路ぞいの唯一の宿場、トーティア・フラットの土産物屋の前を走りすぎた直後、ビルが目を開けた。

「うしろの二台は？」

「まだしつこく追ってきます。もう少しスピードはでないのかな、この車は？」

「あとひとふんばり。三、四キロの辛抱だ。そこまで絶対に抜かれるな」
三、四キロ先に応援の騎兵隊でも待っているのだろうか。
「ほら！　油断するな。追ってくるぞ」

ビルが叫んだとたん、ごつい四駆が無理矢理左に割りこんで追い越しをかけてきた。運転をしているのはノッポ。チビは助手席の窓をあけ、こっちに拳銃を向けている。

ノッポは追い越しざま、車をぶつけてきた。いきなりズシーンと鈍い音が伝わり、車体が大きく揺れて、危うくハンドルをとられそうになる。

衝撃はさほどではなかったが、うしろのドアはかなり凹んでいるだろう。

離れぎわに、窓から左手を突きだしたチビがやみくもに撃ってきた。とっさにブレーキを床まで踏みこむ。フロントガラスに弾が二発跳ねた。

前方に砂塵が舞いあがっている。その中につっこんだ。タイヤが砂利を蹴散らす。ビルはこの追い越し不可能な狭い砂利道が待っているのを知っていたのだ。

「ここで抜かれたのはまずいな」

「この道はどこまでつづくんですか？」

「ルーズベルト・ダムまで四十キロ。最初が名物の三キロの下り坂だ」

大きなカーブを右に曲がるとすぐ、車体が前に傾き、ずるずるとすべりだした。ブレーキを踏みこむ。スリップした。

態勢を立て直す前に、クラントンのワゴンがうしろからぶつかってきた。ブレーキが間に合わなかったのか、谷底に突き落とすつもりだったのか、車はズズーッと横すべりしたまま急坂を下った。

車首を立て直したが、前を行く四駆の砂埃《すなぼこり》で視界がきかない。危険な急カーブがつぎつぎに迫ってくる。

砂埃を避けてワゴンがいくぶん車間をあけた。四駆が前方のカーブを曲がりかけたとき、私はハンドルを鋭く右に切った。

「ぶつけるぞ！　つかまれ、じいさん！」

ガツーン！

切り通しの突きでた岩に右のフェンダーをめりこませて、車は斜めに止まった。ハンドルにまきこまれて右手をくじいたが、ビルは無傷だったらしい。

ビルを先に降ろし、私も助手席側から外に出た。拳銃を左手で握り、だらりと垂らしたまま、先に立ってゆっくりと急坂を歩いて登り始める。

クラントンはワゴンを必死に後退させようとしていた。そんな芸当はできるはずがない。諦めて車を止め、車から降りると、私たちと向きあって立ちはだかった。ライフルを持っていた。

「それ以上一歩も近づくな……」

銃を構えて、クラントンがわめいた。

4　ゴーストタウンで野宿

サザン・パシフィック鉄道の貨物列車が悲鳴のような長い汽笛を鳴らして通過していった。地響きでビルも目を醒ましたらしい。薄暗闇の中で立ちあがり、ふらふらと林の奥に姿を消し、しばらくすると戻ってきた。

「夜はさすがに冷えこみますね」

星空を仰ぎ見ながら、私はぼそりと声をかけた。

「起きてたのか。なにを考えてる？」

「このあたりには、毒トカゲとかヘビとかはでないんですか？」

「こんなに寒ければラトラーズもでない」

ビルは寝惚《ねぼ》けた声で答えた。

「いま……なんと？」

「ラトラーズ。ガラガラヘビのことだ。背中に菱形のダイヤモンドの模様がついている」

「ダイヤモンドの背中《バック》？」

謎が解けた。あの女が言ったラトラーズというのは、チーム結成二年目でナショナル・リーグの地区優勝を飾った地元のダイヤモンドバックスのことだったのだ。Dバックスの最終戦はいつ行われるのだろう。いっぺんに眠気が吹っとんだ。

「じゃ、ボブというのは……？」

「そんなことも知らんのか。フェニックスにあるDバックスのホームグラウンド、バンク・ワン・ボールパークのことだ。略して、B・O・B……」

「野球場？　まさかプールはないでしょうね」

「あるとも。バックスクリーンの右下に。どの街の球場にもない名物のプールだ……定員二十五名。貸し切りで四千二百ドル……開場以来十七本のホームランが打ちこまれたが、Dバックスの選手が打つと高さ十メートルの噴水が吹きあがる」

講釈が終わったとたん、ビルは高いびきをかき始めた。宝の夢でも見ているのだろう。

その日の午後の、アパッチ街道の急坂での睨み合いは数分でケリがついた。精いっぱい強がってみせていたクラントンが渋々ライフルの銃口を下に向けたのだ。人を撃ったこともないのだろう。私が崖に衝突させたビルの車が道路を遮断しているので、手下の山賊どもはしばらく応援にこられない。

「固茹で《ハードボイルド》玉子はやっぱり芯が真黄色《イエロー》だ」

ビルがつぶやいた。黄色は卑怯者の色だ。

クラントンを置きざりにし、彼のワゴンでゴールドフィールドに逆戻りした。積まれていたキャンプ用品一式をビルがレンタカーに移しているあいだに、私はパンクしているタイヤをオモチャのような小さい予備のタイヤと交換し、スピードをおさえて、フェニックス空港の営業所まで運んだ。

車を四駆に変え、インターステート10号線に乗って南下。ツーソンをぬけ、ベンソンに向かう。

「とにかく、まずビスビーへ」

「いや、宝探しが先だ」

ビルは譲らない。ドロレスの元に戻るのがよほど嫌らしい。ベンソンの軽食堂《ダイナー》で飯を食っているうちに日が暮れてきた。

80号線を南東に下り、トゥームストーンの少し手前で、ビルの指示に従って右折。壮大な夕焼け空に向かって走る。いい気分だ。

「今日はここまでだ。そこに入れ。今夜はこの町で楽しい野宿《キャンプ》をする」

広場の右方に、アドービ煉瓦づくりの廃屋。奥の原っぱに管理人のトレーラーハウスがあるだけで、キャンパーの姿はない。

「これが町ですか？」

「フェアバンク。正真正銘のゴーストタウンだ。昔は鉄道町として栄えていた」

「郵便局は？　トム・ケッチャムの手紙の消印のことを言っていたでしょう」

「郵便局はそこだ」

目をやると、廃屋の正面の壁にうっすらとフェアバンク郵便局の文字が残っていた。

「ケッチャムはノガレスやメキシコだけでなく、このあたりでも列車強盗をはたらいていた。〝ワイルド・バンチ〟の一党に加わった弟のサムは、ニューメキシコで列車を襲ったあと、追われて死んだ。復讐に挑んだ兄貴のトムもつかまったが、その直前に、愛人あての手紙をここで投函した」

ビルはまた手紙をとりだし、ライトで照らした。道路や山の形が地図に書きこまれている。大きな×印のわきに、我が宝ここにあり、と記されていた。

「これはこの先の国境の町ダグラスから北のチラカワ山脈のトム・ケッチャム谷に向かう山道だ。その先いくつも枝道がわかれているが、これさえあれば宝にたどりつける」

「まるでホンモノだと信じているようですね。手紙の代金はたったの五百ドルなのに」

「なんだ、知ってたのか」

「クラントンをおびきよせる餌だったのでしょう？」

ビルは白い口ひげをゴシゴシこすった。

「ま、そんなところだ。なかなか頭が切れるようだな、探偵くん」

ビルはキャンプ用品から厚手のビニール・シートをとりだし、寝支度を始めた。

「ここで寝るんですか？」

「決まってるだろう。大地に横たわり、夜空の星を眺めながら眠りにつく。人生、これに勝るしあわせの時はない」

このじいさまはロマンチストでもあるらしい。服を着たまま、私も横になった。すぐ深い眠りにおちた。

耳をつんざく悲鳴と地響きで目を醒ましたのは明け方だった。

5　銅の女王《コッパー・クイーン》ホテルの決闘

ビルと私は空っ腹をかかえて目を醒ました。陽はもうかなり高い。貨物列車の轟音でたたき起こされたあと、ふたりともまたぐっすり寝こんでしまったのだ。

顔も洗わずに車に乗りこみ、80号線に戻って、トゥームストーンに向かった。右手が痛むので、運転はビルにまかせた。

「ほう、お出迎えか」

なだらかな坂を登ると、丘の頂上の左手に〝ブートヒル〟の未舗装の駐車場。お馴染みのごつい四駆が一番端に駐まっていた。ノッポとチビの姿は見えない。ブートヒルの名物墓地に悪党どもと並んで埋められたのだろうか。

トゥームストーンの古い町並みに入った。〝OK牧場の決闘〟シーンを再現して見せている見世物小屋、酒場、酒場を改装した土産物屋が軒を並べている。シェリフや無法者や娼婦に扮した客寄せの男女が角ごとに立ち、観光用の駅馬車が客を待っている。

〝死にきれないほどタフな町、トゥームストーン〟は、銀の鉱脈が発見されていちやくブームタウンになった一八八〇年代の初め、百十軒の酒場で賑わっていたという。「娼婦の数はその二十倍だ」とも教えられた。

狭い路地の手前に車を駐めたビルが講釈の先をつづける。

「ワイアット・アープと兄のバージル、弟のモーガン、助っ人のドク・ホリデイがクラントン一家と撃ち合いをやったのは、馬囲い《コラル》ではなくそこの路地だった。至近距離からたったの三十秒でカタがつき、若いビリー・クラントンとマクローリー兄弟が射殺された……いわば新参者と牧場主の利権争いで、どっちが善玉、どっちが悪玉とは言えない」

実際は私が見てきた映画とはだいぶちがっていたらしい。伝説や映画なんてそんなものだろうが、カリフォルニアに移って山師や競馬、ボクシングのフィクサーをやりながら八十まで生きたワイアット・アープが、駆けだしの頃のジョン・フォードとハリウッドで会ったことがあるというのがおもしろい。

朝飯のあと、私はビルのあとについてぶらぶらとクリスタル・パレスに入った。かつて町の悪党どもがたむろしていた酒場だ。

ビルはのんびり構えている。私もあわててはいなかった。今日一日はつきあえる。新聞を見て、Ｄバックスの最終戦が明日の夜だということを確かめたからだ。

果たし状は正午に届いた。クラントンの使者はノッポとチビ。仲間を四、五人引きつれて、私たちのテーブルをとり囲んだ。だが真昼間からここで撃ち合いを始める気はないらしい。

「ドロレスは預かった。地図を、三時までにコッパー・クイーン・ホテルに届けろ」

読みながらビルはにんまり笑っている。

四十キロ先の山間にあるビスビーもトゥームストーンと同じ頃にブームタウンとなった鉱山町だが、金、銀、そして最後に豊かな銅の鉱脈が発見され、最盛時の人口は二万人、世界一の銅山町に発展したという。

一九七四年に鉱山は閉鎖され、ビスビーはセミ・ゴーストタウンと化したが死に絶えはしなかった。鉱山会社が今世紀初めに建てたコッパー・クイーン・ホテルを中心に、旧市街地がそのまま保たれ、古きよき時代の面影を売り物にした観光地として生きのびたのだ。

酒場は五軒、教会の数がそれよりひとつ多いのが気になるが、画廊の数はもっと多い。風変わりアーティストの町としても知られているらしい。ファミリー・レストラン、スーパーマーケット、モーテル、車のディーラーと給油所、信号機がひとつもないことは褒めてやろう。

女房を人質にとられているというのにビルは少しもあわてていない。

クラントンはホテルの奥まった部屋で待っていた。ノッポが戸口に立ち、椅子の中で体をちぢこまらせているドロレスにチビが拳銃を向けている。

「ドロレスに貸した一万ドルは帳消しにしてやる。手紙をよこせ」

クラントンは単刀直入に切りだした。

「ケチな男だ。一晩考えてそれだけか。一万ドルでは不足だ。こっちの儲けがない」

「女房が痛い目にあってもいいのか」

でてくるのは決まり文句ばかりだ。私はあくびをおさえて言った。

「証拠の銃もある。あんたの手下どもを殺人未遂で訴えてやろうか」

「きみの出る幕はない、ミスター・クドー。仕事は終わった。ドアはそっちだ」

「こっちも少しばかり貸しがある」

くじいた右手を大げさに振ってみせた。

「地図だか手紙だか知らないけど、さっさとこいつに渡しちまいなさいよ、ビル。あたしより宝のほうが大事なの!」

ドロレスが体をねじってわめき立てた。ビルはとりあわない。

「ごらんのとおりだ。このガラガラ声を二十年間聞きつづけてきた。消えてくれたらせいせいする。おれの女房に気があるんだろう、ニューマン。惚れた女を始末できるかな？」

ドロレスが目をむいた。

「女房はくれてやる。地図は渡さん」

ドロレスは悲鳴をあげて気を失った。

「よし、ボーナスとして一万ドルやろう。ただし、宝は山分けにはしない」

「だいぶ話がわかってきたようだ」

ビルはポケットから便箋をとりだし、目の前でひらひらさせた。クラントンがさっと手をのばした。ビルはすっと手を引っこめる。

「一万ドルが先だ。五時まで待ってやる」

取引はメイン通りにあるドロレスの画廊で完了した。ドロレスの借用書も返し、一万ドルと引きかえに古地図を手に入れたクラントンは手下たちを連れて意気高らかに宝探しに出発した。

「あの手紙と地図はホンモノだったの？」

一ヵ月ぶりに帰ってきた夫にぴったり寄り添って、ドロレスが訊いた。

「人をだますにはまず自分をだまさなきゃならない。そして愛する身内を……」

ドロレスはポカンとしている。

「ビルはあなたのことを言ってるんですよ」

わきから口をはさむと、色白の女の頬に朱がさした。口の悪い女は気立てがいいというのはほんとうらしい。

「さ、これはおまえのものだ。借金も消えたし、めでたしめでたしだな、ドロレス」

ビルは受けとったばかりの札束をポンと気前よくドロレスに手渡した。


翌朝早く、電話のベルでたたき起こされた。コッパー・クイーン・ホテルの狭苦しい小部屋のベッドの上だった。夜道を走るのがおっくうで一夜の宿をとり、つい深酔いをしてころがりこんだベッドだということを思いだした。とめ忘れた四枚羽根の旧式のファンが天井で回っている。

「まだ寝てるのかい。ビルがまたいなくなったんだ。捜しだしておくれ。昼には店を開けなきゃならないのよ」

朝っぱらからガラガラヘビの襲来だ。

「大事なご亭主でしょう。自分で、あとを追いかけたらどうです?」

わめき声が聞こえたが、私は先に電話を切った。これ以上つき合ってはいられない。

宝の地図がホンモノかもしれないという思いが頭の隅にこびりつき、ビルはクラントンを追って旅に出たのだろう。見果てぬ夢を追って。

チェックアウトをしようと下に降りかけたとき、当のビルから電話がかかった。

「トム・ケッチャムが〝我が宝〟と手紙に書いたのは、この近くの小さな美しい湖のことだったらしい。連中はまだあたりを掘りつづけているがね」

「あなたはなにを……？」

「見物さ」言葉がちょっととぎれた。「高見の見物。きみも来るかね、探偵くん」

私はホテルを出た。路上に駐めっぱなしだった車のタイヤは四本ともぺちゃんこにつぶれていた。

エピローグ

レンタカーを交換するひまはない。私はダグラスからきたフェニックス行きのバスに乗りこんだ。料金は三十ドル。メキシコ人の季節労働者でバスは満員だった。座るどころか、足の置き場もない。

揺られつづけて五時間、ふらふらになってバスを降り、タクシーで球場に直行した。日が暮れ、ゲームはまもなく始まろうとしている。一塁側も三塁側も私には関係ない。五ドルのチケットを買って外野席の最奥部に向かう。

プールだ。ホームベースから百二十メートル。水の色が五色に変わり、噴水が細かい霧をまき散らしている。観衆をかきわけてまっしぐらに進んだ。小さなプールの柵にもたれ、水着のまま見物している人の群。フィールドに背を向けて立っている人影がひとつ、霧の向こうににじんで見える。

喚声が轟いた。プレイボールだ。霧がやんだ。女がこっちに手を振っている……。

初出「翼の王国」(2000・2)

トロイメライ

斉藤伯好

一九三五年、東京都生まれ。明治大学卒。ブラッドベリ『ものかたち』で翻訳家としてデビュー。訳書は、ハインライン『ヨブ』、トムスン『終わりなき闇』など多数。星新一『ボッコちゃん』の英訳も手がけている。

また、あの〈トロイメライ〉をピアノで弾《ひ》く音が聞こえる。そして——

「マコトちゃん……マコトちゃん……」

「おねえちゃん……おねえちゃんなの？　パパもママも、いっしょなの？　ああ、よかった。ぼく、みんなに置いてかれちゃったのかと思った」

「ばかねえ、マコトを置いて出かけるわけないでしょ」ママの声だ。

「ほんとうに、マコトはオッチョコチョイだな」パパの声もする。

「でも、ぼく、みんなの顔が見えないよ。パパ、ママ、おねえちゃん、顔を見せてよ」

「……」

「ママ！」

マコトは、また同じ夢を見て目をさました。涙で枕《まくら》がぬれている。

あれは三か月前の六月二日のことだ。一家四人で楽しいドライブをしていたとき、マコトたちの車が大型ダンプと衝突してしまった。マコトは怪我《けが》をしただけで助かったのに、パパとママとユキコおねえちゃんは死んでしまった。その日から、マコトは一人ぼっちになった。まだ小学校四年生なのに、たった一人ぼっち……。

「ニャーゴ……」

「トラ、きみがいてくれたんだね」マコトは大きなネコをギュッと抱《だ》きしめた。


今のマコトは、隣りのおじさんの家に住んでいる。おじさんはパパの弟だ。ユキコおねえちゃんと同じ中学二年生のユミという女の子がいる。マコトは、あの日から、おじさんのうちの子になった。おじさんもおばさんもユミおねえさんも、とても優しくしてくれる。それに一人だけ残った家族がいた。十五歳になるトラという大きなネコだ。あの悲しい日から三か月たって、昼間のマコトは元気に学校へ通《かよ》う普通の男の子に戻《もど》った。夜中《よなか》にこんな夢を見て泣いていることは、誰も知らない。

また、夜がきた。マコトは、また同じ夢を見た。マコトの頬《ほお》を涙がつたう。

「ニャーゴ……」

ネコのトラだ。枕元《まくらもと》で、じっとマコトを見つめている。やがて、トラはマコトの頬に顔をすりよせ……マコトの頬をつたう涙をペロッとなめた。

（マコトくん、マコトくん）

「うーん、だれ？」

（わたしだよ。トラさ）

「えっ、トラだって？」あれれ、どうしてネコのトラと話せるんだろう？

（わたしがきみの涙をなめて、人間とテレパシーで話せるようにしたのさ。さ、いっしょに出かけよう）

「こんな夜中に、どこへ行くの？　おばさんたちが心配するよ」

（隣りのマコトくんの家へ行く。心配ない。みんな、ぐっすり眠ってる）

「なんだか、こわいな」

（大丈夫だよ。さあ、早く）

マコトはトラに急《いそ》がされて、パジャマ姿のまま自分の家の前にやってきた。満月《まんげつ》だ。それにしても、大きな月だなあ。

「ギギーッ！」カギもあけないのに、玄関のドアが開いた。

（さあ、入ろう）トラはマコトをピアノが置いてあるリビングへ連れていった。

これはきっと夢に違いない。こんなことがあるわけないもの。

（夢じゃないよ。マコトくんが信じられないのは、よくわかるけどね。わたしたちネコは十歳を過ぎると、元の〈ザット〉に戻るんだ。〈ザット〉は、ずっと昔から地球に住んでる生き物でね。人間にはない能力を持ってる。わたしは向こうの世界では四百五十八歳、この世界では十五歳だ。マコトくんよりも長く生きてる。まだマコトくんが赤ちゃんのときから、ずっとマコトくんを見つづけてきたんだ。ネコの姿をしてるけど、ネコの大きらいなミカンを食べることだってできる。もう一つの世界へ行くこともできるしね）

「もう一つの世界って？」

（この世界の隣りにある世界さ。この世界と背中合わせになってるんだよ。人間は気がつかないみたいだけどね。でもネコや〈ザット〉は夜になると、秘密のトンネルを通って二つの世界を行ったり来たりしてる）

「ふーん。で、その世界はどうなっているの？」

（ちょっと言いにくいんだけど……その世界では、マコトくん、きみは死んでる。六月二日の交通事故でね）

「え！　ぼくは死んでるの？　で、パパや、ママや、おねえちゃんは？」

（この世界とは反対に、マコトくんのパパも、ママも、ユキコちゃんも元気で生きてる。でも、きみがいないから、みんな悲しんでるよ）

そう言うとトラの目は急に光り、リビングの壁に映画のような映像《えいぞう》が映った。

「あ、ママ！　パパ！　おねえちゃんもいる！」

テーブルに座った三人が食事をしている。みんな下を向いて、黙って食べている。

映像が変わった。ユキコおねえちゃんがピアノを弾いている。

「〈トロイメライ〉だ！　ぼくが一番好きな曲だよ」

（そう。マコトくんが死んじゃったので、ユキコちゃんは毎日マコトくんのために、この曲を弾くんだ）

マコトの目が涙でいっぱいになった。なぜ、ぼくだけが別の世界にいるんだろう？

（じつはね、マコトくん。わたしたち〈ザット〉やネコが隣りの世界へ行くときにくぐる秘密のトンネルは、ネコが通れるくらいの大きさしかない。でも、およそ百年に一回だけ、その穴が大きくなるんだ。人間の子供が通れるくらいの大きさに）

「いつ大きくなるの？」

（今さ）

「ぼくに、そのトンネルをくぐらせて……お願い、頼むよ！」

（ほんとうに、いいのかい、マコトくん？　百年間は戻れないんだよ）

「いいよ！　ぼくは、おねえちゃんや、ママや、パパのいるところへ行きたいんだ」

（じゃあ、行こう。こっちだ）

マコトの耳に、〈トロイメライ〉の音が近づいてきた。

次の日の朝。ネコのトラは、何もなかったかのようにベランダへ出た。朝の光が、まぶしい。トラは大きく口をあけて、朝の光を思いっきり吸いこんだ。

その日から、マコトの姿を見たものは誰もいない。

初出『恐怖のおくりもの　③真夜中のビデオ』岩崎書店（１９９６・７）

2001年リニアの旅

石川喬司

一九三〇年、愛媛県生まれ。東京大学卒。SF短篇集『魔法つかいの夏』で小説家デビュー。SF・ミステリ評論家としても活躍し、『SFの時代』で第31回日本推理作家協会賞を受賞。著書は『極楽の鬼』など。

第1話・殺人女優

新品種の金色のバラが活けられた小さな床の間。その前で美女が両掌を合わせている。

「お父さま、行ってまいります」

バラの宙空に、穏やかな微笑を浮かべた老人の顔が現れる。

「やあ、今日も元気そうだな。その洋服、とてもよく似合うね」

老人は優しく手を振り、やがて名残惜しそうに花瓶の中へ消えていく。

美女がうるんだ瞳でこちらを振り返り、ハスキーな甘い声でコマーシャルを囁く。

『ホログラム画像で亡き人が生き生きと蘇る花瓶スタイルの仏壇をどうぞ』

＊

ベル博士は小さなあくびをして、座席備えつけの小型テレビから目をそらせた。どうやら殺人事件のニュースはさっきのやつで終わりらしい。

──中央新幹線ミッドナイト便。

昼間は六分置きにめまぐるしく発車している直行便だが、深夜は二十分間隔になり、利用客も六割程度とやや落ち着く。

（ちょっと飲みすぎたかな）

ベル博士は、万能腕時計のモードを健康診断システムに切り替え、そこへ強く息を吐きかけた。腕時計の液晶表示が「要注意」の桃色に染まり、スヤスヤ眠っている自分の似顔に変わった。

（分かったよ。どれ、一眠りするか）

博士は京都の映画村で起こった殺人事件への関心を頭の片隅から追いやり、もう一度こんどは大きなあくびをした。

淡路島海洋センターで開かれた《太陽光水中導入計画会議》にECフランス圏代表として参加したあと、久しぶりに会った旧友と馬鹿話をしているうち、ついサケを過ごしてしまったのだ。

（それにしても、淡路島海底牧場でイルカを管理人に採用するプランが具体化しはじめているのには驚いたな。まだまだ夢の段階だと思っていたんだが……）

うとうとしかけた博士は、つけっぱなしにしてあったテレビから流れてくる警報音で現実に呼び戻された。

『臨時ニュースです。只今、名古屋地方に地震がありました。震度は――』

博士は、思わず通路脇の壁に設置されている列車速度計に目を向けた。《５００》という数字が光っている。東京と大阪を一時間で結ぶこの直行便の時速を示すその数字は、安定したまま微動もしない。

（そうか、このリニアは、地上から十センチ浮上して走っているんだから、いくら地震で地面が揺れても影響がないんだったな）

すっかり目がさめた博士は、改めて車内を見回した。

通路をはさんで右側は一座席、左側は二座席という、ゆったりした配置になっているグリーン車両は、ざっと半分方埋まっており、乗客の大半は浅い眠りに入っているようだった。

博士は最後部左の窓際に座っているのだが、隣は空席で、通路を隔てた右側の座席を占めている妙齢の女性が、さっきからどこかへ長電話をかけていた。電話はテレビとともに各座席ごとに備えつけになっている。

（女の長電話は二十一世紀になっても変わらない……）

博士は、淡路島海洋センターで旧友から聞かされた笑い話を思い出して、ふと可笑しくなった。大阪に住むその旧友が東京へ出張したときのことである。わが家を出るとき細君は電話中だった。中央新幹線の中で忘れ物を思い出して家へ電話したが、何度掛けても話し中で繋がらない。東京から掛け、帰りの新幹線から掛けても、相変わらず話し中で、いらいらしながら帰宅したところ、やっと女友達との長電話を終えた細君が涼しい顔で「あら、あなた、どこかへ行ってらしたの？」と不思議そうな顔をした……というのである。

妙齢の女性は、受話器を手で覆うようにして話している。どうやら深刻な話らしい。ときどき長い間黙ったまま相手の話にじっと耳を傾けている。

大きな帽子を目深にかぶり、派手なミラーシェードに流行のカメレオン・スーツ。

（はてな？）

ひそひそと囁くような彼女の低い声と、その雰囲気に、何かひっかかるものがあった。

（そうだ、さっきのコマーシャルに出ていた女優さんだ！）

そう気付いた博士は、好奇心に駆られて、聞き耳を立てた。そのとたん突然、彼女の声が高くなった。

「ええ、そうよ。あいつを殺したのは、この私。警察へでもどこへでも、知らせてちょうだい。遠慮は要らないわ。私がこの手であいつを殺したのよ」

博士の膝から鞄が落っこちた。

感情に激した女の声はさらに続く。

「だから、さっきから言ってるでしょ。理由なんかないのよ。ただあいつが憎かった。私が芽が出ないで苦しんでいるときに逃げ出しておいて、こうして有名になったとたん、掌を返したようにスリ寄って来て」

京都の映画村での殺人事件のニュースの断片が、博士の頭の中で明滅した。

（まさか、この女優さんが……）

彼女の声はまた低く聞き取り難くなった。切れぎれに「自首する気なんかないわ」とか「私がいまどこにいるか、そんなこと教えられないわ」とかいった言葉が漏れてくる。見渡したところ、その電話の内容に気がついている乗客は、博士の他にはいないようだった。

博士は急に息苦しくなった。

（大変な秘密を聞いてしまった。このまま知らんふりをしてていいだろうか？）

博士は席を立ち、車掌を探すために別の車両へ考えこみながら歩いて行った。しかし三両ほど歩いたところで、おせっかいは止そうと考えが決まり、元の席に戻ることにした。

ちらっと見ると、女優は「それじゃあ、これで。新東京駅まで迎えに来てくれるわね」と言って電話を切るところだった。

（よかった。迎えに来る通話の相手が、問題を解決してくれるだろう）

博士はほっと安心して、シートに深く背をもたせ、目を閉じた。

相変わらず安定して《500》を指している壁の速度計の下の通過地点表示の緑の矢印は、甲府の手前を示している。

終着駅まで、あと二十分――。

＊

新東京駅のプラットフォームに降り立ったベル博士のすぐ前を、女優とそのマネージャーらしい中年女性が、こんな会話を交わしながら歩いて行く。

「助かったわ。座席電話のおかげで、こんどのドラマのセリフが覚えられて。それにしても、あの先生、ほんとに脚本の仕上がりが遅いんだから。あなたに電話で読んでもらって練習できなかったら、これから徹夜になるところだったわね」

「そうですね。ところで、ご存じですか、例の映画村殺人事件の犯人が捕まったこと。犯人はマネージャーだったんですって。なんでもスケジュール調整の不手際をなじられてカッとなったとか」

「あなたも気をつけなさい。リニア新幹線ができて便利になったのはいいけど、おかげでこうやって私のスケジュールは本当に殺人的なんだから。ホログラム花瓶に入るのはまだまだイヤよ」

第2話・ペットの冒険

乗客A（三十六歳・会社員・座席6号車2C）の話

ええ、最初に車掌さんに知らせたのは、この私です。

新東京駅を発車してすぐトイレへ行ったんですが、どういうわけか全部ふさがってましてね、しばらく通路で待っていたんです。すると、向かって左側——つまり進行方向の側ですね、そっちのトイレから、奇妙なすすり泣きの声が聞こえてきたんですよ。すすり泣きといっても、あきらかに人間の声ではなくて、何か動物の、おそらくは犬の声のようでした。犬が身も世もなく嘆き悲しむと、ああいう声になるのかもしれません。

ヘンだな、どうしたんだろう、と耳を傾けていると、隣のトイレのドアが開いて、中から若い女の人が不思議そうな顔をして出て来ました。そのひとは私に何か言いたそうでしたが、結局何も言わず、自分の座席の方へ帰って行きました。

入れ違いに中へ入った私は、しゃがんで用を足しながら、隣の気配に耳を澄ませました。奇妙なすすり泣きの声はずっと続き、ときどき毛のこすれるような柔らかい物音が混じります。それが気になって、私はおちおち用も足しておられず、早々に外へ出ました。

そして問題のトイレがまだ「使用中」となっているのを確かめてから、大急ぎで車掌さんを探しに行ったのです……。

＊

専務車掌の話

お客さまの通報で、問題のトイレのドアを何度も「大丈夫ですか?」と呼びかけながら強くノック致しましたが、まったく反応がございませんので、やむをえず非常処置でドアを開けることに致しました。

ドアを開けましたとたん、何か茶色い毛糸の塊のようなものが、さっと飛び出して来たように思いました。しかしそれは私の錯覚だったかもしれません。

トイレの内部を丹念に点検致しましたが、なんら異常は認められませんでした。通報していらしたお客さまも一緒になって調べられましたけども、狐につままれたような表情で「へンだなあ」と繰り返されるばかり。一応何かのお聞き間違いだったのでは、ということでお引き取り願ったのでございますが……。

＊

乗客B（二十歳・学生・座席5号車19D）**の話**

いいえ、何か茶色い毛糸の塊のようなものがさっと飛び出して来た、という車掌さんの話は、錯覚ではないわ。事実よ。

その塊は、問題のトイレの前に立っていた野次馬のひとり――私めのフレア・スカートの中へ一目散にもぐりこんできたのよ。そして私めのこの太腿にしっかりと震えながらしがみついた。私は直感で、それが小犬だと分かったわ。こう見えても私は大の犬好きなの。ねえ、ペットは車内に持ち込んではいけない規則なんでしょ？　だから、私は誰にもそのことを言わなかったの。そのまま黙ってそっと座席へ戻り、他の人に気づかれないように私めのデカい旅行鞄の中へ隠しちゃった。

彼――柴犬の牡で四歳くらいじゃなかったかな、とにかく彼よ――は、なんだか思いつめたみたいに身体中の筋肉を固くしてたわ。おそらく必死だったのね。

旅行鞄を提げて私は席を立ち、人気のない通路の連結部まで行き、ちょうど通りかかった車内販売の女の人からミルクを買って、彼に飲ませようとした。すると、彼はいきなり身を躍らせて、パッとどっかへ逃げ出して行っちゃった。そして、それっきり。ずいぶんあちこち探して回ったんだけど、とうとうどこにも見つからなかったわ。……

＊

車内販売員（東海道新幹線から移籍・勤続通算三年）**の話**

はい、その女の人は覚えています。ミルクをお売りしたあと、「ドッグフードはないでしょうね」と訊ねられて。ちょっと冗談がきついなと思いました。

本当に犬がいたんですか？　嘘でしょう。

＊

新奈良駅前ビル一階の酒屋さんの話

下り便の乗客ん中からジロー君が駆け出してきたときゃ、ほんまにビックリしたで。うちのやつと、「あれっ、昔のお得意の青野さんとこのジロー君やないけ」ちゅうて顔見合わせとるうちに、鉄砲玉みたいに南の方へ……。せやけど、わしらでもまだ引っ越し二カ月で満足に覚えとらん道をよう、まあ……。

＊

動物研究家C氏の話

犬が遠いところから知らない土地を通って飼い主のところへ帰って来る話は、いくつもあります。有名な例では、アメリカ大陸の三分の二にあたる三千三百キロを横断して帰って来たとか、フランスの港から旅芸人の主人の興行先の知らない町まで密航したとか、信じられないような実話があるのです。

中央超特急を利用して元の飼い主の臨終に間に合ったジロー君の話も、決してありえないことではないでしょう。それにしても、犬ってやつは、なんて可愛いんでしょうな。

＊

ジロー君の元の飼い主の未亡人の話

あのとき主人はもう意識がなくなっていたんですよ。

それが突然、パッと目を開き、「おおジローか、よく来てくれたね」とはっきりした声で嬉しそうに言ったんですよ。もちろんウワゴトだと思いました。ところが、どうでしょう。茶色いつむじ風のように、東京に貰われて行った筈のジローが突然、主人の枕元に現れて、尻っ尾を激しく振りながらペロペロと夢中で主人の顔を嘗めているじゃありませんか。寝込んで以来あんなに楽しそうな主人の顔を見たことはありません。そして、その笑顔のまま、主人はあの世へ行ったんです。

主人の容態が急変して、東京の妹のところへ電話したのは、亡くなる二時間ほど前のことで、とても下落合の家からでは間に合わない時間でした。ところが、電話に出た妹の傍らにいたジローが……。

あとで妹に聞きますと、ジローは電話の内容が分かったらしく、悲しそうに一声高く泣いたかと思うと、もう姿を消していたのだそうです。どこをどう走って、中央超特急に飛び乗ったのか、元の主人のところへ早く行くにはそれが一番いい方法だなんて、一体どこからそんな知恵が生まれたんでしょうねえ。

しかも、どうやらトイレに隠れていたらしいとか……。カギなんかどうやって掛けたのか、分からないことだらけですわ。人間の浅知恵を超えた何か奇跡のようなものを神様が与えてくださったのでしょうか?

実際はジローの魂だけが超特急に乗って、体の方はあとからやって来て合体したんじゃないか、と考える人もいらっしゃるようですが。

……ああ、そうそう、あれ以来、ジローはまた私どものところで可愛がっていますが、最近面白いんですよ。磁石を出してやると、全身をこすりつけて喜ぶんです。ほら、あのとおり。

中央超特急にタダ乗りして、磁力に恩義を感じているのでしょうか？

もちろん私の方では、ＪＲさんに一人分の料金をお払いしておきましたけど……。

第７話・再会

決め手は、両眉の間のホクロと、頭のてっぺんの奇妙なツムジだった。

（やっと会えた……）

五十年以上も探しつづけた相手の顔を、昭子は、懐かしさの溢れる思いで、じっと見つめた。

あのとき二十歳そこそこの逞しい若者だった相手は、いまはもう八十歳近い老人になっている。

（無理もない、あのとき五歳だった私が、いつのまにか六十過ぎのお婆ちゃんになっているんだもの）

亡母の十三回忌に出席するために、この新東京行きの中央リニア超特急に乗り込んだときから、ある予感はあったのだが、まさか探し求めていた相手と隣席になるなんて……。これは母の引き合わせに違いない。

最初に声を掛けてきたのは、老人の方だった。

「あのう、失礼ですが、どちらまで?」

「はい、終点まで参ります。あなたは?」

「実は自分もそうですが……。いや、これはウカツなことを。この汽車は直行便で、途中の駅はないんでしたなあ」

二人は、お互いにシワだらけの口をすぼめて、自分たちの時代遅れを笑いあった。そのとき、相手の両眉の間のホクロが、昭子の目を惹いた。昭子の胸は早鐘を打ちはじめた。

老人は、朴訥な口調で話をつづけながら、昭子に身体を近寄せてきた。

「なにせ生まれて初めてリニアというのに乗るもんで。どうぞよろしゅう」

「あら、私も初めてなんですの。こちらこそ、よろしくお願い致します」

お互いに深く頭を下げあったとき、相手の頭頂の二つ並んだツムジが、昭子の目に入ったのだ。

五分刈りの白髪が、そこのところだけ奇妙な渦を巻いている。昭子の心臓を、激しいショックが貫いた。

……遠い遥かな過去の大切な記憶。

そのとき昭子は母親と一緒に超満員の夜行列車に乗っていた。車内は通路までギュウギュウ詰めで身動きひとつ出来ない状態だったが、昭子だけはラクチンだった。背の高いがっしりした兵隊さんが彼女を肩車してくれていたからだ。見下ろすと、兵隊さんの頭には生えかけた髪の毛の間にびっしりと汗が滲み出ており、てっぺんの真ん中に二つ並んだツムジがおかしな模様を描いていた。とつぜん昭子は、私、このひとのお嫁さんになりたい、と思った。列車は真っ暗な闇の中をいつまでも走りつづけた……。

あとになって、母親から、そのときの正確な事情を知らされたのだが、それは昭和二十年、敗戦の年の秋の東海道線の車内だったのだ。当時は交通事情が極端に悪く、とくに長距離旅行は最悪だった。そんな中で、「チチキトク」の電報を受け取った母親は、やっと手に入れた切符を持ち、嫁ぎ先の九州から五歳の昭子を連れて栃木の実家へ向かったのだった。母親のお腹には弟が入っており、さすがに気丈な母親も超満員の通路で失神寸前だったのを、復員兵姿の若者が救ってくれたのだった。若者は昭子を肩車してスペースを作り、終着の東京までの長い時間、周囲の乗客の圧迫から母親を守りつづけた……。

そんなに世話になっていながら、東京駅では混雑にまぎれて、礼を言う間もなく若者とはぐれてしまった――それが母親の一生の後悔で、それからずっと、「中村といいます」と話した若者の言葉だけを手掛かりに、四方八方探し回ったが、結局は探し当てることができないまま、母親はこの世を去った。

「見つかったら、私の代わりに、くれぐれもお礼を……」という遺言を、昭子は忘れたことはなかった。

その恩人と、ついに巡り合うことができたのだ。老人の顔を見つめるうち、昭子の視界が次第にぼやけてきた。

「なにか心配ごとでも？」

目尻を下げた老人は、さりげない仕草で昭子の肩に手を置いた。

「いえ。……お久しぶりです、中村さん」

終わりの方は涙声になった。

「え？」

老人の顔に、驚きの色が走った。

「……もうお忘れでしょうね。なにしろ五十年以上も昔の話ですもの――」

昭子は、無意識のうちに老人の手に触れていた。

事情が明らかになるにつれて、老人の手が震えはじめた。

昭子が話し終わると、老人は深い溜め息をもらした。

「いやあ、これは奇遇ですなあ。自分もよう覚えとりますよ。殺伐な戦場から帰国したとたんに、しあわせそのもののような母子に出会うたんですから」

それから老人はしばらく考えこみ、やがてクスクス笑いだした。

「覚えとられますかのう、あんた、肩車しとるときにオシッコを漏らしたのを」

「えっ、まさか……」

昭子は、意外な打ち明け話に真っ赤になった。

「目ェつむると、浮かんで来ますなあ。あんたの幼な顔、お母さんの様子……。お母さんは、ほんとに奇麗なおひとだった」

「亡くなった母に聞かせてあげたかったですわ、その言葉」

時間がゆっくりと溶けていくようだった。もしかしたら、いまこの超特急が走っている空間は、五十六年前にあのオンボロ列車の中で五歳の昭子が二十歳の中村青年の首におもらしをしたという、そのあたりかもしれなかった。窓の外に、あのときの侘しい闇が見えるようだった。

「五十六年……。よく母が言ってました、中村さんの頭文字のN、私たちの名字の関の頭文字のS、これは磁石の北極と南極で、お互いに強く惹き合う運命にあるはずなのに、なんでいくら探しても会えないんだろう、って。——こうやってここでお目にかかれたのも、やはり磁力のせいかしら。そういえば、私、なんだか体が宙に浮いているみたい。地上から十センチほど」

「……」

昭子は、酔ったようにいくらでも言葉が出てくる自分が不思議だった。

老人は、さっきから沈黙したままである。

彼は、目の前のカモと五十六年前に擦れ違ってから、半世紀後に合流するまでのお互いの人生のレールを、苦い思いで振り返っていたのである。

戦場から復員してきた列車の中で、家庭の幸福そのもののような母子に出会ったのが、彼の躓きのもとだった。はるばる辿り着いたわが家は、敗戦直後の困窮の中で父と母と姉がそれぞれ反目しあっており、やがて父はメチル・アルコールで失明、母は別の男と駆け落ちし、姉は進駐軍相手の女になってしまった。そして、彼自身も家出して……。

（いくら探しても、見つからなかったはずですよ。自分は、人生の大半を、塀の中で暮らしておったんですから……）

老人は、自嘲に口を歪めて、さっきスリ取った相手の財布を、いつ気付かれないように元に戻すか、それぱかり考えていた。

——昔も今も、さまざまな人生を乗せて、列車は走りつづける……。

初出「サンデー毎日」（1989・7・23／7・30／9・3）

首化粧《くびけわい》

鈴木輝一郎

一九六〇年、岐阜県生まれ。日本大学卒。九一年『情断!』でデビュー。九四年『めんどうみてあげるね』で日本推理作家協会賞を受賞。著書に、時代小説『狂気の父を敬え』、『他人の不幸は銭の味』など。

一

戦国の世の真只中《まつただなか》とはいいながら、否、なればこそ尚のこと、闇はまだ見ぬ冥府《めいふ》へいざなう口、と人は恐れた。

徳川内府家康が美濃赤坂勝山に本陣を置いたころ、美濃大垣城では、石田治部少輔《じぶしようゆう》三成を総大将とした西軍が、一月ちかくも前に方針を籠城となし、兵糧《ひようろう》固めに余念がなかった。

幾十万におよぶ総決戦はこの旬日うちにはあると予想され、これにともなう前哨戦はすでに幾つか交わされた。織田秀信の籠った岐阜城は、すでに徳川の手中にある。そんな最中の大垣城に――

　でる、
　という。

　慶長五年の九月は秋の長雨の時期でもある。しとしとしと、と、いつ上がるともしれぬ雨が、子《ね》の刻近くなっても続いた。

――ほんに、おなごの体は難儀なこと――

　冷えた身の奥底に、温かな張りを覚えて、おあむは目をさました。

――これがおのこであれば、そこいらの物陰で済ませるものを――

　尿意である。

　虚空《こくう》の闇に視線をただよわせ、おのが身の張りをさぐりつつ、夜明けまでの時を読んだ。厠《かわや》は長屋の外にある。

　一人で表に出るのは煩わしくもあり、身の危険を感じぬものではないのだが、夜があけるまでは持つまい、という思いのほうがまさった。

――怖い、などとは言うてはいられぬ――

　小袖をまとい、裾をかるくつまみあげて厠にむかい、闇のなかの、さらなる闇へと、開放感とともにゆばりを放った。

おあむとて、この幾日かの間に、大垣の城のそこここで、深夜、怨霊《おんりょう》が出没するという噂を、耳にせぬわけではない。

さりながら、怨霊なんぞ、闇夜に潜む暴漢や、便壺のなかで息を殺して潜入の機をうかがう敵方の間者に比して、何をおそれるものがあるべきや、という思いもある。

暴漢と闇夜で遭遇すれば陵辱《りょうじょく》の危険があり、間者に遭遇すれば生命を断たれる。それに比すれば、亡霊は、ただ出没するだけではないか。

「とるに足らぬ」

おあむは声に出して言って、衣服を整えた。少なくとも、厠のなかには人気《ひとけ》はない。扉を閉じて、外から閂《かんぬき》をかけたときだった。

ぽん、
と後ろから肩を叩く者がある。今時分に、たれか、と振り向くと、腹巻きに尻端《はし》折《ょ》りの足軽装束の男が立っていた。ただし――

首がなかった。

『首をくれ』

その怨霊は、頭がない癖に確かにそう言った。いったと同時に、中秋の長雨で空気が寒く、切断された頸《くび》の気管から、口調に応じた白い吐息が吐きだされた。

そこまで確かめたところで、おあむは失神した。

「幽霊を、退治せよ、と？」

石田家中の公事方《くじかた》同心、小谷貫兵衛は、上役である公事方の寄騎《よりき》、飯野藤十郎から呼び出しを受けたとき、いよいよ暇《いとま》を下されるのか、と内心戦々恐々としながら、慢性的な肩の凝りすぎで、痛む頭をかきながら出頭した。

幸い、解雇の通知ではなかったものの、その下命を受けたとき、おぼえず声が裏返った。

公事方とは本来は算方であって、内勤が主たる役務なのであるが、徳川内府家康との総力戦に備え、佐和山の城から大垣まで出張ってきた。

もっとも、元来が内務にたずさわる者ゆえ、前線に配備されたといっても、後方支援が主たる任務であることにはかわりはない。

大垣輪中を埋め尽くすほどの人員が詰め込まれれば、糧食《りようしよく》の手配から銃弾・焰硝《えんしよう》の管理、獲った首級《しゆきゆう》の確認とその取り手の確認、武功の証明書の発給などの専任の事務方も、当然ながら必要になってくる。役務柄、前線に出ることが少ない――したがって、武功を立てる機会に恵まれない部署ではある。しかしながら。

「まあ、こういうものであれば、其方といえども、手柄を立てられようて」

と、飯野は唇をゆがめて笑った。

いかに後方勤務とはいえ、乱世である。また、個々の職掌分担が、あまり明確ではない時代でもあった。

いざいくさとなれば、全員が一丸となって戦場に出て戦うのが通例であって、あるべき姿でもある。

小谷貫兵衛の同心という地位は、いくさ場においては足軽組頭に相当する。

もっとも、これは武功で得たものではない。単に、石田の家が三成一代で築きあげられた、にわか仕立ての家であるがゆえに、いささか早い時期に石田に仕官した小谷貫兵衛のもとに、自然と部下がつけられただけにすぎない。飯野藤十郎の提案は、ある意味では貫兵衛の痛いところを突いていた。

「は――はあ……」

頭をかきながら、貫兵衛は、凝った肩が一層凝固の度合いをつよめてゆくのが自分でもわかった。

「其方は、部下の面前で、敵将の首級を挙げたことはなかった、と記憶しとるのだが」

記憶も何も、貫兵衛は他人の首など、平首《ひらくび》でさえ、とったことはない。

「部下は上司の鑑である」

飯野藤十郎は、まばたきひとつせずに、部下の貫兵衛の目を見て言った。

「平首ひとつとったことのない頭《かしら》の組の足軽が、いざ実戦となった場合に、果敢ないくさ働きをするはずもない」

この件に関しては、飯野の言い分にことの理はある。

「はい」

と、素直に同意するしか方法はない。

「とはいうものの、今のところ、徳川殿との間は、小競り合いがもっぱらであって、これといった武功を立てる機会は、まだまだめぐまれない——ここいらの事情は承知しておるな」

「はい」

「したがって、これを機会に、其方に武功を立てさせてやろうではないか、という、上司たるわしの、部下思いの心のあらわれである」

恩着せがましい飯野の口調には、善意と悪意が複雑に混淆《こんこう》していた。

いささか引っ掛かる物言いではあるものの、確かに飯野の言う通り、無事に退治られれば、平時にあげ得る武功には違いあるまい。

「この数日来、首のない亡霊の出没について、種々の噂が飛び交っていたのは存じている」

飯野は相変わらず無表情で続けた。

「しかしながら昨夜、より確度の高い、信頼しうる目撃者より届け出があった。行って、事情をつまびらかに聞いてこい。退治の方策については、それから考えても遅くはなかろう」

「方策ということなんですが」

もっとも、小谷貫兵衛にとっても、まさか幽鬼怨霊のたぐいをとらえよ、という下命を受けるとは考えてはいなかったので、その対策をいきなり問われてもおおいに困る。

「その証人の言葉というのは、間違いないんでしょうね」

「大丈夫だ」

これだけは飯野は自信に満ちた口調で断言した。

「一応、失神した模様ではあるが、幽霊を数拍の間、丹念に観察した由である」

「それならば、目撃した、というのとは、いささか違うのではありませんか」

「違わない」

「と申しますと？」

「首のない仏のほうはともかくとして、首そのものは、飽きるほど見ている方の証言だからな」

「どなたなんです？」

「首化粧《くびけわい》方の、おあむ殿だ」

そこまで聞いて、貫兵衛は内心ひやりと冷たいものがよぎるのを感じた。

おあむとは、貫兵衛は深いよしみを通じた女であったからであった。

「これさえ解決すれば、其方はおあむ殿の尻に敷かれずに済むぞ」

唇をゆがめながら、飯野は鼻で笑った。

二

「公事方寄騎、飯野藤十郎の命により、小谷貫兵衛、参上つかまつりました」

首化粧方の仕事場は、いくさ慣れした男たちでも入室をためらう場所である。まして慣れない貫兵衛においては、入室前に深く息を吸って堪え、目を閉じ、不要なまでの大声でもって、おのれの勇を鼓舞せねばならぬものがあった。

「お話はうかがっております。どうぞ奥まで」

そうおあむに促され、貫兵衛が入室すると、おあむは手伝いの下女たちに、

「すまぬが席をはずしてたもれ」

退席を命じた。

とはいうものの、密室で男女を二人で残し置くのは、普通は不用心である。一瞬下女たちの間に躊躇《ためら》う様子がみられたが、その姿がよほど面白かったか、おあむは口元に手を当ててころころと声をあげて笑った。

「物案《ものあん》じにはおよびませせぬ。この――」

と、室内を一瞥《いちべつ》しながら続けた。

「首化粧の間にて、淫心が頭をもたげることがありましょうや」

二間四方ほどの板の間には、血を抜き、化粧を終えて首実検を待つばかりの首級が、身体代わりの藁《わら》人形を脇に添えられて、五つほど置かれている。

三和土《たたき》の井戸の横には、斬首されたばかりの生頭《なまこうべ》が十幾つ、あるものは血糊にまみれ、またあるものは苦悶の表情をうかべたまま、洗われ、梳《くしけず》られるのを待っていた。

この姿を明日のわが身と思うのならば、これらの面前で淫行に身を汚す気が起きようはずもない。

いかにも、ごもっともにございます、と下女たちもまた、自分たちの残虐に苦笑する様子を見せて退室するのを待って、おあむは口を開いた。

「あなたが、ねえ」

「そうなのだ」

貫兵衛は頭をかいた。

もののふにとって、敵の首はおのれの武功を証明する、いたって重要なものである。春秋戦国の世、とった敵の首の数だけ階級が上がった。以後、首をもって武功の証とする場合、その首を首級と呼ぶようになった。

もっとも、首をとってそれを昇進の糧となす、というのは、逆にいえば、たやすくは首なぞとれない、ということでもある。

当たり前だが、人にはひとつしか首がない。そして、ほとんどのいくさは、刃を交える前に、彼我の将兵の数を五分と五分に揃える。

虐殺好きの信長ならばいざしらず、秀吉が政事《まつりごと》の実権を握って以来、少なくとも日本の国内の中でだけは、敵方を根絶するような虐殺戦法はとられていない。したがって、如何に勝者の側に身を置いていたからといって、そうそう多くの将兵に、敵方の首が得られるわけではない。

得た首に関しては、武功を証明するしるしだということのほかに、もののふ達にとっては、明日のおのれの姿だという自覚も加わる。したがって、いかに命のやりとりをした相手とはいえそこに怨恨はなく、ねんごろに葬ってやろうという気持ちもある。したがって、首実検の前に、首に化粧をしてよそおう場合が少なくない。

そして、化粧ごととなれば、やはり男よりも女のほうがはるかに巧《うま》い。大垣の城でも、おあむ以外にも何人か、首化粧に専念する女たちがいる。これもある意味で、戦国特有の職人仕事だと言えばいえようか。

「たしかに、徳川様とわが殿との大いくさの直前に、冥府からの亡霊に、魔道の辛さを体現されては、全軍の士気にかかわる、ということはわかります」

ずらりと並んだ生首に、まるでひるむ様子も見せず、おあむは胸を張ってたずねた。

「ですが、なぜ、貫兵衛様なのですか」

「なぜか、あえて聞いてみたいですか」

と、こたえると、数拍の沈黙ののちに、おあむは困惑と諦観と納得の交錯した、複雑な表情でうなずいた。

「――いえ」

おあむは貫兵衛よりひとまわり年下の十八。ただ、若年ながら胆力はひときわ据っており、ためにこの歳ですでに首化粧方の支配に任ぜられている。

砂塵と血糊にまみれた、無念の表情もあきらかな生首を、膝にかかえて手水で洗い清めて紅をさし、髪をといて髷《まげ》を結《ゆ》え得る者は、男でも決して多くはない。

眉間《みけん》に深く刻まれた縦じわを、解いて瞼《まぶた》を閉じさせることも一再ならずある。

首級をあげ、おあむのもとに首を預けた者たちは、首実検の際に面前に置かれた、おのが手柄首が、あまさず穏やかな表情になっていることに率直に驚嘆していた。

おあむが石田方にあることを無念とし、『いずれ挙げられる首ならば、化粧されたや、おあむ殿に』などと戯《ざ》れ歌を詠じる者さえいる始末であった。

ただし、いかによく知られた首化粧方でも、所詮は冥府への道案内に過ぎず、不吉な者として、尊敬はされても同時に忌み嫌われてもいた。武人としては軽卒で、なおかつほとんど武功のない貫兵衛が、おあむとのよしみを通じたことが家中に知れても、誰ひとりねたむものがいない事実が、よく物語っている。

とはいうものの、貫兵衛は、石田の家中において、自分の置かれている立場が、おあむのそれに比して、はるかに低いものだという自覚はある。

貫兵衛に幽霊退治を命じた飯野藤十郎の口調は、尊大で恩着せがましいものではあったけれども、せめておあむを妻女とするのに恥ずかしくない程度の武功を立てさせてやろう、という善意だけはあった。あるいはその逆で、おあむが恥ずかしくない程度に貫兵衛に武功を立てさせるつもりなのかもしれないが。

言ってしまえば、幽霊を目撃したのがおあむで、そのおあむでさえ失神するような幽霊を、退治するような、馬鹿馬鹿しくも難しく、かつ厄介な役務となれば、貫兵衛以外にまかせられようはずもなく、あれこれ忖度《そんたく》する余地なぞ、ありはしなかったのだ。

「まあ、仕方ないですね」

頭をかきながら、貫兵衛は続けた。双肩にかけられた命の重さのせいなのか何なのか、一層固く凝る肩で、痛む頭のこみかみを、指で押さえて抑えながら、貫兵衛は訊《たず》ねた。

「昨夜の事情をお教えください」

「それで、小谷様は如何《いかが》なさるお積もりなのでしょうか」

おあむは昨夜のことのみならず、この数日の間の、首なしの亡霊の噂を集めて、整理していた。貫兵衛の問いに、ひとつひとつ丹念にかつ正確に答えていった。

そして、ひとわたり話し終えると、今度はおあむのほうが貫兵衛にたずねたのであった。

「如何するも何も——」

退治しろ、というのが下命であれば、やらないわけにもゆくまい。

「まあ、首のない者の首をとれ、というのは難題でしょうが、生者《せいじゃ》の首をとるよりはたやすいのではありますまいか」

もっとも、問題はとるべき首そのものがないところにあるのだが。

「要するに、今生《こんじょう》の世に何を思い残すことがあったか知りませんが、残した未練をとくと聞いてやって、解決してやれば、無事に成仏するんじゃないでしょうか」

「できますか」

「えー……」

そうは言っても、怨霊の言い分を聞いてやるには、会わないわけにはゆくまい。しかもこの怨霊は、気丈で知られるおあむでさえも、失神せしめるほどの奇怪な風体をしているのだ。それを思うと気が重い。

「しないで済むものなら、やらずに済ませる訳には参らぬものかと思いますな。事情を聞いてやって、解決してやって、という具合に、少なくとも二度は会わなくてはなりませんし」

「たぶん、一度で済ませられる方策はあるのですが」

「いかなる」

「あの亡霊は『首をくれ』と申しておりました」

おあむは手近なところにあった生首を、盆に置いたまま、貫兵衛の前に差し出した。

「これを、お使いなさいませ」

「使う、とは」

「件《くだん》の怨霊が、自分の首が欲しいのか、あるいは手柄のための首が欲しいのかは不分明ではありますが、それでも、首を欲している模様なのは間違いありますまい」

「いかにも、それはそうだとは思います」

「ならば小谷様が今宵にでも怨霊に遭遇めされた折りに、冥途の土産として首級を渡せば、おそらくはあの怨霊は、晴れて成仏するのではあるまいか、と」

おあむの言い分にはひとどおりの筋も通っており、さほど無体な物言いだとは思われない。

「たしかに、名案だとは思います。けれども……」

「何を躊躇《ちゅうちょ》なさっておいでですか」

「この首級は、挙げた者がいるでしょうに」

「ございませぬ」

「なぜわかるのです」

「首級にはほら、この通り」

と、生首の髷に紙縒《こよ》りで結わえた紙の札を示した。

「挙げた者の名が書いてあります。この首の挙げた主は、今日、戦死した由にございます」

役務柄、余剰の首級についての情報にも、おあむが敏感なのは当然であろう。

「さあ、遠慮は不要です。お持ちなさいませ」

死者の武功を横取りするが如き所行に、貫兵衛はいささかたじろいだものの、結局、

「かたじけない」

と受け取った。

「ただ、ひとつ御注意くださいませ」

おあむはそういうと、貫兵衛に首を渡しながら、藁でつくった首なしの人形を添えた。

「これは挙げし首を成仏させるために、その胴を擬したものにございます。したがって、亡霊にこの首を渡すときには、首なしの藁人形は必ず小谷様の手元に残しておくのですよ」

「承知」

行き届いたおあむの配慮に、貫兵衛は覚えず深く頭をさげた。

「無事戻ってきた際には必ず」

妻夫《みょうと》の申し込みに参ります、と貫兵衛は唇だけで言った。

三

夕刻を過ぎてから、また雨が降ってきた。

貫兵衛は、夕闇のなか、慢性的となった肩凝りに悩まされながら、なかば手探りで、一つかみほどの太さの藁束を、拳骨《げんこつ》ほどの大きさに束ねていた。

もとを正せば貫兵衛とて百姓の三男坊である。目を閉じても草鞋《わらじ》や蓑笠は編める。無意識に指先を動かすことで雑念を排除し、思念に集中できる。

――ひょっとしたら――

此度の下命は、自分にとっては運の変わり目かもしれない、と貫兵衛は思った。貫兵衛が作っているのは、藁の首である。

おおむから持ち主のない首を渡され、身体代わりの首なしの藁人形を添えられたとき、貫兵衛は、気づいた。

自分はいまだに首級がとれていない。そして、ここにひとつ、持ち主のない首級が一つ、余っている。

胴体を藁でつくって首が成仏できるのなら、藁で首をつくってしまえば、胴体も成仏できる理屈になるではないか。

であるなら、おあむから貰った生首は、なにも真正直に幽霊に手渡す必要はない。髷に結わえられた名札に自分の名前を書き込んで自分のものにしてしまい、幽霊には、藁でつくった人形の首を渡せば、それですむ。

つまり、これで、幽霊を退治させたという手柄が残り、欲しかった首級を労せずして入手でき、はれておあむと妻夫《みょうと》になれる。

――話がうますぎるか――

ともあれ妙案には違いなく、貫兵衛は思いついた嬉しさと、他人の武功にただ乗りし、かつ幽霊をさえ騙そうというおのれの俗物ぶりを嫌悪する気持ちが、それぞれ混交してはいた。

そして、藁の首が編み上がったとき。

『首をくれ』

貫兵衛の背後から、凍りついたような男の声がした。

きた。

おあむからは、幽霊のおおまかな風体《ふうてい》についてはすでに聞いている。それでなくても見たくないものである上に、奇怪をきわめた様子とのこと。いきなり振り向いて失神しては退治も何もあったものではない。

したがって背後から声をかけられたそのとき、貫兵衛は、まず脳裏に首なしの幽霊の姿態を思い浮かべ、焼き付けて、深呼吸してから振り向いた。

「それほどまでに首が欲しいか」

『いかにも』

おおむから聞いた以上に不気味な者がそこにいた。

身の丈《たけ》は——そこに首がありさえすれば——六尺近い偉丈夫であった。風体は、黒漆の胴丸具足に紺糸が縅《おど》してある。少なくとも、足軽や同心などといった者ではない。騎乗し、手槍をふるっていくさ働きする程度の身分の者であるということだけは知れた。

ただし、やはり、首がない。

切断された断面は妙に赤黒く、中央近くの呼吸口は、言葉を発するたびにぱくぱくと開閉し、そして白い息をそこから吐いた。

『儂《わし》を見て、驚かぬとは胆が太い仁《じん》であるの』

「おことを成仏せしめよ、との命を下されて参った者ゆえ」

そう答える貫兵衛の言葉は、震えているのが自分でもよくわかった。

「さ——さても怨霊殿に申しあげる」

貫兵衛は手元の藁でつくった首を差し出しながら続けた。

「この首、貴殿に差し上げ申し候。貴殿におかれては、これを持って成仏いたしたるべし」

『ふむ』

首のない怨霊は、ないはずの小首を傾げたかのごとき一拍の間を置き、続けた。

『よいのか』

「いかにも。遠慮なく持参つかまつれ」

『ならば御言葉に甘えん。さりながら、尊公の御好意を、ただ頂戴いたすはいささか心苦しきもの是《これ》あり。したがって、何がしか御礼をいたしたい』

それにしても、この怨霊は一体どうやって話しているのだろうか、と、貫兵衛は腰を抜かしそうなほどの恐怖を覚えつつも、下らぬことを同時に思った。

「されば――」

もっとも、いきなり御礼を、と言われても、咄嗟に思いつくものでもない。何がよいか、と思いを巡らして、ふと気づいた。

「拙子《せっし》の肩凝り癖を御治したまわれようか」

「たやすきこと」

幽霊は刀をふりあげた。貫兵衛は、覚えずかたく目を閉じた。

うなじのあたりにちくりとした痛みを覚えたが、ほとんど同時に肩にあれほどしつこくこびりついていた肩凝りがやんだ。

「すまぬ――」

と礼を言おうと目を開けてみると、そこにはすでに首なしの怨霊はいなかった。

貫兵衛の思惑は、すべてうまくいったのだ。


雨はまだ降りやまず、月が見えぬので確たるものは知る術《すべ》はないが、ときは子《ね》の刻をまわってほどない頃と知れた。

いかに誼《よしみ》を通じた者といえども、真夜中に婦女子のいる場を訪れるのは常軌を逸してはいる。

そんなことは貫兵衛にとってはわかりきったことではあったけれども、おあむにおのれの器量を見せてやりたい、という気持ちがまさった。

雨はあくまでも激しく、肩に降り掛かる雨音もかまびすしいけれど、貫兵衛には厭う気はない。全力で首化粧方の寝所に向かい、寝所にはいった。

「おあむ殿、やりましたぞ」

寝所には、おあむの他に数人の女達が眠っていた。せめて声を殺すべきではあったのだが、貫兵衛は嬉しさのあまり、つい覚えず大声を出してしまった。

けれども、他の女たちは昏々《こんこん》と眠ったままで、おあむ一人だけが目を醒まし、上体を寝床から起こして、左右を見回した。

「いずこを見ておられるのですか。拙子はここに居るではありませぬか」

と言って、ようやくおあむは貫兵衛をみた。けれども、それとほとんど同時に、がたっと音を立てて腰を抜かした。

頭蓋を割られ、眼窩《がんか》から眼球がこぼれた生首でさえも、眉ひとつ動かさず、頭蓋を縫い合わせ、あるいは眼球を押しもどしている、おあむの姿を貫兵衛は知っている。

そのおあむの恐怖と驚愕《きょうがく》の表情に――しかも、おのれの姿をみて恐怖する模様に、貫兵衛は当惑し、そしておあむに声をかけた。

「いかがなされましたか」

「か――貫兵衛様でございますか」

「見ればわかるでしょうに」

と言ったところで貫兵衛は気づいた。月は雨で隠れており、屋内は暗い。

嬉しさのあまり我を忘れた自分に苦笑しながら、貫兵衛は足下の灯明に手を伸ばそうとした。

けれども、貫兵衛の手は灯明《とうみょう》の手を突き抜けた。手に取ろうとしても、幻をつかむがごとく手ごたえがない。

――参ったな――

勝手がわからず、貫兵衛は当惑しつつ、いつもの癖で頭をかいた。そこで貫兵衛は初めて気づいた。

自分の、首がない。

「で——出ていってください」

「そんなことよりも」

おあむの声に、貫兵衛は嘆願した。

「首をくれ」

初出「西美濃わが街」（1998・4・5）

隣りの夫婦

左右田　謙

一九二三年、大阪府生まれ。早稲田大学卒。五〇年『山荘殺人事件』が「宝石」懸賞に入選しデビュー。著書に、現職の高校教師という経歴を生かした学園推理『殺人ごっこ』『球魂の蹉跌』の他、『狂人館の惨劇』など。

1

大学生である沢村甲吉が、隣家の夫婦、深見敬太郎、昌子について、とくべつな関心をもちはじめたきっかけは、ごくありふれた好奇心からである。

彼のいる素人下宿の二階の部屋から、小路一つを隔てたところにその小さな平家建《ひらやだて》があって、低く刈り込んだひばの垣根の向うの生態は、ある程度うかがい知れるのであった。

猫の額《ひたい》ほどな庭に、洗濯物を干したり、あるいは布団を陽に当てているような場合は、それが遮蔽物になって視界はさえぎられてしまうが、そうでないときは、縁がわから部屋の畳の三分の一ぐらいの奥迄《おくまで》は目が届くのである。

六畳と四畳半のふた間きりで、それに板の間の台所がつく。隣近処《となりきんじょ》はマッチ箱をおいたように、同じ規格の家が三十戸ばかりならんでいて、これはこの町を走っている私鉄の不動産部で売り出した建売住宅であった。夫婦者か、あっても子供ひとり位の勤人《つとめにん》の家庭が多い。

甲吉がその夫婦の名前を知ったのは、表札をみたからだが、その表札はふつうのそれより幅が広く、

深見敬太郎

昌子

と、ふたりの名前がならべて書いてあった。稚拙《ちせつ》な字で、誰がみても素人の手跡《しゅせき》だとわかるから、多分、夫の方が持ち馴れない筆をとったものであろう。

年令《とし》は亭主が三十前で、細君の方は二つ三つ下と踏んでいるのだが、案外同い年ぐらいかも知れなかった。というのは、男はほそ面の、年よりは老けてみられがちな渋い顔立であり、細君の方は小柄な丸顔の、可愛らしい、という印象をあたえる女だからである。

夫婦の顔は一見対照的であった。細面に丸顔。浅黒い精悍《せいかん》な夫にくらべて、妻は色白の華奢《きゃしゃ》な感じであった。夫婦は互に相反するものを求めるという俗説があるから、それには不思議はない。ただ甲吉には、なんの共通点も見いだせないふたりのかおに、奇妙な相似がうか

がえて、それがあるしこりのようなものを残した。

その相似がなんであるか、と開き直られては困るのである。生えぎわにしろ、眉にしろ、目にしろ、鼻にしろ、口にしろ、あるいは顔の輪廓《りんかく》にしても、一つ一つの造作《ぞうさく》には似通った点はみうけられないが、そのくせそれらが構成する顔全体の印象は、奇妙な相似を奏でている——これをどう説明したらよいのであろう？

この疑問は、しかし、甲吉の脳裏にふとかかってきたうすい膜のようなものであって、いつか自然と消えてしまった。彼が隣家の夫婦に強くひかれたのは、細君の、その顔半面を覆っているひどい火傷の痕であった。

色白の、小柄な、可愛らしい——というのはその左半面だけのはなしで、右がわの目の下から鼻のわき、頰にかけて、大きく黒ずんだ肉の襞が、そこだけ泥でも叩きつけられたように、みにくく拡がっていた。

これさえなければ、ふたりは似合の夫婦なのである。所謂《いわゆる》、苦味走ったという感じの夫と可愛い妻は、どこに出しても美しい一対として通るはずであった。

ふたりはおそらく恋愛結婚であろう。だが、ふとした過失から、妻は顔にひどい烙印を受けたものであろう。

ところでこうした不慮の災難にあった夫婦は、以後どんな運命を辿るのであろうか。甲吉には、就中《なかんずく》、夫の心境の変化に興味があった。

――こういう小説を読んだ記憶がある。

これは男女が逆になっているが、美しい男に惚れて一緒になった女が、夫が、火傷でみにくく面がわりし、それを苦にして別れ話を持ち出したときに、『私がいま惚れているのは、おまえさんの心にだ』と慰めて、そのまま生活を続ける。はじめのうちはよかったが、次第に妻は夫のその醜い相貌に嫌悪を感じるようになって、内心夫の申出を断った自分の軽卒を悔むようになる――という筋である。

これが当然な成行《なりゆき》であろう、と甲吉には納得がつく。そんな目で隣家の夫婦をみるようになった。

あさ、甲吉が雨戸をくると、あさの早い勤人の家庭では、だいたいが出勤時間に当っていて、そこここの家から外套《がいとう》の襟を立て、寒そうに背を丸めた連中が、足速に駅の方にいく。まだ若い夫婦者ばかりだから、細君連は垣根の外迄出てくる者も多い。深見夫婦も例外ではない。しかし甲吉の仔細な観察では、女の方はそんなとき、亭主の後ろ姿が横町を折れてみえなくなるまで、爪先立ちになって見送っているのに、男の方はまるでその束縛から一刻でも早くのがれたい、とでもいうように、ふり返りもしない。二階の窓からは、そんな冷淡な男の心のなかまで、見すかせるようであった。

いやおうなしに、例の小説が連想される。

恋女房が過って薬缶の湯を浴びたとき、夫は多分、真底からこういって慰めたに違いない。

「いいよいいよ、ぼくにはきみがいる。それだけで充分なんだ」

このときの言葉に嘘はあるまい。だが当初の昂奮《こうふん》もさめ、やがて索漠《さくばく》としたものが胸に兆《きざ》してくると、男には次第に妻の存在がどうにもならないものにみえはじめ、一方、身に引け目を負った女は、それ故、男への情熱を一そう滾らせるであろう。

(悲劇だ!)

と甲吉は思った。あるいは喜劇というべきかも知れない。ふたりの心の隔りは、そのまま、この朝の見送りに集約されているようであった。

なかが悪いなら悪いでいい、双方が互いにうとましく感じている場合はまだよかった。この夫婦のように、なまじ一方が情熱を失わない場合は始末がわるい。

夫を送り出したあと、妻は縁先の陽だまりに出て、せっせとあみ棒を動かす。それは男物のセーターとか靴下とかで、彼女が自分のものをあんでいるのをみかけたことはない。そしてその姿勢はいつも同じであった。

縁がわの、右の隅に座布団をしき、横を向いて行儀よく坐るのである。そうすると垣根の外からは彼女の左半分のかおがみえる。まるでたえず誰かから看視でもされているように、その角度を崩そうとはしない。

甲吉は二階の窓から、そんな彼女の美しい半面をみていた。この美しい皮膚の向うに、醜い皮膚があるのだ、とは、どうしても信じられないくらいである。みているうちに、いつも妙な気がしてくる。妙な、というよりは、不気味な、という感じであった。

一と皮向うには別の人間が住んでいて、その二つの人格を自在に操る不思議な生物のようにみえた。それはきわめて性的な感じでさえあった。

(案外、敬太郎という男は、そこに異常な執着を感じているのかもしれない)

ひるま、あれほど冷淡な男も、夜には妻の其処に強い刺激をおぼえるのではないか？　美しい半面と醜い半面とをかわるがわる見較べては、其処に負い目をもつ女をいたぶりながら、常人では経験出来ない陶酔に浸っているのかも知れない……しかし、これはどうも思い過しのようだ。

(あの男は、例の小説のなかの女と同じように、自分自身の言葉に縛られて、いまさら離婚話も持出せないでいるのだ……)

見送る妻に一顧もあたえない夫。結局気の弱いお人好しの男にとって、それが、せめてとれる、ささやかな愚痴かもしれない……それゆえ、男の愛をつなぎとめようと、必死にすがる女の姿は、余計哀れをそそるのである。

甲吉はサンダルを突っかけると表に出た。垣根の外に廻る。垣根といっても胸の高さしかない。相かわらず女は美しい側をみせて、あみ棒を動かしていた。庭に竹の棒がさしてあって、そこに見馴れない白い仔犬がつながれていた。

「可愛いですね」

と彼は声をかけた。びっくりしたように女はかおをあげ、あげた拍子にただれた痕がちらりとのぞいた。女は甲吉の顔を知っていた。

「いらっしゃいませんか、お茶でもいれますから」

話してみたい、という下心があった。彼は庭木戸を押して縁に廻った。

女は座布団をすすめ、お茶を入れてきた。顔がすこしそっぽを向き、そうすると、彼からは、謎の部分は完全に匿れてしまうのである。

「可愛いですね」

と彼はもう一度同じことをいった。犬のことから入っていくのが一ばん素直であった。

「可愛いでしょう」

と女はいった。声が美しい。仔犬はまあたらしい頸輪をしている。

「きのうたくが貰ってきてくれたのです。ひるま、私がさびしいだろうから、といって」

女の声には幸福のつやが溢れていた。問いもしないのに亭主のことを次々話す。例えば、短気でおこりっぽいが、怒るとすぐさっぱりして、あとで機嫌をとろうとすることなど……なんのことはない。体のいい惚気《のろけ》の聞き役にされた恰好である。その間、女は一度も彼の方に匿《かく》された半面をみせなかった。

（亭主と話すときもそうなんだろうか？）

と甲吉は、ふとそんな疑問をもった。

2

新宿で敬太郎をみかけた。人の出盛る宵である。敬太郎のよこにはB・G《ビジネスガール》らしい女の子が、まるでもたれかからんばかりにしている。

(おや?)

と思ったのは、その敬太郎のかおに、ふだん家のまわりでみかけるときとは違ったはりがあったからだ。

甲吉の知っているかおは、いつもなにかにスネているように、むつかしいかおをしていた。日曜日など夫婦で縁先で語らっているのをみても、敬太郎の笑いがおをみかけたことはついぞない。そんなとき、昌子の方も、なにかおどおどと、顔色をうかがっているようなところがあった。これはあながち邪推ではあるまい。

昌子の本当の笑顔は、夫とともにいるときではなく、却って甲吉などに惚気を聞かせるときの方にあるような気がする。とにかくその夜の敬太郎のかおは、まるで人が変ったように、甲吉の目には映った。

妻にかくれてうわ気をしているのに違いなかった。すると、

（つけてみよう）

という好奇心が湧いてきた。まだうぶな大学生の甲吉には、自分のうかがい知らぬこういう大人の秘事には格別の興味があった。

四、五間さきをふたりはいく。甲吉はあとをつけた。じきにふたりは裏通りの喫茶店に消えた。それを確めて、甲吉は露店の眼鏡屋で伊達眼鏡《だてめがね》を買い、そばの薬屋でマスクを求めた。金を投資したことが、甲吉に、まるで自分が本職の探偵になって、重大犯人を尾行しているようなときめきを感じさせた。

店のなかは、海底のようにうす暗く、朧《おぼ》ろだ。見透すとふたりは奥の方のくらがりで、軀をすり寄せるようにしている。甲吉は近くに座を占めた。

敬太郎が、ちら、と顔をあげ、彼の方をみた。彼もみ返した。反応はない。変装は成功した。尤も相手はふだんから甲吉の存在など意にもとめていなかっただろうから、一寸手を加えれば見破られるおそれはないわけである。

ふたりは又、話のつづきをはじめたようだ。

（普通の関係ではない）

と、甲吉は睨《にら》んだ。はなしの内容を知り度《た》い。ジャズが騒々しかった。甲吉は、なにも知らないで、ひとり留守を守っている昌子を思って、まるで自分が不貞な行動をしているように胸が痛んだ。

騒々しいジャズが消え、優雅なタンゴの調べに変った。すると、まるで音量を増したラジオのように、そばのふたりの会話が、自然に耳に流れてきた。

「独身だよ」

と敬太郎はいった。きつい声であった。かおも硬ばっている。相手の女もおとらず緊張していた。

昂奮がふたりをあたりから隔離させていた。お互に相手だけを意識し合って、従って、その会話にきき耳を立てている不逞《ふてい》な男がいるのも、知らないでいるらしい。

女は、口惜しそうな目で敬太郎を睨んでいる。いましがた迄もつれるようにしていた仲とは思えない。重大な内容が語られているらしかった。沈黙がつづく。

(独身?)

と甲吉は頭をひねった。敬太郎のいった言葉の意味がよくのみ込めない。なにをいっているのだろう?

「だって……」

といいかけた女が、ごくんと唾をのみ込んだのが甲吉にもわかった。

「だって、あなたは、綺麗な女の人と一緒に住んでいるじゃないの。あれ奥さんじゃない、っていうの?」

「あれは……」

と敬太郎は、みるも無態なほどうろたえた。

「きみは、ぼくの家にきたのか?」

「そうよ!」

「あれは……」

といいかけて、敬太郎は又、絶句した。

「妹なんだ。一つ違いの……かお、似ていたろう?」

「ふん」

と女は鼻を鳴らして、細い指先で煙草をぬきとった。

「そんな弁解、滑稽だわよ。あんたが独身か家庭持ちか、ワイシャツの襟一つみたってわかるわよ。ひとり者は洗濯屋に出すから、すごく綺麗か、だらしなく汚れているわ。あんたのは家で洗濯して、家でアイロンをかけたって襟よ。それにいろんな点をみれば、奥さんの手がかかっているのがわかるわ。あんたのいま使っているハンカチだって、糸で頭文字《イニシャル》がぬってあるわ。こんなのやはり奥さんの趣味よ。姉や妹だったら、こうはいかないわ」

「ずいぶん細かい観察をするんだなあ」

と敬太郎はあぜんとした顔をした。

「気になる男の人のことには女は敏感よ。あんないい奥さんがいるのに、独身だなんて、それこそ私を侮辱しているわ」

「いいや、あれは妹なんだ……」

むきになって敬太郎は抗弁している。甲吉にもそれは往生際のわるい男にみえた。女はきゅうにやさしくなった。

「下手ないいわけは器量を下げるだけだわよ。いいの、あなたが独身でない位、はじめから私にはわかっていた。ただ私はあなたが好きなのよ。だから、ふたり切りでいる間は、私だけを好きでいて下さればそれでいいの」

「だって……」

といいかけて、敬太郎は不貞くされたように笑った。

「いいや、君がそれでいいのなら……いこうか？」

「ええ」

と頷いて同時に立ち上った。呼吸がぴったり一致していた。もつれるように扉を出ていく。そのふたりのいく場所は、甲吉にも当りがついた。憮然として外に出た。

3

「いいんですの」

と昌子は、にじみ出る泪《なみだ》をほそい指でおさえた。胸が痛い。そんな女のかおをまともにみる勇気はなかった。目を伏せた。

(いわなければよかった)

軽率がくやまれる。なぜ、こんな平地に波乱をまき起すようなことを口にしたのだろう。いらざるお節介であった。そっとひとり、胸に収めておけばよかった。

義憤……それもある。しかし自分の心のなかには、その義憤という名に託して、結局、手前勝手な好奇心だけが働いていたのがわかるだけに、やりきれない気持である。

(いまのは嘘だ)

と訂正したかった。が、これは証文の出し遅れというものであろう。

「いいんですの」

と、もう一度同じ言葉を繰り返して、彼女は先を続けた。

「いまに始まったことではありません。私のかおに、このあざが出来てから、それは年中行事のようなものなんですもの」

そういって、彼女ははじめて、はっきりと、その裏がわの部分を彼の前にさらした。甲吉は又、目を伏せた。

「三年前、過って煮湯を顔に浴びましたの。とっさに目を閉じたので、失明だけはまぬがれました。主人はなぐさめてくれましたが、そのうち、いま迄うわ気一つしなかったのが、度々、女の方と関係をもつようになりました。淋しいけれど、私は仕方ないと諦めています。たくが私さえみすてなければ、それでいい、と思うようになりました。だって、こんなお化けのようなかおではねえ」

返す言葉もなかった。ただ女が、そういう割り切った境地にあることが救いであった。

「だから私には、なまじ主人がひとりの方を強く愛するよりも、ちょいちょいと相手を変えてくれた方が、むしろ気楽なくらいなんです。いま迄、たくは幾度もうわ気をして、その都度、羽を傷つけられて、結局、又この巣に戻って参りました。今度の女の方だって、私さえじっと我慢しておれば、たくは必らず戻って参りますわ。私の胸に……」

うっとりと、夢みるようなひとみを女はした。そのひとみを、美しいと思った。

4

（それでいいんだろうか？）

甲吉の胸のなかには、滓のようなしこりが残っていた。今度ばかりは、昌子の自信も危ぶないような気がする。

あのとき、敬太郎は、確か、独身だ、といい張っていたようだ。といったからには、今度は単なるうわ気ではなく、彼が結婚を考えて女と附合っているような気がする。

さいわい女の方でその気がなかったからよかったようなものの、女がその申出に応じたならば、昌子の立場はいったいどういうことになるのだろう？

あのときの感じでは、ふたりは確かに他人ではないようであった。これからものにしようとする女に、独身だ、と偽るのはよく使われる手だが、関係が出来た上で、なお独身だ、というのは、敬太郎が結婚を希んでいる、としか考えようがない。女が応じれば、多分、彼は妻を離婚するつもりだったのだろう。あるいは、ふたりが内縁であったのなら、これは一そう話が簡単になる……

今度の場合は、どうにか無事にすみそうだが、とにかく敬太郎には、必要があれば昌子を離婚する意志があるのがはっきりした。

これは許せない！　と甲吉は思う。公憤といってよかった。なみの夫婦なら話は別だが、昌子のように二度と他人に嫁げないような負い目をもった女に、離婚しろというのは、これは、死ね、というも同然ではないか！

こう安直に『独身』と口に出す以上、或いはふたりはまだ内縁関係なのではないか？　そのおそれは充分ある。もしそうであるなら、この際はっきり籍に入れて、法的にも夫婦の結びつきを固めさせておく必要があった。

亭主が惚れているうちは問題はないだろう。だがその愛情にひびが入りかけているいま、法的になんの裏づけもないのは考えものである。その不安定な座に坐って、たくは必ず私の胸に戻って参ります、と嘯《うそぶ》いているのは、滑稽ですらある。

当人を前に、内縁かどうか聞きかねた甲吉は、自分の手でそれをさぐり出そうとした。この前の、素人探偵じみた行動の余波が、まだあとをひいていた。彼は名刺をつくった。

　東都興信所員

　　前川　一夫

その名刺をもって、彼は敬太郎の勤めている会社にいった。勿論、いつかの眼鏡もかけている。経理課に廻って、深見敬太郎の家族手当の支給の有無を知り度い、といった。

「深見さんには、家族手当は支給しておりません。本人の俸給だけです」

はたして！　と甲吉の胸はさわいだ。あんなにれっきとした夫婦でいながら、妻の分を請求していないとは……

「例えば、内縁なんかの場合、支給されないのですか？」

「うちでは謄本を提出して貰うことになっています」

どうもふたりは正式な手続を踏んでいないようだ。思うにふたりの結びつきには、なにか世間なみではない事情があったのだろう。敬太郎の胸のなかでは、あるいはそのうち入籍することも考えていたかも知れないが、昌子に奇禍《きか》があったのちは、彼もこれさいわい、と思っているかもしれない。その敬太郎の手前勝手な行動を抑制する意味からも、はっきりとふたりの関係を公にしておく必要がある。それが、まだ世間のしみに染っていない、若い自分の採るべき義務だ、と甲吉は気負った感情になった。

はっきりとそれを確めたかった。昌子から敬太郎の郷里が近県の、そう遠くないところにあるのを聞き出すと、甲吉はれいの名刺をもってその町役場をたずね、深見敬太郎の戸籍謄本を頼んだ。

「縁談ですか？」

と四十がらみの、穏かそうな係の男がきいた。

「そうです」

やがて、

「どうぞ」

と写しを手渡された。

それを見ているうち、甲吉はなんだか自分の頭脳《あたま》の具合がおかしいような、ひどくへんてこな、頼りない気持に襲われてきた。

敬太郎の右に昌子という名前がのっている。昌子というのは、たしか敬太郎の妻の名のはずだ……

「この昌子という人は……」

妙な声が出た。

「敬太郎の姉になるのですか？」

「そうですよ」

と相手は、何を妙なことを——とでもいうように、顔をみ返していった。

「一つ違いの姉さんですよ」

「その人には右顔に大きなあざがありますか？」

「ああ、ありますよ。子供のとき、弟の敬太郎さんに煮湯をぶっかけられて、それで出来たのです」

ふたりは姉弟だった！　夫婦ではなかったのだ……なんだか自分の踏んでいる大地がひどく不安定なものに思われてきた。

田舎道を戻りながら、甲吉はふと、まえにふたりの顔に奇妙な相似を感じたことがあったのを思い出した。おそらく姉は父親に、弟は母親に、というふうに、それぞれ片親の特徴をうけて生れてきたのであろう。その結果、顔の道具立の一つ一つには違いがあっても、それらが構成する顔全体の印象には、どうにもならない相似が生じているのだ。姉弟ならば、無条件に納得のいく問題であった。

5

甲吉にはすべての謎がとけた。

幼時、姉の顔に煮湯を浴せて、その一生を葬った弟は、長ずるに及んで、いよいよ自責の念に駈られたのであろう。その結果、生涯妻を迎えず、姉の傍にいようと決心したのではないか？　姉の方でも、弟の世話になるより仕方がなかったのだ。

そして、姉は次第に自分の弟を亭主としてとり扱うようになり、弟も、その贖罪の意味からも、ある程度それを容認せざるを得なかったのであろう。それがときどき、どうにもならないうわ気になってあらわれ、姉の方は、恰もそんな亭主をもった姉女房の心境で、それに処していたのではないか……

6

敬太郎が、この前の女と温泉旅館に這入るのをみた。黙っているのがつらかった。

その足で甲吉は隣家を訪れた。

「敬太郎さんが、女と連れ立って歩いていましたよ」

手品の種がわかってみれば、この種の報告も気がとがめなくてもすむ。

「しようのない人」

と女はさびしく笑った。

「でも、じきにたくは又、私のところに戻って参ります」

甲吉には、そのうつ向いている女が、なにか可憐な妖怪のようにみえた。

芝居はイタについていた。少しの不自然さもない。あるいはこの女は、真実そんな気持になり切っているのではないか？

もう一つの側が、ちらちらした。そのあざをみているうち、甲吉の胸に、なにかむらむらっと、この女を思い切りいじめてやりたいような、狂暴な発作が吹き上げてきた。

「だって、敬太郎さんは、あなたの弟さんなんでしょう？」

「えっ」

と女はかおをあげ、一しゅん、ぎくりと軀を硬ばらせたが、

「いいえ、たくは……」

と一転して、あざやかに姿勢をとり戻した。きっぱりいった。

「たくはじきに戻って参ります。私の胸より他に、戻るところはございません」

そういって、いつか甲吉がみとれた、あの夢みるような、美しいひとみになった。

初出「宝石」（1962・4）

決闘

逢坂　剛

一九四三年、東京都生まれ。中央大学卒。「暗殺者グラナダに死す」で第19回オール讀物推理小説新人賞を受賞。『カディスの赤い星』で第96回直木賞、第40回日本推理作家協会賞を受賞。著書は『百舌の叫ぶ夜』など。


「わたしは人殺しは嫌いだ」

牧場主のドン・スローターは言った。

「とはいえ、マードックのやり方にいつまでも、目をつぶっているわけにはいかん。水場はとにかく、わたしの土地の中にある。マードックが、それなりの礼を尽くして頭を下げるなら、水を分けてやらないものでもない。しかしマードックは、拳銃使いを雇って水場そのものを、奪い取るつもりらしい。ここ数か月の間に、境界の有刺鉄線を少しずつずらして、今や水場まで百ヤードのところまで迫って来た。サドルクリークの保安官は見て見ぬふりだし、巡回判事がやって来るのを待っていたのでは、手遅れになるばかりだろう」

ビル・マードックは、スローター牧場と隣接する土地の持ち主で、牛泥棒から大牧場主にのし上がったと噂される、評判の悪い男だった。

牧童頭のトム・ガスリーが言う。

「マードックのやり方が、目に余るようになったのは半年前、拳銃使いのマックス・クレイボンを雇ってからです。クレイボンは、この半年の間にうちの牧童を、四人も殺している。やつさえいなければ、境界線をもとにもどすことも可能ですが、あの早撃ちに対抗できる者は、残念ながらうちの牧童の中にはいない。やつを始末するには、闇討ちしかないでしょう」

それを聞いて、集まっていた牧童たちのほとんどは、恥ずかしげに下を向いた。

スローターが首を振る。

「それはいかん。何度も言うようだが、人殺しはしたくない。クレイボンは、したたかな拳銃使いだが、手段を選ばぬ卑怯者というわけではないし、少なくとも法律は破っていない。自分はつねにあとから拳銃を抜いて、手練の早撃ちで相手を倒す、と聞いている。そのために、いつも人前で撃ち合って証人を作り、正当防衛を印象づけるそうじゃないか。それだけに、始末が悪いわけだが」

ガスリーは腕を組んだ。

「こうなったら、おれたちもだれか拳銃使いを雇って、クレイボンと戦わせるしかありませんな」

「それでは、マードックのやり方と、変わりがなくなる。わたしたちは、牛泥棒じゃないんだ。拳銃使いの手を借りたとあっては、スローター牧場の名前に傷がつく」

「しかし、うちの連中はまっとうな牧童ばかりで、拳銃使いはいません。中には、トム・ドレイクのような早撃ち自慢もいましたが、みんなクレイボンに挑発されて先に拳銃を抜き、やられてしまった。やつに対抗できる者は、もうだれも残っていないのです」

そのとき、テーブルの端にすわっていた、小柄な日本人が口を開いた。

「わたしがクレイボンと戦いましょう」

日本人は、三か月ほど前スローターの水場の付近で、飢えのために倒れているところをガスリーに助けられ、それ以来牧場で働くようになった男だった。サスケという名前以外に、だれもその過去を知らない。

スローターも牧童たちも、ぽかんとしてサスケを見つめた。

視線を浴びたサスケは、黄色い顔を照れくさそうに歪めた。

「要するにクレイボンを殺さずに、拳銃の使えない体にしてやれば、それでいいのでしょう」

ガスリーは腕組みを解いた。

「それはそうだが、おまえにそんなことができるのか。拳銃がうまいわけでもなし」

「拳銃は使いません」

サスケはそのまま母屋を出て行くと、一分ほどして細長い袋を手に、もどって来た。それは、三か月前ガスリーに助けられたとき、サスケが後生大事に抱えていた袋だった。

サスケは袋の紐をほどき、中から細長いサーベルのようなものを、そっと引き出した。それを腰のベルトに差す。

「これはカタナという、日本の剣です。拳銃はうまくないが、このカタナの扱いについては、いささか腕に覚えがある。ちょっとどいてください」

牧童たちをそばから遠ざけると、サスケはテーブルに載ったウィスキーのボトルに向かって、ずいと腰を据えた。

次の瞬間、白い光が空気を切り裂き、牧童たちがはっと身を固くしたときには、サスケは何ごともなかったように、カタナを鞘《さや》に収めて体を起こした。

小さなものが宙を舞い、ころころとテーブルを転がって、スローターの前に止まった。

スローターはそれを取り上げ、驚いたように声を上げた。ガスリーに言って、ウィスキーのボトルをそばへ持って来させる。ボトルの口にはまっていた、コルク栓の上半分がみごとに切り飛ばされて、それが今スローターの手の上にあるのだった。

「驚いたな。いつの間に切ったのか、わたしにはまったく見えなかったぞ」

牧童たちも感嘆の声を漏らし、ボトルとコルク栓を交互に見比べた。

ガスリーが言う。

「なるほど、たいした腕だ。しかし、クレイボンの早撃ちに対抗できるかどうか、これだけでは分からん。それに向こうは拳銃で、遠くからでも撃てる。やつが、カタナの届く範囲まで近づくとは、おれには思えないな」

サスケはガスリーを見た。

「やつが卑怯者でないとすれば、カタナと拳銃で向き合って勝負しよう、という申し出を断らないはずです。向こうにハンディはないし、もし断れば逃げたことになる」

スローターが乗り出す。

「やつではなく、おまえがやられるかもしれんのだぞ。この牧場のために、そこまで危険な勝負を引き受けることはない」

サスケは微笑した。

「この国へ流れて来てから、もう十年になります。その間に、わたしの国はすっかり様子が変わって、サムライもいなくなった。わたしはこの国に骨を埋めるつもりだし、スローターさんや仲間の人たちには、ほんとうによくしてもらった。わたしはその恩義に報いたいのです」

「それにしても、クレイボンを殺さずに勝ちを収めるのは、至難のわざだろう」

「むずかしいことはむずかしい。しかし、やってみなければ分かりません。勘を取りもどすまで、三日待ってほしい。三日後に町で決闘します。だれかマードック牧場へ、使いに行ってくれませんか」

三日後、サドルクリークの町の広場に、どっと見物客が押しかけた。早撃ちの名人マックス・クレイボンに、名もない日本人の牧童がカタナで挑戦する、という噂は近隣の五十マイル四方に、風のように伝わっていた。

正午少し前、クレイボンとサスケはそれぞれの陣営から、広場の中央に進み出た。どちらが勝っても、互いに手を出さないという当面の了解が、二つの牧場の間にできている。事情を聞きつけた郡の裁判所が、急ぎ巡回判事を派遣するという話も、内々に伝わってきた。

クレイボンは三十代の後半で、拳銃使いとしては長生きした方だろう。全身黒ずくめの腰に、手彫りの豪華なガンベルトを着け、ホルスターには象牙の柄のついた、コルト45が収まっている。

一方のサスケは、いつもと同じ綿のズボンに布の帯を巻きつけ、そこにカタナの鞘を差すという、異様ないでたちだった。

クレイボンが声をかける。

「おまえのカタナとやらは、どれくらいの長さだ」

「刃の長さだけで、だいたい二フィート三インチだ」

「では、おれと対等に戦えるように、ぎりぎり四フィート五インチまで、そばへ寄るのを認めてやる。文句はないか」

「それでいい」

「おまえは、おれを殺さずに勝つと言っているそうだが、おれは容赦しないぞ。おまえの心臓をぶち抜く。その距離では、はずす方がむずかしいからな」

サスケはうなずき、腰を落としてじりじりと間合いを詰めた。クレイボンは、撃鉄にかけられたストラップをはずし、銃把の前に右手を下ろした。

「まもなく、教会の鐘が正午を告げる。最初の鐘が鳴ったときが勝負だ。いいな」

サスケはもう一度うなずき、カタナの柄の上方に手をかざした。

広場に緊張が走る。真上から太陽が照りつけ、二人の額に汗が吹き出した。

教会の鐘が鳴った。

クレイボンの右手が蛇のように動き、目にも止まらぬ速さでコルト45を引き抜く。

同時に、サスケのカタナが一閃して、刀身がきらりと太陽にきらめいた。

クレイボンは引き金を引いたが、コルトは火を吐かなかった。あわてて引き金を絞り直したが、やはり拳銃は撃発しない。

手元に目をくれたクレイボンは、右手の付け根から吹き出す血潮に気づき、顔色を変えた。

足元の砂の上に、何か落ちている。

それは血まみれになった、自分の親指だった。親指を切り飛ばされたために、撃鉄を上げることができず、引き金を絞れなかったのだ。

急いで左手を添え、撃鉄を起こそうとするクレイボンの喉元に、サスケの刃先がぴたりと吸いついた。

呆然とするクレイボンに、サスケは厳粛な口調で言った。

「あんたの負けだ、クレイボン。だが、これであんたもベッドの上で、静かに死ねるだろう」

初出「小説新潮」（1996・1）

ミステリー傑作選《けつさくせん》・特別編《とくべつへん》5　自選《じせん》ショート・ミステリー

日本推理作家協会《にほんすいりさつかきようかい》 編

2001年7月15日第1刷発行
2002年5月30日第3刷発行

発行者——野間佐和子

発行所——株式会社 講談社

東京都文京区音羽2-12-21　〒112-8001

電話 出版部 (03) 5395-3510
販売部 (03) 5395-5817
業務部 (03) 5395-3615

Printed in Japan

講談社文庫

定価はカバーに
表示してあります

デザイン—菊地信義

製版——信毎書籍印刷株式会社

印刷——信毎書籍印刷株式会社

製本——有限会社中澤製本所

落丁本・乱丁本は小社書籍業務部あてにお送りください。送料は小社負担にてお取替えします。なお、この本の内容についてのお問い合わせは文庫出版部あてにお願いいたします。 (庫)

ISBN4-06-273187-8 ☆

講談社文庫刊行の辞

二十一世紀の到来を目睫に望みながら、われわれはいま、人類史上かつて例を見ない巨大な転換期をむかえようとしている。

世界も、日本も、激動の予兆に対する期待とおののきを内に蔵して、未知の時代に歩み入ろうとしている。このときにあたり、創業の人野間清治の「ナショナル・エデュケイター」への志を現代に甦らせようと意図して、われわれはここに古今の文芸作品はいうまでもなく、ひろく人文・社会・自然の諸科学から東西の名著を網羅する、新しい綜合文庫の発刊を決意した。

激動の転換期はまた断絶の時代である。われわれは戦後二十五年間の出版文化のありかたへの深い反省をこめて、この断絶の時代にあえて人間的な持続を求めようとする。いたずらに浮薄な商業主義のあだ花を追い求めることなく、長期にわたって良書に生命をあたえようとつとめるところにしか、今後の出版文化の真の繁栄はあり得ないと信じるからである。

同時にわれわれはこの綜合文庫の刊行を通じて、人文・社会・自然の諸科学が、結局人間の学にほかならないことを立証しようと願っている。かつて知識とは、「汝自身を知る」ことにつきていた。現代社会の瑣末な情報の氾濫のなかから、力強い知識の源泉を掘り起し、技術文明のただなかに、生きた人間の姿を復活させること。それこそわれわれの切なる希求である。

われわれは権威に盲従せず、俗流に媚びることなく、渾然一体となって日本の「草の根」をかたちづくる若く新しい世代の人々に、心をこめてこの新しい綜合文庫をおくり届けたい。それは知識の泉であるとともに感受性のふるさとであり、もっとも有機的に組織され、社会に開かれた万人のための大学をめざしている。大方の支援と協力を衷心より切望してやまない。

一九七一年七月

野間省一

講談社文庫　目録

講談社文庫　目録

西木正明　間諜二葉亭四迷
西村玲子　玲子さんのキッチンおしゃれノート
西村玲子　玲子さんのすてき発見旅
西村玲子　玲子さんのおしゃれ感覚〈春・夏・秋・冬〉
西村玲子　玲子さんの365日私の定番
西村玲子　花にウキウキ
二階堂黎人　地獄の奇術師
二階堂黎人　聖アウスラ修道院の惨劇
二階堂黎人　ユリ迷宮
二階堂黎人　吸血の家
二階堂黎人　バラ迷宮
二階堂黎人　悪霊の館
二階堂黎人　私が捜した少年
二階堂黎人　人狼城の恐怖〈第一部 ドイツ編〉
二階堂黎人　人狼城の恐怖〈第二部 フランス編〉
二階堂黎人　人狼城の恐怖〈第三部 探偵編〉
二階堂黎人　人狼城の恐怖〈第四部 完結編〉
二階堂黎人　名探偵水乃サトルの大冒険
新美敬子　旅猫 MEET THE CATS AROUND THE WORLD

新美敬子　旅猫三昧
西澤保彦　解体諸因
西澤保彦　完全無欠の名探偵
西澤保彦　七回死んだ男
西澤保彦　殺意の集う夜
西澤保彦　人格転移の殺人
西澤保彦　麦酒《ばくしゅ》の家の冒険
西澤保彦　死者は黄泉が得る
西澤保彦　瞬間移動死体
西岡直樹　インドの樹、ベンガルの大地
西村　健　ビンゴ
楡　周平　ガリバー・パニック
新津きよみ　アルペジオ〈彼女の拳銃、彼のクラリネット〉
貫井徳郎　修羅の終わり
法月綸太郎　密閉教室
法月綸太郎　雪密室
法月綸太郎　誰《たそ》彼《がれ》
法月綸太郎　頼子のために
法月綸太郎　ふたたび赤い悪夢

法月綸太郎　法月綸太郎の冒険
法月綸太郎　謎解きが終ったら〈法月綸太郎ミステリー論集〉
野町和嘉　写文集ナイル
乃南アサ　鍵
乃南アサ　ライン
乃南アサ　窓
乃南アサ　不発弾
野口悠紀雄　パソコン「超」仕事法
野口悠紀雄　「超」勉強法
野口悠紀雄　「超」勉強法・実践編
野沢　尚　破線のマリス
野沢　尚　リミット
半村　良　妖星伝(一)鬼道の巻
半村　良　妖星伝(二)外道の巻
半村　良　妖星伝(三)神道の巻
半村　良　妖星伝(四)黄道の巻
半村　良　妖星伝(五)天道の巻
半村　良　妖星伝(六)人道の巻
半村　良　妖星伝(七)魔道の巻

2002年3月15日現在